21世纪高等学校规划教材 | 计算机应用

数据库应用技术

梁爽 石丽 田丹 王岩 编著

清华大学出版社
北京

内 容 简 介

　　SQL Server 是一种典型的数据库管理系统,是目前深受广大用户欢迎的数据库应用开发平台。它适应网络技术环境,支持客户端/服务器模式,能够满足创建各种类型数据库的需求,因此是目前高等学校讲授大型数据库管理系统的首选软件平台。

　　本书的特点是以理论够用、实用、强化应用为原则,针对学生的特点,按照边讲边练的方式组织教材的编写,在整本教材中,每讲解一个知识点,都是通过若干的例子来完成的,而这些例子组织起来又可以实现一个完整的应用程序。

　　全书共 16 章。第 1 章为数据库基础;第 2 章为 SQL Server 2005 环境;第 3 章为数据库及其管理;第 4 章为表;第 5 章为数据完整性;第 6 章为索引;第 7 章为 Transact-SQL 语言;第 8 章为查询技术;第 9 章为视图;第 10 章为存储过程;第 11 章为函数;第 12 章为触发器;第 13 章为使用 XML;第 14 章为数据库的备份与恢复;第 15 章为管理安全性;第 16 章为 ASP. NET/SQL Server 的开发与编程,给出的具体案例设计可供同学们参考使用。同时每章都配有练习题。

　　本书内容由浅入深,循序渐进,通俗易懂,适合自学,可作为独立学院或高职学生及其他培训班的"数据库原理及应用"、"数据库应用技术"或"SQL Server 应用程序设计"课程的教学用书,也可作为参加微软认证考试 70-431(Microsoft SQL Server 2005 Implementation & Maintenance)的参考书,同时对于计算机应用人员和计算机爱好者,本书也是一本实用的自学参考书。

图书在版编目(CIP)数据

数据库应用技术/梁爽等编著. —北京:清华大学出版社,2011.7
(21 世纪高等学校规划教材·计算机应用)
ISBN 978-7-302-25623-6

Ⅰ. ①数…　Ⅱ. ①梁…　Ⅲ. ①数据库系统-高等学校-教材　Ⅳ. ①TP311.13

中国版本图书馆 CIP 数据核字(2011)第 098500 号

责任编辑:梁　颖　李　晔
责任校对:焦丽丽
责任印制:杨　艳

出版发行:清华大学出版社　　　　　　　　　　地　　　址:北京清华大学学研大厦 A 座
　　　　　http://www.tup.com.cn　　　　　　　邮　　　编:100084
　　　社　总　机:010-62770175　　　　　　　 邮　　　购:010-62786544
　　　投稿与读者服务:010-62795954,jsjjc@tup.tsinghua.edu.cn
　　　质　量　反　馈:010-62772015,zhiliang@tup.tsinghua.edu.cn
印　装　者:北京鑫海金澳胶印有限公司
经　　　销:全国新华书店
开　　　本:185×260　印　张:18.25　字　数:441 千字
版　　　次:2011 年 7 月第 1 版　　印　　　次:2011 年 7 月第 1 次印刷
印　　　数:1~4000
定　　　价:29.00 元

产品编号:037644-01

编审委员会成员

（按地区排序）

清华大学	周立柱	教授
	覃 征	教授
	王建民	教授
	冯建华	教授
	刘 强	副教授
北京大学	杨冬青	教授
	陈 钟	教授
	陈立军	副教授
北京航空航天大学	马殿富	教授
	吴超英	副教授
	姚淑珍	教授
中国人民大学	王 珊	教授
	孟小峰	教授
	陈 红	教授
北京师范大学	周明全	教授
北京交通大学	阮秋琦	教授
	赵 宏	教授
北京信息工程学院	孟庆昌	教授
北京科技大学	杨炳儒	教授
石油大学	陈 明	教授
天津大学	艾德才	教授
复旦大学	吴立德	教授
	吴百锋	教授
	杨卫东	副教授
同济大学	苗夺谦	教授
	徐 安	教授
华东理工大学	邵志清	教授
华东师范大学	杨宗源	教授
	应吉康	教授
东华大学	乐嘉锦	教授
	孙 莉	副教授

浙江大学	吴朝晖	教授
	李善平	教授
扬州大学	李　云	教授
南京大学	骆　斌	教授
	黄　强	副教授
南京航空航天大学	黄志球	教授
	秦小麟	教授
南京理工大学	张功萱	教授
南京邮电学院	朱秀昌	教授
苏州大学	王宜怀	教授
	陈建明	副教授
江苏大学	鲍可进	教授
中国矿业大学	张　艳	教授
武汉大学	何炎祥	教授
华中科技大学	刘乐善	教授
中南财经政法大学	刘腾红	教授
华中师范大学	叶俊民	教授
	郑世珏	教授
	陈　利	教授
江汉大学	颜　彬	教授
国防科技大学	赵克佳	教授
	邹北骥	教授
中南大学	刘卫国	教授
湖南大学	林亚平	教授
西安交通大学	沈钧毅	教授
	齐　勇	教授
长安大学	巨永锋	教授
哈尔滨工业大学	郭茂祖	教授
吉林大学	徐一平	教授
	毕　强	教授
山东大学	孟祥旭	教授
	郝兴伟	教授
中山大学	潘小轰	教授
厦门大学	冯少荣	教授
仰恩大学	张思民	教授
云南大学	刘惟一	教授
电子科技大学	刘乃琦	教授
	罗　蕾	教授
成都理工大学	蔡　淮	教授
	于　春	讲师
西南交通大学	曾华燊	教授

出 版 说 明

　　随着我国改革开放的进一步深化,高等教育也得到了快速发展,各地高校紧密结合地方经济建设发展需要,科学运用市场调节机制,加大了使用信息科学等现代科学技术提升、改造传统学科专业的投入力度,通过教育改革合理调整和配置了教育资源,优化了传统学科专业,积极为地方经济建设输送人才,为我国经济社会的快速、健康和可持续发展以及高等教育自身的改革发展做出了巨大贡献。但是,高等教育质量还需要进一步提高以适应经济社会发展的需要,不少高校的专业设置和结构不尽合理,教师队伍整体素质亟待提高,人才培养模式、教学内容和方法需要进一步转变,学生的实践能力和创新精神亟待加强。

　　教育部一直十分重视高等教育质量工作。2007 年 1 月,教育部下发了《关于实施高等学校本科教学质量与教学改革工程的意见》,计划实施"高等学校本科教学质量与教学改革工程(简称'质量工程')",通过专业结构调整、课程教材建设、实践教学改革、教学团队建设等多项内容,进一步深化高等学校教学改革,提高人才培养的能力和水平,更好地满足经济社会发展对高素质人才的需要。在贯彻和落实教育部"质量工程"的过程中,各地高校发挥师资力量强、办学经验丰富、教学资源充裕等优势,对其特色专业及特色课程(群)加以规划、整理和总结,更新教学内容、改革课程体系,建设了一大批内容新、体系新、方法新、手段新的特色课程。在此基础上,经教育部相关教学指导委员会专家的指导和建议,清华大学出版社在多个领域精选各高校的特色课程,分别规划出版系列教材,以配合"质量工程"的实施,满足各高校教学质量和教学改革的需要。

　　为了深入贯彻落实教育部《关于加强高等学校本科教学工作,提高教学质量的若干意见》精神,紧密配合教育部已经启动的"高等学校教学质量与教学改革工程精品课程建设工作",在有关专家、教授的倡议和有关部门的大力支持下,我们组织并成立了"清华大学出版社教材编审委员会"(以下简称"编委会"),旨在配合教育部制定精品课程教材的出版规划,讨论并实施精品课程教材的编写与出版工作。"编委会"成员皆来自全国各类高等学校教学与科研第一线的骨干教师,其中许多教师为各校相关院、系主管教学的院长或系主任。

　　按照教育部的要求,"编委会"一致认为,精品课程的建设工作从开始就要坚持高标准、严要求,处于一个比较高的起点上;精品课程教材应该能够反映各高校教学改革与课程建设的需要,要有特色风格、有创新性(新体系、新内容、新手段、新思路,教材的内容体系有较高的科学创新、技术创新和理念创新的含量)、先进性(对原有的学科体系有实质性的改革和发展,顺应并符合 21 世纪教学发展的规律,代表并引领课程发展的趋势和方向)、示范性(教材所体现的课程体系具有较广泛的辐射性和示范性)和一定的前瞻性。教材由个人申报或各校推荐(通过所在高校的"编委会"成员推荐),经"编委会"认真评审,最后由清华大学出版社审定出版。

目前,针对计算机类和电子信息类相关专业成立了两个"编委会",即"清华大学出版社计算机教材编审委员会"和"清华大学出版社电子信息教材编审委员会"。推出的特色精品教材包括:

(1) 21世纪高等学校规划教材·计算机应用——高等学校各类专业,特别是非计算机专业的计算机应用类教材。

(2) 21世纪高等学校规划教材·计算机科学与技术——高等学校计算机相关专业的教材。

(3) 21世纪高等学校规划教材·电子信息——高等学校电子信息相关专业的教材。

(4) 21世纪高等学校规划教材·软件工程——高等学校软件工程相关专业的教材。

(5) 21世纪高等学校规划教材·信息管理与信息系统。

(6) 21世纪高等学校规划教材·财经管理与应用。

(7) 21世纪高等学校规划教材·电子商务。

清华大学出版社经过二十多年的努力,在教材尤其是计算机和电子信息类专业教材出版方面树立了权威品牌,为我国的高等教育事业做出了重要贡献。清华版教材形成了技术准确、内容严谨的独特风格,这种风格将延续并反映在特色精品教材的建设中。

清华大学出版社教材编审委员会

联系人:魏江江

E-mail:weijj@tup.tsinghua.edu.cn

前 言

1. 本书的编写背景

在"应用为本,学以致用"的办学思想指导下,我们所设立的课程都侧重于在社会上正在应用的一些新技术,而 SQL Server 数据库技术作为新一代大型关系数据库管理系统,在电子商务、数据仓库和数据库解决方案等应用中起着核心作用,可为企业的数据管理提供强大的支持,对数据库中的数据提供有效的管理,并采用有效的措施实现数据的完整性及安全性。所以我们非常重视 SQL Server——数据库技术的教学,该课程采取了教学改革的方式,我们安排学生在实验室上课,这样学生可以边听边练,不光学到了理论,也学到了如何去真正地设计一个数据库。但是目前能适应这种授课方式的教材较少,故我们组织编写了这本教材,望能和各个进行教学改革的高校切磋探讨,一起为计算机类专业的教学做出贡献。

2. 本书的特色

本书的特点是以理论够用、实用、强化应用为原则,针对学生的特点,按照边讲边练的方式组织教材的编写,在整本教材中,每讲解一个知识点,都是通过若干的例子来完成的,而这些例子组织起来又可以实现一个完整的应用程序。

本书内容由浅入深,循序渐进,通俗易懂,适合自学,可作为独立学院或高职学生及其他培训班的"数据库原理及应用"、"数据库应用技术"或"SQL Server 应用程序设计"课程的教学用书,也可作为参加微软认证考试 70-431(Microsoft SQL Server 2005 Implementation & Maintenance)的参考书,同时对于计算机应用人员和计算机爱好者,本书也是一本实用的自学参考书。

3. 本书的内容摘要

第 1 章　数据库基础:主要介绍数据库系统、数据模型以及关系数据库的基本概念和规范。

第 2 章　SQL Server 2005 环境:主要介绍 SQL Server 2005 的特点、安装以及常用的服务器组件。

第 3 章　数据库及其管理:主要介绍数据库类型、存储结构、创建以及维护数据库等。

第 4 章　表:主要介绍数据类型、创建、维护和删除数据表等。

第 5 章　数据完整性:主要介绍实现各类数据完整性的各种约束以及默认值和规则等。

第 6 章　索引:主要介绍索引的分类以及常用索引的创建、查看、删除等。

第 7 章　Transact-SQL 语言：主要介绍 T-SQL 语言的特点、数据定义、操作、查询等的内容。

第 8 章　查询技术：主要介绍简单查询、数据分组与汇总、联接查询和子查询等。

第 9 章　视图：主要介绍视图的基本概念、视图的创建、使用、修改、删除和加密等。

第 10 章　存储过程：主要介绍存储过程的分类、优缺点以及创建、修改、删除的方法等。

第 11 章　函数：主要介绍系统内置函数和用户定义函数的使用方法。

第 12 章　触发器：主要介绍触发器的概述、实现与维护等。

第 13 章　使用 XML：主要介绍使用 FOR XML 检索、使用 OPEN XML 拆分、使用 XML 数据类型等。

第 14 章　数据库的备份与恢复：主要介绍常用的数据库备份与恢复方法等。

第 15 章　管理安全性：主要介绍 SQL Server 的身份验证模式，以及服务器的安全性和数据库的安全性等。

第 16 章　ASP. NET/SQL Server 的开发与编程：主要介绍 ADO. NET 模型和在连接与非连接环境下如何进行数据库访问。

4. 著作者分工

第 1～5 章、第 16 章由梁爽完成，并负责组织该教材的内部审核和出版，由于该教材是校精品课程的配套教材，整个课程的改革思路也由梁爽提供；第 10、12、14、15 章由田丹完成，并负责该教材的课后习题和实验的组织与整理；第 8、11、13 章由王岩完成。第 6、7、9 章由石丽完成，并负责组织该门精品课程的建设工作。

5. 联系方式

感谢您选择使用本书，由于作者水平有限，难免有错误和不足之处，欢迎您对本书提出批评和修改建议，我们将不胜感激。作者的联系方式是：ls_happiness@163.com。

编　者

2011 年 3 月

目　录

数据库基础

在计算机的三大主要应用领域(科学计算、数据处理和过程控制)中,数据处理的应用最为广泛。数据库技术就是作为数据处理的一门技术发展起来的。在目前常见的大型关系数据库管理系统中,SQL Server是较为常用的一种。SQL Server是由Microsoft开发和推广的关系数据库管理系统(DBMS),它最初是由Microsoft、Sysbase和Asthon-Tate三家公司共同开发的。1992年,SQL Server移植到NT上后,Microsoft成了这个项目的主导者。Microsoft和Sysbase销售和支持的产品在4.21版本上基本是相同的。到了1994年,联合开发/认证协议取消,从此,Microsoft专注于开发、推广SQL Server的Windows NT版本,Sysbase则较专注于SQL Server在UNIX操作系统上的应用。SQL Server近年来不断更新版本,1996年,Microsoft推出了SQL Server 6.5版本;1998年,SQL Server 7.0版本和用户见面;2000年,Microsoft又推出了SQL Server 2000版本;SQL Server 2005是Microsoft公司于2005年推出的最新版本。但是不管SQL Server技术如何发展,它的基础还是数据库系统的基本概念和基本技术。本章首先介绍数据库系统的基本概念,然后对数据模型进行讨论,特别是关系模型和E-R模型,最后介绍关系数据库的相关知识。

1.1 数据库系统的基本概念

1) 数据

数据(Data)实际上就是描述事物的符号记录。

计算机中的数据一般分为两部分:其中一部分与程序仅有短时间的交互关系,随着程序的结束而消亡,它们称为临时性数据,这类数据一般存放于计算机内存中;而另一部分数据则对系统起着长期持久的作用,它们称为持久性数据。数据库系统处理的就是这种持久性数据。

软件中的数据是有一定结构的。首先,数据有型(Type)和值(Value)之分,数据的型给出了数据表示的类型,如整型、实型和字符型等;而数据的值给出了符合给定型的值,如整型值15。随着应用需求的扩大,数据的型有了进一步的扩大,它包括了将多种相关数据以一定结构方式组合构成特定的数据框架,这样的数据框架称为数据结构(Data Structure),数据库中在特定条件下称之为数据模式(Data schema)。

2) 数据库

数据库(Database,DB)是数据的集合,它具有统一的结构形式,并存放于统一的存储介质内,是多种应用数据的集成,并可被各个应用程序所共享。

数据库中的数据具有"集成"、"共享"的特点,也就是说数据库集中了各种应用的数据,进行统一的构造与存储,而使它们可被不同应用程序所使用。

3) 数据库管理系统

数据库管理系统(Database Management System,DBMS)是数据库的机构,它是一种系统软件,负责数据库中的数据组织、数据操纵、数据维护、控制及保护和数据服务等。数据库中的数据是具有海量级的数据,并且其结构复杂,因此需要提供管理工具。数据库管理系统是数据库系统的核心,它主要有如下几方面的具体功能:

(1) 数据模式定义。数据库管理系统负责为数据库构建模式,也就是为数据库构建其数据框架。

(2) 数据存取的物理构建。数据库管理系统负责为数据模式的物理存取及构建提供有效的存取方法与手段。

(3) 数据操纵。数据库管理系统为用户使用数据库中的数据提供方便,它一般提供查询、插入、修改以及删除数据的功能。此外,它自身还具有做简单算术运算及统计的能力,而且还可以与某些过程性语言结合,使其具有强大的过程性操作能力。

(4) 数据的完整性、安全性定义与检查。数据库中的数据具有内在语义上的关联性与一致性,它们构成了数据的完整性。数据的完整性是保证数据库中数据正确的必要条件,因此必须经常检查以维护数据的正确。

数据库中的数据具有共享性,而数据共享可能会引发数据的非法使用,因此必须要对数据正确使用作出必要的规定,并在使用时做检查,这就是数据的安全性。

数据完整性与安全性的维护是数据库管理系统的基本功能。

(5) 数据库的并发控制与故障恢复。数据库是一个集成、共享的数据集合体,它能为多个应用程序服务,所以就存在着多个应用程序对数据库的并发操作。在并发操作中如果不加控制和管理,多个应用程序间就会相互干扰,从而对数据库中的数据造成破坏。因此,数据库管理系统必须对多个应用程序的并发操作做必要的控制以保证数据不受破坏,这就是数据库的并发控制。

数据库中的数据一旦遭受破坏,数据库管理系统必须有能力及时进行恢复,这就是数据库的故障恢复。

(6) 数据的服务。数据库管理系统提供对数据库中数据的多种服务功能,如数据备份、转存、重组、性能监测、分析等。

为了完成以上 6 个功能,数据库管理系统一般提供相应的数据语言(Data Language),它们是:

- **数据定义语言**(Data Definition Language,DDL) 该语言负责数据的模式定义与数据的物理存取构建。
- **数据操纵语言**(Data Manipulation Language,DML) 该语言负责数据操纵,包括查询及增、删、改等操作。
- **数据控制语言**(Data Control Language,DCL) 该语言负责数据完整性、安全性的定义与检查以及并发控制、故障恢复等功能,包括系统初启程序、文件读写与维护程序、存取路径管理程序、缓冲区管理程序、安全性控制程序、完整性检查程序、并发控制程序、事务管理程序、运行日志管理程序、数据库恢复程序等。

4）数据库管理员

由于数据库的共享性,因此对数据库的规划、设计、维护、监视等需要有专人管理,称他们为数据库管理员(Database Administrator,DBA)。其主要工作如下:

(1) 数据库设计(Database Design)。DBA 的主要任务之一是做数据库设计,具体地说就是进行数据模式的设计。由于数据库的集成与共享性,因此需要有专门人员(即 DBA)对多个应用的数据需求作全面的规划、设计与集成。

(2) 数据库维护。DBA 必须对数据库中的数据安全性、完整性、并发控制及系统恢复、数据定期转存等进行实施与维护。

(3) 改善系统性能,提高系统效率。DBA 必须随时监视数据库运行状态,不断调整内部结构,使系统保持最佳状态与最高效率。当效率下降时,DBA 需采取适当的措施,如进行数据库的重组、重构等。

5）数据库系统

数据库系统(Database System,DBS)由如下几部分组成:数据库(数据)、数据库管理系统(软件)、数据库管理员(人员)、系统平台之一——硬件平台(硬件)、系统平台之二——软件平台(软件)。这 5 个部分构成了一个以数据库为核心的完整的运行实体,称为数据库系统。

6）数据库应用系统

利用数据库系统进行应用开发可构成一个数据库应用系统(Database Application System,DBAS),其软硬件层次结构如图 1.1 所示。数据库应用系统是数据库系统再加上应用软件及应用界面这三者所组成,具体包括数据库、数据库管理系统、数据库管理员、硬件平台、软件平台、应用软件和应用界面。

图 1.1 数据库系统的软硬件层次结构图

1.2 数据模型

模型是对现实世界的模拟和抽象,在现实世界中我们经常会接触到模型。例如在购买房屋时,就会看到房产商为来访者展示的房屋设计模型;在参观市政规划馆时,会看到很多城市规划模型;有时,还会观看船模、航模比赛。这些模型都是对现实世界事物的一种模拟。

存放在数据库中的数据是某个企业、组织或部门的业务活动所涉及的各种数据,这些数据相互之间是有联系的,必须用一定的结构将其组织起来。在数据库中引入了数据模型来描述数据以及它们之间的联系。针对不同的对象和应用目的,可以采用不同的数据模型。常用的数据模型包括层次模型(Hierarchical Model)、网状模型(Network Model)、关系模型(Relational Model)和面向对象模型(Object Oriented Model)等。

1.2.1 层次模型

用树形结构来表示实体及其联系的数据模型称为层次模型。采用层次模型的数据库系统称为层次模型数据库系统。层次模型数据库系统的典型代表是 1968 年由 IBM 公司推出的商用数据库管理系统。

在层次模型中,实体称为记录,实体的属性称为数据项或字段。实体在层次模型中是用节点表示的,实体的属性也在节点中列出;实体间的联系用节点间的有向连线表示。图 1.2(a)所示就是学校的一个层次模型。这种模型可以用有向树来表示,如图 1.2(b)所示。

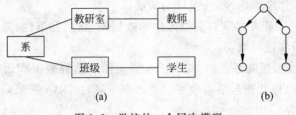

图 1.2 学校的一个层次模型

树形结构有以下优点:

(1) 由树的性质可知,自根开始到树中的任一节点均存在且唯一存在一条通路,任何数据操纵均能从根开始在树中通过联系找到所需结果。

(2) 实体集间的联系较为单一。每个实体集(除根集外)均只要给出一个联系。

(3) 树形结构在计算机内实现较为方便。在树形结构中,数据操纵均从根开始,自顶向下,是一种单向的搜索过程。

1.2.2 网状模型

用网状结构来表示实体型及其联系的数据模型称为网状模型。采用网状模型的数据库系统称为网状数据库系统。网状数据库系统的典型代表是 DBTG 系统。

与层次模型一样,网状模型中的实体也称为记录,实体的属性也称为数据项或字段。记录及其联系也是用节点及节点间的有向连线表示的。

与层次模型不同的是,网状模型去除了层次模型的两个限制,它允许:

(1) 一个以上的节点可以没有双亲节点。

(2) 一个节点可以有多于一个的双亲节点。

因此,层次模型实际上是网状模型的一个特例,网状模型比层次模型更具普遍性,更容易表示现实世界中事物间的复杂联系。如图 1.3(a)中的教学关系可用图 1.3(b)表示,这是一个无向图。

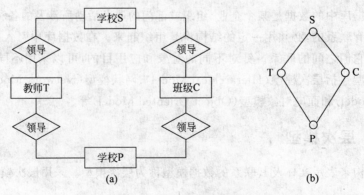

图 1.3 教学关系网状模型

可以看出,网状模型在结构上比较优越,不像层次模型那样满足严格的条件。在网状模型中,对数据的搜索可以用两种方式:

(1) 可以从网络中任一节点开始搜索。

(2) 可沿着网中的路径按任意方向搜索。这种搜索方式也比层次模型较为优越。

这种不加任何限制的网状模型在计算机中实现较为困难,因此在网状模型的具体实现时往往要采取一些办法来解决。

1.2.3 关系模型

关系模型是完全不同于前面两种模型的一种新模型,它的基础不是图形而是表格。表格方法在日常生活中的应用非常广泛,可以说,任何一个信息模型均可用二维表的形式表示出来。用表结构来表示实体及实体间联系的模型称为关系模型。采用关系模型的数据库系统称为关系型数据库系统。

关系模型是 1970 年由 IBM 公司 San Jose 研究实验室的研究员 E. F. Codd 提出的,他连续发表了《大型共享数据库数据的关系模型》等一系列论文,提出了关系数据模型,奠定了关系数据库的理论基础。此后,关系数据库系统得到了广泛的应用和普及。典型的关系数据库产品有 Oracle、Sysbase、SQL Server、DB2、FoxPro、Access 和 Informix 等。关系模型表示客观世界的方式如下:

(1) 用二维表表示实体及其属性。

设一实体集 R 有属性 A1, A2, …, An。此时,这个实体集可用一个二维表的框架表示出来,而这个表中的每一行内容即构成了实体集中的实体。例如,"教师"、"学生"和"课程"三个实体及属性分别为教师(工号,姓名,职称),学生(学号,姓名,性别,年龄)和课程(课程号,课程名称,学时数)。图 1.4 列出了三个实体的若干取值。

工号	姓名	职称
001	刘洋	助教
002	王娜	讲师
003	李鹏	副教授
004	张博	教授

学号	姓名	性别	职称
05331101	张曼	女	19
05331102	刘迪	女	20
05331103	刘凯	男	20
05331104	王越	男	21
05331105	李楠	女	19
05331106	胡栋	男	20

课程号	课程名称	学时数
0001	大学英语	240
0002	高等数学	120
0003	数据库原理与应用	60
0004	数数结构	60

图 1.4 教师、学生和课程三个实体的若干取值

(2) 用二维表表示实体之间的联系。

用二维表表示实体间的联系是关系模型的关键,如果不同实体间确实存在着某种自然联系,那么一定可以通过在相应的二维表中设置某个或某些属性使不同二维表发生关系。现假定:"课程"与"教师"两实体间是 1∶n 联系;"学生"与"课程"两实体间是 m∶n 联系;不考虑"学生"与"教师"间的联系。根据这个假定,看看实现联系的手段。

为使"课程"与"教师"间表现为 1∶n 联系,可在"教师"二维表中增加一个属性,这个增加的属性必须是与"教师"发生联系的"课程"二维表中的关键字"课程号",它在"教师"二维表中并不是关键字,但却是与之相联系的另一个二维表"课程"中的关键字,这叫做外部关键

字。这样,"课程号"同时出现在"教师"与"课程"两个二维表中,作为公共属性,正是通过公共属性取值相等的条件使"课程"与"教师"建立1∶n联系。为便于理解,在图1.5中给出了几个具体取值,图中表明0003号和0004号两个教师担任0003号一门课程。反之,0003号课程由0003号和0004号两个教师承担,反映了"课程"与"教师"之间是1∶n的联系。

学号	课程号	分数
05331101	0001	95
05331101	0002	98
05331101	0003	89
05331102	0001	93
05331102	0002	99
05331102	0003	95
05331103	0001	84
05331103	0002	80
05331103	003	94

工号	姓名	职称	课程号
0001	刘洋	助教	0001
0002	王娜	讲师	0002
0003	李鹏	副教授	0003
0004	张博	教授	0004

(a)　　　　　　　　　　　(b)

图1.5　用二维表表示"教师"与"课程"、"学生"与"课程"两实体间的联系

为使"学生"与"课程"两实体间表现为$m:n$的联系,可以再构造一个专门起着联系作用的二维表,该二维表中应包含被它所联系的两个二维表中的关键字。分析图1.5(b)所示的"学习"二维表,不难看出它的确表示了"学生"和"课程"间的$m:n$联系,因为05331101号学生学了0001、0002、0003号课程,而0001号课程有05331101、05331102、05331103三个学生选修过。

由此可见,可用二维表表示实体集及其属性,也可用它表示实体集的联系。这样,用E-R图所构成的任意信息模型均可用若干二维表表示。

这种二维表在数学中实际上是一个关系,故这种模型称为关系模型。关系模型有如下特性:

① 关系模型的基本结构是二维表,二维表是一种极其简单的数据结构,在计算机中实现也极为方便。

② 二维表不仅能表示实体,也能表示联系,它的表达力极强,这是前两种方法远不能比拟的。

③ 用二维表的方法不存在对E-R图的分解问题,一个E-R图可以很快用二维表形式表现出来。

④ 二维表的数学基础是关系理论,对二维表进行的数据操纵相当于在关系理论中对关系进行运算。因此,在关系模型中,整个模型的定义与操纵均建立在严格的数学理论基础上,这为研究关系模型提供了极其有力的工具。

1.2.4　面向对象模型

与层次模型和网状模型相比,关系模型有严格的数学基础,概念简单清晰,非过程化程度高,在传统的数据处理领域使用得非常广泛。但是,随着数据库技术的发展,出现了许多如CAD、图像处理等新的应用领域,甚至在传统的数据处理领域也出现了新的处理需求。

例如,存储和检索保险索赔案件中的照片、手写的证词等。这就要求数据库系统不仅能处理简单的数据类型,还要处理包括图形、图像、声音、动画等多种音频、视频信息,传统的关系数据模型难以满足这些需求,因而产生了面向对象的数据模型。

在面向对象的数据模型中,最重要的概念是对象(Object)和类(Class)。对象是对现实世界中实体的抽象。针对不同的应用环境,面对的对象也不同。一个教师是一个对象,一本书也可以是一个对象。一个对象由属性集、方法集和消息集组成。其中,属性用于描述对象的状态、组成和特性,而方法用于描述对象的行为特征,消息是用来请求对象执行某一操作或回答某些信息的要求,它是对象与外界联系的界面。共享同一属性集和方法集的所有对象的集合称为类。每个对象称为它所在类的一个实例。类的属性值域可以是基本数据类型,也可以是类。一个类可以组成一个类层次,一个面向对象的数据库模式是由若干个类层次组成的。例如,书类包括工具书类和教科书类。其中,书是超类,而工具书类和教科书类是它的子类。子类可以继承其超类的所有属性、方法和消息。

1.3 关系数据库

关系数据库是基于关系模型的数据库,是目前各类数据库中最重要、最流行的数据库,它应用数学方法来处理数据库数据,是目前使用最广泛的数据库系统。20世纪70年代以后开发的数据库管理系统产品几乎都是基于关系模型。在数据库发展的历史上,最重要的成就就是关系模型。

1.3.1 关系数据库的基本概念

关系数据库模型把世界看作是实体和联系构成的,其中的信息是以二维表来存储的,为了描述表的结构以及表与表之间的联系,用到了以下基本概念。

(1) 实体。实体是指客观存在、可相互区分的事物。实体可以是具体的对象,如一个学生、一门课程、一艘船、一幢房子、一件产品、一座仓库等;也可以是抽象的事件,如一次选课、一次购房、一次订货等。在关系模型中,实体通常是以表的形式来表现的。表的每一行描述实体的一个实例,表的每一列描述实体的一个特征或属性。

(2) 实体集。实体集是指同类实体的集合。例如,某个公司的所有产品、某个公司的所有仓库、某个学校的所有学生等。一个实体集的范围可大可小,主要取决于要解决的应用问题所涉及范围的大小。例如,为解决某个学校的应用问题,那么该校全体学生组成的集合就是一个学生实体集。但如果应用问题与某个城市所有的学校有关,那么学生实体集包含的就是某个城市的所有学生。

(3) 属性。实体集中的所有实体都具有一组相同的特性,如学生实体集中的每个实体都有学号、姓名、年龄、性别、系、籍贯等特性,把实体所具有的某一特性称为属性。

(4) 实体型和实体值。实体有类型和值之分。用于描述和抽象同一实体集共同特征的实体名及其属性名的集合称为实体型,如学生(学号,姓名,年龄,性别,系,籍贯)就是一个实体型。相应的,实体集中的某个实体的值即为实体值,如('05331101','张曼',19,'女','信息工程系','辽宁沈阳')就是一个实体值。

（5）实体间的联系。实体间的联系就是实体集与实体集之间的联系，这种联系共有以下 3 种：

① **一对一联系**。如果对于实体集 E1 中的每个实体，在实体集 E2 中至多只有一个实体与之对应，反之亦然，则称实体集 E1 与 E2 之间的联系是一对一联系，记为"1∶1"。

例如，影剧院中观众和座位之间就具有一对一的联系，因为在一个座位上最多坐一个观众，而一个观众也只能坐在一个座位上。

② **一对多联系**。如果对于实体集 E1 中的每个实体，在实体集 E2 中有任意个（0 个或多个）实体与之相对应，而对于 E2 中的每个实体却至多和 E1 中的一个实体相对应，则称实体集 E1 与 E2 之间的联系是一对多联系，记为"1∶n"。

例如，学校的专业与学生之间、公司的部门与其职工之间、球队与球员之间都具有一对多的联系。

③ **多对多联系**。如果对于实体集 E1 中的每个实体，在实体集 E2 中有任意个（0 个或多个）实体与之相对应，反之亦然，则称实体集 E1 与 E2 之间的联系是多对多联系，记为"m∶n"。

例如，学校的学生与课程之间就具有多对多的联系，因为一个学生可以选修多门课，一门课也可被多个学生选修。公司的产品与其客户之间也具有多对多联系，因为一个产品可以被多个客户订购，一个客户也可以订购多个产品。

（6）记录。关系数据库中二维表的一行表示一个实体。

（7）字段。关系数据库中二维表的列表示实体的属性、特征。

（8）主键。主键是被挑选出来的列或组合，该列或组合用来唯一标识一行。一个表只有一个主键，且主键必须唯一，并且不允许为 NULL 或重复。例如，学生的学号可以作为主键，但姓名不能，因为姓名可能重复，如果姓名也是唯一的，也可以用来作主键。主键有时也称为主关键字。

（9）外键。如果表中的某一字段与另一表中的主键相对应，则将该字段称为表的外键。外键表示了两个表之间的联系。以另一个表的外键作主键的表被称为主表，具有此外键的表被称为主表的从表。外键又称为外关键字。如学生表（学号，姓名，年龄，性别，系编号，籍贯）和系别表（系编号，系名称，系主任名），其中系别表是主表，学生表是从表。因为系编号在系别表中是主键，在学生表中是外键。

（10）数据完整性。数据完整性是指数据的正确性和可靠性。为了维护数据库中数据与现实世界的一致性，对关系数据库的插入、删除和修改操作必须有一定的约束条件，这就是关系数据库的 4 类完整性：实体完整性、域完整性、参照完整性和用户定义完整性。

① **实体完整性**。实体完整性要求表中的所有行具有唯一的标识符，即 primary key、unique、identity。是否可以改变主键值或删除一整行，取决于主键和其他表之间要求的完整性级别。在学生表中，学号定义为主键，则在学生表中不能同时出现两个学号相同的学生，也就是通过学号这个主键实现了学生表的实体完整性。

② **域完整性**。域完整性指定一组对列有效的数据值，并确定是否允许有空值。通常使用有效性检查强制域完整性，也可以通过限定列中允许的数据类型、格式或可能值的范围来强制数据完整性。例如，学生的年龄定义为两位整数，范围还是太大，可以写如下规则把年龄限制在 15～30 岁之间：check(age between 15 and 30)。

③ **参照完整性**。参照完整性也称为引用完整性，该完整性确保始终保持主键（在被引用

表中)和外键(在引用表中)的关系。如果有外键引用了某行,那么不能删除被引用表中的该行,也不能改变主键,除非允许级联操作。可以在同一个表中或两个独立的表之间定义参照完整性。

学生选课表中的属性"学号"是学生表的外部关系键,如表 1.1 和表 1.3 所示;学生选择表中的属性"课程号"是课程表的外部关系键,如表 1.2 和表 1.3 所示。学生选课表中某个学生的学号取值必须在参照的学生表中主键"学号"中能够找到,否则一个不存在的学生却选了课,显然不符合现实。

④ **用户定义完整性**。是针对某个特定关系数据库的约束条件,它反映某一具体应用所涉及的数据必须满足的语义要求。SQL Server 提供了定义和检验这类完整性的机制,以便用统一的系统方法来处理它们,而不是让应用程序来承担这一功能。其他的完整性类型都支持用户定义的完整性。

表 1.1 学生表

学号	姓名	性别	年龄
5331101	张曼	女	19
5331102	刘迪	女	20
5331103	刘凯	男	20
5331104	王越	男	21
5331105	李楠	女	19
5331106	胡栋	男	20

表 1.2 课程表

课程号	课程名称	学时数
1	大学英语	240
2	高等数学	120
3	数据库原理与应用	60
4	数据结构	60

表 1.3 学生选课表

学号	课程号	分数
5331101	1	95
5331101	2	98
5331101	3	89
5331102	1	93
5331102	2	99
5331102	3	95
5331103	1	84
5331103	2	80
5331103	3	94

1.3.2 关系数据库设计

在数据库系统中,数据由数据库管理系统进行独立的管理,对程序的依赖性大大减少,而数据库设计也逐渐成为一项独立的开发活动。

一般来说,数据库的设计都要经过需求分析、概念设计、实现设计和物理设计 4 个阶段。

(1) 需求分析。需求分析是分析系统的需求,该过程的主要任务是从数据库的所有用户那里收集对数据的需求和对数据的处理需求,并把这些需求写成需求说明书。

(2) 概念设计。概念设计是将需求说明书中关于数据的需求综合为一个统一的概念模型,其过程是首先根据单个应用的需求画出能反映每一个应用需求的局部 E-R 模型;然后把这些 E-R 图合并起来,消除冗余和可能存在的矛盾,得出系统总体的 E-R 模型。

(3) 实现设计。实现设计是将 E-R 模型转换成某一特定的数据库管理系统能够接受的逻辑模式。对关系数据库来说,主要是完成表的结构和关联的设计。

(4) 物理设计。物理设计主要是确定数据库的存储结构,包括确定数据库文件和索引文件的记录格式和物理结构,选择存取方法等,这个阶段的设计最困难。不过现在这些工作基本上由数据库管理系统来完成,操作起来非常简单。

对于一般的数据库管理员和编程人员来说,其主要关心的是中间两个阶段,即概念设计和实现设计,而在概念设计阶段通常采用的设计方法是实体-联系(E-R)图。

E-R 图是 P. P. S. Chen 于 1976 年提出的用于表示概念模型的方法,该方法直接从现实世界抽象出实体及其相互间的联系,并用 E-R 图来表示概念模型。在 E-R 图中,实体、属性及实体间的联系表示如下:

(1) 实体:用标有实体名的矩形框表示。

(2) 属性:用标有属性名的椭圆框表示,并用一条直线与其对应的实体连接。

(3) 实体间的联系:用标有联系名的菱形框表示,并用直线将联系与相应的实体连接,且在直线靠近实体的一端标上 1 或 n 等,以表明联系的类型($1:1$、$1:n$、$m:n$)。

例如,学生实体、教师实体和课程实体及相互间的多对多联系可以用图 1.6 所示的 E-R 图表示,其中教师实体具有工号、姓名、职称等属性,课程实体具有课程号和课程名等属性。学生与教师间有上课的联系,教师与课程间有讲授的联系,学生与课程间又有学习的联系。它们构成一个完整的 E-R 图。

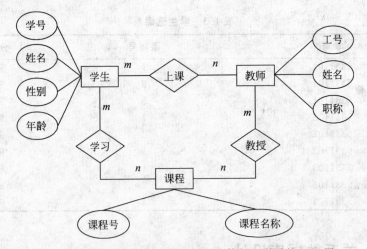

图 1.6　学生实体、教师实体和课程实体相互联系的 E-R 图

在用 E-R 图描述概念模型时,应该根据具体的应用环境来决定图中包含哪些实体,实体间又包含哪些联系。联系与实体间的联接方法可以是多样的,上面所举的例子都是两个

实体集间的联系,叫二元联系。也可以是多个实体集间的联系,这叫多元联系。

从 E-R 图可以看出,用 E-R 图来描述概念模型非常接近人的思维,容易理解,而且 E-R 图与具体的计算机系统无关,易被不具有计算机知识的最终用户接受。因此,E-R 图是数据库设计人员与用户进行交互的最有效工具。

设计出 E-R 图后,接下来要将 E-R 图转换成关系数据库中的二维表。将 E-R 图转换成表比较简单,表名可以用实体集的名称,将实体集的属性名作为表的列名形成一张二维表,注意每一个实体集要形成一张二维表,如学生实体集可转化成学生表(学号,姓名,年龄,性别,系编号,籍贯)。原则上每一个联系也是一张二维表,有时也将联系采用外键约束的方式内置在两个实体集表中,联系也需要属性,如学生与课程的联系可转化成成绩表(学号,课程号,成绩)。

1.3.3 关系数据库的规范化

E. F. Codd 于 1971 年提出规范化理论。他定义了 5 种规范化模式(Normal,范式)。范式表示的是关系模式的规范化程序,也就是满足某种约束条件的关系模式,根据满足的约束条件的不同来确定范式。在 5 种范式中,通常只用到前三种,如表 1.4 所示。

表 1.4 规范化模式

范 式	条 件
第一范式(1NF)	记录中每一个分量都必须是不可分割的数据项
第二范式(2NF)	不仅满足第一范式,而且所有非主属性完全依赖于其主码
第三范式(3NF)	不仅满足第二范式,而且它的任何一个非主属性都不传递于任何主关键字

表 1.5 表示的关系不符合第一范式的要求。

表 1.5 不符合第一范式的关系

工号	姓名	职称	工资	系	电话	研究课题	
						课题号	课题名
0001	刘洋	助教	1200	机械系	8020	J0604	机械制造
0001	刘洋	助教	1200	机械系	8020	J0506	机械加工
0002	王娜	讲师	2500	管理系	8004	J0708	信息管理
0003	李鹏	副教授	3000	信息系	8036	J0706	自动识别
0004	张博	教授	4000	信息系	8035	J0510	计算机教育

可将其转化为符合第一范式的关系,如表 1.6 所示。

表 1.6 符合第一范式的关系

工号	姓名	职称	工资	系	电话	研究课题号	研究课题名
0001	刘洋	助教	1200	机械系	8020	J0604	机械制造
0001	刘洋	助教	1200	机械系	8020	J0506	机械加工
0002	王娜	讲师	2500	管理系	8004	J0708	信息管理
0003	李鹏	副教授	3000	信息系	8036	J0706	自动识别
0004	张博	教授	4000	信息系	8035	J0510	计算机教育

表 1.6 中的关系满足第一范式,但不满足第二范式。在表 1.6 中,"工号"和"研究课题号"共同组成主关键字,"姓名"、"职称"、"工资"和"研究课题名"是非主属性。非主属性(姓名、职称、工资、系、研究课题名)不完全依赖于由教师和课题代码组成的主关键字。其中,"姓名"、"职称"和"工资"只依赖于主关键字的一个分量——"工号",而"研究课题名"只依赖于主关键字的另一个分量——"研究课题号"。这种关系会引发下列问题。

(1) 数据冗余。当某个教师有多项研究课题时,必须有多条记录,而这多条记录中,该教师的姓名、职称和工资数据项完全相同。

(2) 插入异常。当新调入一个教师时,只有教师编号、姓名、职称、工资的信息,没有研究课题的信息,而研究课题号是主关键字之一,缺少时无法输入该教师信息。反之,当插入一个新的研究课题时,也往往缺少相应的工号,以致无法插入。

(3) 删除异常。当删除某个教师的信息时,常常会丢失研究课题的信息。

解决的方法是将其分解为多个满足第二范式的关系模式。在本例中,可将关系分解为如下三个关系。

- 教师关系:工号、姓名、职称、工资、系、电话;
- 课题关系:研究课题号、研究课题名;
- 教师与课题关系:教师编号、研究课题号。

以上这些关系符合第二范式的要求。教师关系如表 1.7 所示,不符合第三范式。

表 1.7　不符合第三范式的关系

工号	姓名	职称	工资	系	电话
0001	刘洋	助教	1200	机械系	8020
0001	刘洋	助教	1200	机械系	8020
0002	王娜	讲师	2500	管理系	8004
0003	李鹏	副教授	3000	信息系	8036
0004	张博	教授	4000	信息系	8035

表 1.7 符合第二范式,但是不符合第三范式。这样的关系同样存在着高度冗余和更新异常问题。消除传递依赖关系的办法是将关系分解为如下几个满足第三范式的关系。

- 教师关系:工号(主键)、姓名、职称、工资、系、电话;
- 课题关系:研究课题号、研究课题名;
- 教师与课题关系:教师编号、研究课题号。

第三范式消除了插入异常、删除异常、数据冗余和修改复杂等问题,是比较规范的关系。

本章小结

本章主要讲述了数据库系统的基本概念以及几种常用的数据库模型,并着重介绍了目前正广泛应用的关系模型。此外,还就关系模型基础上发展起来的关系数据库进行了详尽的介绍,主要包括关系数据库的基本概念以及常见的设计方法和在设计过程中应遵循的基本规范。

习题 1

1. 有几种常用的数据模型？它们的主要特征是什么？
2. 什么是数据库系统？试述其体系结构。
3. 数据库设计的步骤是什么？
4. 解释关系、属性和实体。
5. 设计一个"图书销售信息管理"数据库。
6. 设计一个"友人通信录"数据库。

第2章 SQL Server 2005环境

2.1 SQL Server 2005 的新特点

SQL Server 2005 与 SQL Server 2000 相比，在性能、可靠性、实用性等方面有了很大扩展和提高。由于 SQL Server 2005 的一些新特性，使 SQL Server 2005 成为优秀的数据平台，可用于大规模联机事务处理(OLTP)、数据仓库和电子商务应用。

SQL Server 2005 与以前版本相比较具有以下新特性。

(1) 增强的通知服务。用于开发、部署可伸缩应用程序的先进的通知服务，能够向不同的连接和移动设备发布个性化、及时的信息更新。

(2) 增强的报表服务。全面的报表解决方案，可创建、管理和发布传统的、可打印的报表和交互的、基于 Web 的报表。

(3) 新增服务代理技术。通过使用 T-SQL DML 语言扩展允许内部或外部应用程序发送和接收可靠、异步的信息流。信息可以被发送到发送者所在数据库的队列中，或发送到同一 SQL Server 实例的另一个数据库，或发送到同一服务器或不同服务器的另一个实例。

(4) 增强的数据引擎。安全、可靠、可伸缩、高可用的关系型数据库引擎提升了性能且支持结构化和非结构化(XML)数据。在编程环境上，和微软.NET 集成到一起。SQL Server 2005 中的 Transact-SQL 增强功能提高了在编写查询时的表达能力，可以改善代码的性能，并且扩充了错误管理能力。

(5) 增强的数据访问接口。SQL Server 2005 提供了新的数据访问技术——SQL 本地客户端程序(Native Client)。这种技术将 SQL OLE DB 和 SQL ODBC 集成到一起，连同网络库形成本地动态链接库(DLL)。SQL 本地客户端程序可使数据库应用的开发更为容易，更易于管理，以及更有效率。另外，SQL Server 2005 提升了对微软数据访问(MDAC)和.NET 框架的支持。

(6) 增强的分析服务。联机分析处理(OLAP)功能可用于多维存储的大量、复杂的数据集的快速高级分析。

(7) 增强的集成服务。可以支持数据仓库和企业范围内数据集成的抽取、转换和装载能力。

(8) 增强的数据复制服务。数据复制可用于数据分发、处理移动数据应用、系统高可用、企业报表、数据可伸缩存储、与异构系统的集成等。

（9）改进的开发工具。开发人员现在能够用一个开发工具开发 Transact-SQL、XML、MDX（Multidimensional Expressions）、XML/A（XML for Analysis）应用。和 Visual Studio 开放环境的集成也为关键业务应用和商业智能应用提供了更有效的开发和调试环境。

2.2 SQL Server 2005 的安装和配置

2.2.1 安装前的准备工作

安装一个软件产品之前，首先应该熟悉该软件产品的软硬件和网络环境的需求。

1. SQL Server 2005 的硬件环境需求

32 位平台上的 SQL Server 2005 安装的硬件环境需求如表 2.1 所示。

表 2.1 SQL Server 2005 安装的硬件环境需求

硬件	最低需求
CPU	企业版、标准版和开发版需要 P III 及其兼容处理器，建议主频为 600MHz 或更高。如果不满足 CPU 的要求，安装将无法进行
内存	企业版、标准版、工作组版、开发版至少 512MB
	简易版至少 192MB。如果不满足最低要求，安装将发生警告，可以继续进行
硬盘	SQL Server 2005 数据库引擎、数据文件、复制及全文索引：150MB
	分析服务及数据文件：35KB
	报表服务及报表管理器：40MB
	通知服务：5MB
	集成服务：9MB
	客户端组件：12MB
	管理工具：70MB
	开发工具：20MB
	联机丛书：15MB
	示例和示例数据库：390MB
监视器	VGA 或更高，图形工具要求 1024×768 像素或更高分辨率
光驱	相应的 CD 或 DVD 光驱
网卡	10/100MB 兼容网卡

2. SQL Server 2005 的软件环境需求

32 位平台上的 SQL Server 2005 安装的软件环境需求如表 2.2 所示。

表 2.2 SQL Server 2005 安装的软件环境需求

版本	最低需求
企业版	Windows 2000 Server SP4、Windows 2000 Server Advanced Server SP4、Windows 2000 Data Center Server SP4、Windows Server 2003 SP1、Windows Server 2003 企业版 SP1、Windows 2003 数据中心版 SP1

续表

版本	最 低 需 求
开发版	Windows 2000 Professional SP4、Windows 2000 Server SP4、Windows 2000 Server Advanced Server SP4、Windows 2000 Data Center Server SP4、Windows XP 家庭版 SP2、Windows XP 专业版 SP2、Windows Server 2003 SP1、Windows Server 2003 企业版 SP1、Windows 2003 数据中心版 SP1
标准版	Windows 2000 Professional SP4、Windows 2000 Server SP4、Windows 2000 Server Advanced Server SP4、Windows 2000 Data Center Server SP4、Windows XP 专业版 SP2、Windows Server 2003 SP1、Windows Server 2003 企业版 SP1、Windows 2003 数据中心版 SP1
工作组版	Windows 2000 Professional SP4、Windows 2000 Server SP4、Windows 2000 Server Advanced Server SP4、Windows 2000 Data Center Server SP4、Windows XP 专业版 SP2、Windows Server 2003 SP1、Windows Server 2003 企业版 SP1、Windows 2003 数据中心版 SP1
简易版	Windows 2000 Professional SP4、Windows 2000 Server SP4、Windows 2000 Server Advanced Server SP4、Windows 2000 Data Center Server SP4、Windows Server 2003 SP1、Windows Server 2003 企业版 SP1、Windows 2003 数据中心版 SP1、Windows 2003 Web 版 SP1

3. SQL Server 2005 的网络环境需求

32 位平台上的 SQL Server 2005 安装的网络环境需求如表 2.3 所示。

表 2.3 SQL Server 2005 安装的网络环境需求

网 络 组 件	最 低 要 求
IE 浏览器	IE 6.0 SP1 及以上版本。如果只安装客户端组件且不需要连接到要求加密的服务器,则 IE 4.01 SP2 即可
IIS	安装报表服务需要 IIS5.0 以上
ASP.NET 2.0	报表服务需要 ASP.NET

4. SQL Server 2005 的其他安装需求

SQL Server 2005 的安装还需要满足以下三个条件。如果是 Windows Server 2003 SP1,则这些条件都已经自动满足。否则需要单独安装以下组件后才能正确安装 SQL Server 2005。

(1) Microsoft Windows Installer 3.1 或更高版本。

(2) Microsoft 数据访问组件(MDAC)2.8 SP1 或更高版本。

(3) Microsoft Windows .NET Framework 2.0。

这些组件都可以在 Internet 上免费下载。

2.2.2 安装 SQL Server 2005

SQL Server 2005 的安装过程与其他 Microsoft Windows 系列产品类似,其安装过程如下:

（1）将 SQL Server 2005 的安装盘放入光驱中，自动播放或直接双击 setup. exe，出现图 2.1 所示界面，如果上面介绍的安装环境能够满足，就可以直接单击"服务器组件、工具、联机丛书和示例"超链接。

图 2.1　SQL Server 2005 的安装主界面

（2）出现图 2.2 所示"最终用户许可协议"界面，选中"我接受许可条款和条件"复选框，单击"下一步"按钮。

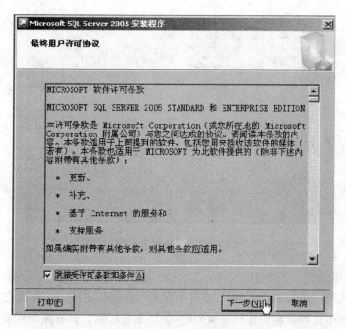

图 2.2　许可协议条件

（3）为了能成功安装 SQL Server 2005，在计算机上需要下列软件组件：.NET Framework 2.0、Microsoft SQL Native Client 和 Microsoft SQL Server 2005 安装程序支持文件，如图2.3所示。

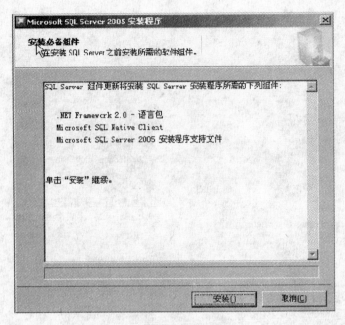

图2.3　安装必备组件

（4）必备组件安装成功后，就会自动检查系统的配置，如图2.4所示。

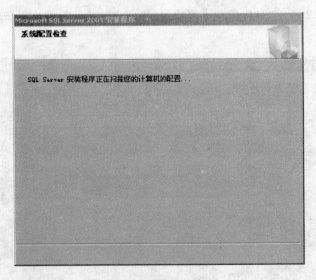

图2.4　系统配置检查

（5）接着就正式进入了 SQL Server 2005 的安装向导，如图2.5所示。

（6）在开始安装 SQL Server 2005 窗口中单击"下一步"按钮，就会出现系统配置检查窗口，用于检查系统中是否存在潜在的安装问题，如图2.6所示。只有系统配置检查完成后，"报

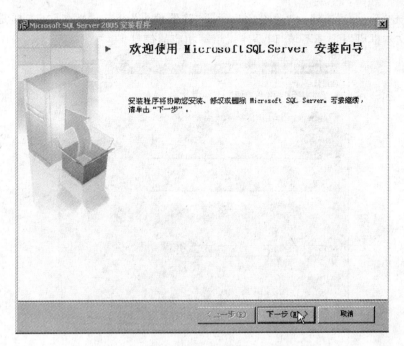

图 2.5 开始安装 SQL Server 2005

告"按钮才可用。同时,也只有所有检查都结束,并在检查结果中不存在严重的错误时,"下一步"按钮才可用。对于失败的检查项,系统配置报告结果中包含对妨碍性问题的解决办法。

图 2.6 系统配置检查完成

（7）单击"下一步"按钮，出现图 2.7 所示"注册信息"窗口，"姓名"文本框是必须要填的，"公司"文本框可以选择不填，但是建议填写相应的信息。

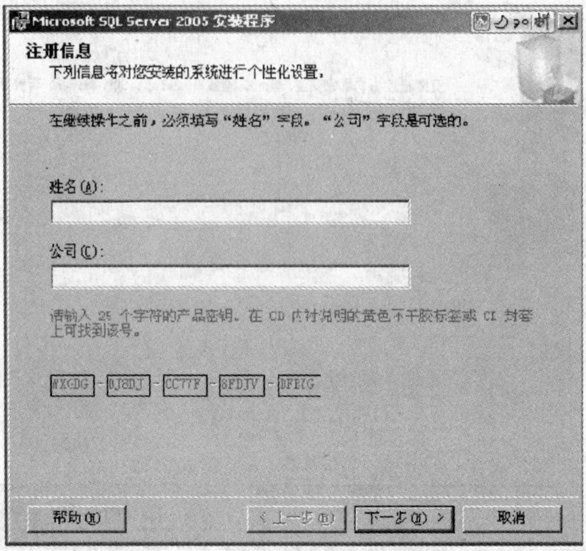

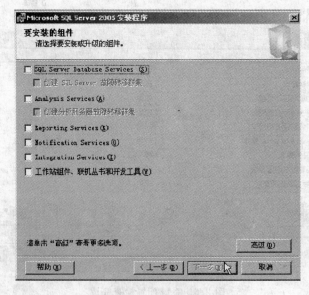

图 2.7　个人信息注册

（8）个人信息注册成功后，就可以选择要安装的组件了。可以根据自己的需要选择安装如图 2.8 所示，在这将各个组件的主要功能介绍如下：

- SQL Server Database Services　SQL Server 数据库服务是一个最基本的 SQL Server 服务，用于存储、处理和保护数据的核心服务。这个服务就是我们从传统意义上理解的数据库。
- Analysis Services　分析服务为商业智能应用程序提供了联机分析处理和数据挖掘

图 2.8　选择要安装和升级的组件

功能。分析服务允许用户设计、创建并管理其中包含从其他数据源(例如关系数据库)聚合而来的数据的多维结构,从而提供 OLAP 支持。

- Reporting Services 报表服务是一种基于服务器的新型数据报表平台,可用于创建和管理包含来自关系数据源和多维数据源的数据的表报表、矩阵报表、图形报表和自由格式报表。SQL Server 2005 支持通过基于 Web 的连接来查看和管理报表。
- Notification Services 通知服务用于开发和部署可生成并发送通知的应用程序。SQL Server 2005 的通知服务可以生成并向大量订阅方及时发送个性化的消息,还可以向各种各样的设备传递消息。
- Integration Services 集成服务是一种企业数据转换和数据集成解决方案,用户可以使用它从不同的数据源提取、转换和合并数据,并将其移至单个或多个目标。
- 工作站组件、联机丛书和开发工具 主要是安装客户端应用程序和联机丛书。

(9) 选择完要安装的组件后,就可以选择指定的实例了。实例名可以有两种:默认实例和命名实例。SQL Server 最多可以安装 16 个实例,就好像在一台服务器上安装了 16 台 SQL Server 一样。当然,没有必要在一台物理机上安装 16 个实例,不过在安装的时候需要我们决定是默认实例还是命名实例,如果想安装多个实例,那么实例名一定不可以重名。而默认实例在一台机器上只能安装一个。在大多数情况下,选择默认实例安装,如图 2.9 所示。

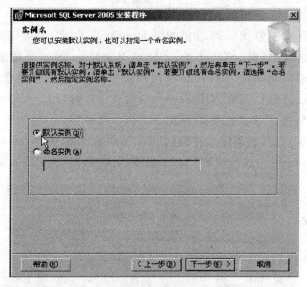

图 2.9 选择实例名称

(10) 为 SQL Server 2005 服务的帐户可以是本地系统帐户,也可以是域用户帐户。使用本地系统帐户时,会导致 SQL Server 服务不能使用 Windows 的信任连接与远程服务器进行通信。但在大多数情况下,一般选择本地系统帐户。选择域用户帐户登录时,SQL Server 服务可以使用 Windows 的信任连接与远程服务器进行通信,如图 2.10 所示。以下情况必须使用域用户登录帐户:

① 如果 SQL Server 必须访问域中其他计算机上的文件。
② 如果希望设置多服务器作业。
③ 如果希望使用 SQL Server 以电子邮件发送通知。

④ 如果多个服务器产品（如 Microsoft Exchange Server 和 SQL Server）安装在一台计算机上，而服务器产品之间需要相互通信。

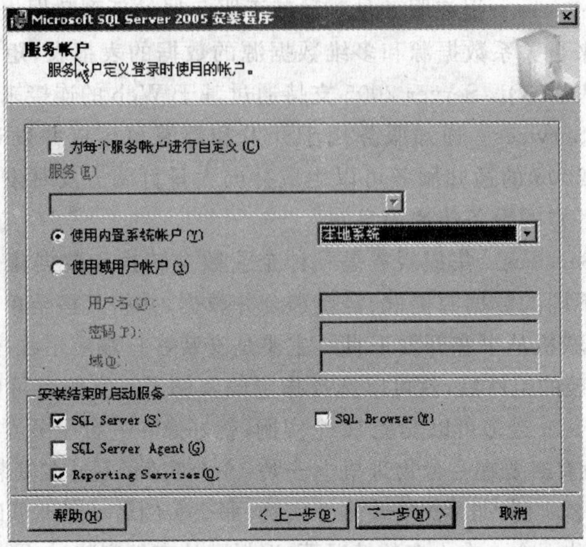

图 2.10   选择服务帐户

(11) 选择"身份验证模式"，可以是 Windows 验证模式，也可以是混合模式。选择"Windows 身份验证模式"时，SQL Server 使用 Windows 的安全机制。要连接到 SQL Server，用户必须具有一个有效的 Windows 用户帐户，同时要获得操作系统的确认。选择"混合模式（Windows 身份验证和 SQL Server 身份验证）"时，用户可以使用 Windows 用户帐户或者 SQL Server 登录帐户连接到 SQL Server。选择"混合模式（Windows 身份验证和 SQL Server 身份验证）"时，必须输入并确认 SQL Server 系统管理员（sa）帐户的密码，建议选择"混合模式（Windows 身份验证和 SQL Server 身份验证）"，如图 2.11 所示。

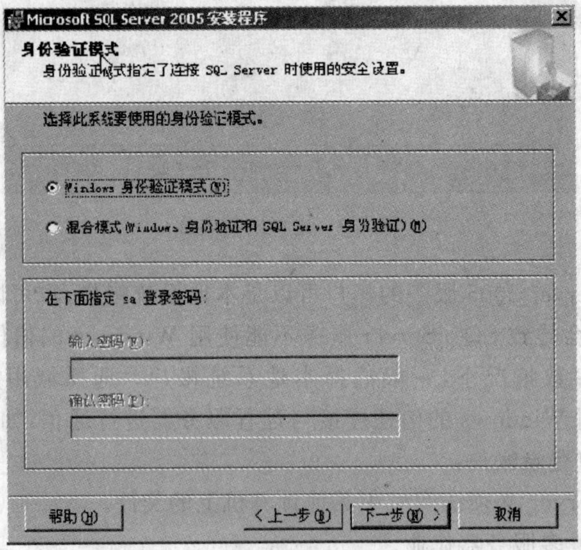

图 2.11   选择身份验证模式

（12）选择"排序规则设置"。"排序规则"指的是一组决定了如何比较和整理数据的规则。SQL Server 中包含两种排序规则：默认排序规则和 SQL Server 排序规则。默认排序规则实际上是取的 Windows 的排序规则：根据安装 SQL Server 的计算机中 Windows 区域设置来对字符数据进行存储和排序；SQL Server 排序规则：可以匹配 SQL Server 早期版本所指定的代码页号和排序次序的公用组合特性，如图 2.12 所示。

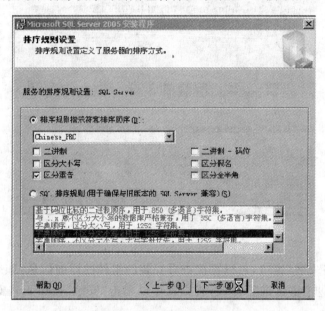

图 2.12 选择排序规则设置

（13）单击"下一步"按钮后可以选择报表服务器的安装选项，可以在安装时默认配置报表服务器，也可以安装但不配置，等到需要的时候再重新配置，如图 2.13 所示。

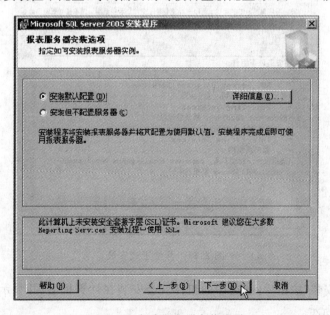

图 2.13 报表服务器安装选项

（14）可以将使用过程中遇到的问题、错误直接发送回微软公司，如图 2.14 所示。

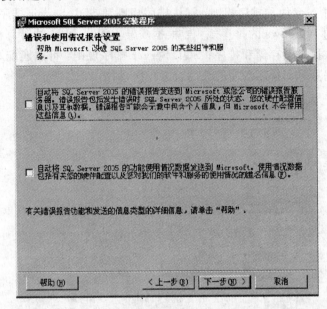

图 2.14　错误和使用情况报告设置

（15）在"准备安装"窗口，可以再次查看安装的组件的详细信息，如果有需要改动的，还可以单击"上一步"按钮进行修改，否则就可以单击"安装"按钮正式安装了，如图 2.15 所示。

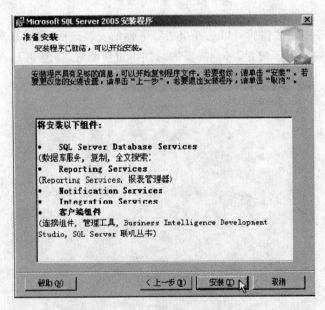

图 2.15　开始正式安装

（16）单击"安装"按钮后，已选中的组件就会安装在计算机上，并显示每个组件安装的进度，如图 2.16 所示。

（17）安装过程中需要插入第二张光盘进行安装，如图 2.17 所示。

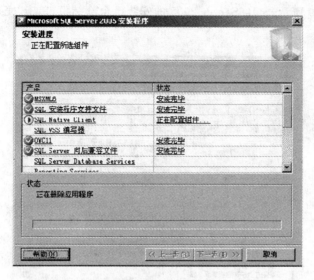

图 2.16 显示安装进度

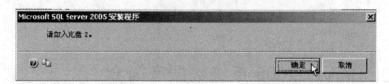

图 2.17 插入第二张光盘提示

（18）至此为止，服务器端的 SQL Server 就已经安装成功了。如果需要，还可以再安装客户端程序，如图 2.18 所示。

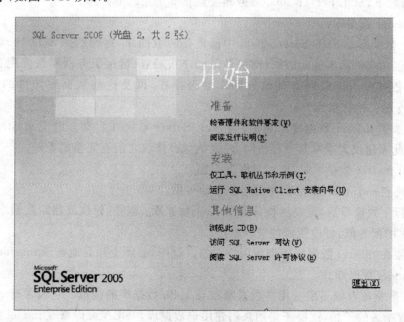

图 2.18 安装 SQL Server 2005 客户端

（19）如图 2.19 所示，SQL Server 2005 的安装已全部结束，单击"完成"按钮，重新启动计算机，完成安装。

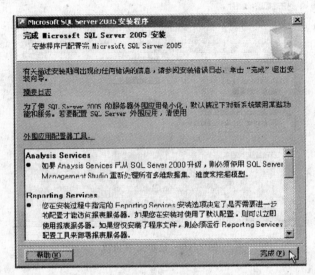

图 2.19　SQL Server 2005 安装成功

2.3　SQL Server 2005 系统数据库简介

SQL Server 2005 服务器要完成各种管理任务，要管理各种数据库。这些数据库就是系统数据库。

默认情况下，SQL Server 2005 服务器要建立 5 个系统数据库。

（1）master 数据库。

master 数据库是 SQL Server 2005 中最重要的数据库，存储的是 SQL Server 2005 的系统信息，包括实例范围的元数据（例如登录帐户）、端点、链接服务器和系统配置设置。此外，master 数据库还记录所有其他数据库是否存在，以及这些数据库文件的位置、SQL Server 2005 的初始化信息。

因此，如果 master 数据库不可用，则 SQL Server 就无法启动。由于 master 数据库的重要性，因此不建议大家对其直接访问，并要确保在修改之前有完整的备份。

在使用 master 数据库时，要注意以下问题：

① 始终有一个 master 数据库的当前备份可用。

② 执行下列操作后，需要尽快备份 master 数据库：创建、修改或删除数据库，更改服务器或数据库的配置值，修改或添加登录帐户。

③ 不要在 master 数据库中创建用户对象。否则，必须更频繁地备份 master 数据库。

（2）model 数据库。

model 数据库存储了所有用户数据库和 tempdb 数据库的模板。它包含有 master 数据库的系统数据表的子集，这些子集用来创建用户数据库。DBA 可以修改 model 数据库的对象或者权限，这样新创建的数据库就将继承 model 数据库的对象和权限。

（3）msdb 数据库。

msdb 数据库是 SQL Server 2005 代理服务使用的数据库，为警报、作业、任务调度和记录操作员的操作提供存储空间。

（4）tempdb 数据库。

tempdb 数据库是一个临时数据库，它作为所有的临时表、临时存储过程以及其他临时操作系统的空间。每次 SQL Server 2005 服务的重新启动都会重新建立 tempdb 数据库。也就是说，tempdb 数据库的数据是暂时的，不是永久存储的，每次重新启动都会导致以前的数据丢失。

（5）mssqlsystemresource（资源）数据库。

系统资源数据库的默认名称为 mssqlsystemresource，是一个只读数据库，它包含了 SQL Server 2005 中的所有系统对象。在系统资源数据库中不包含用户数据或用户元数据。系统资源数据库的物理文件名为 Mysqlsystemresource. mdf。

默认情况下，此文件保存在"C：\Program Files\Microsoft SQL Server\MSSQL. 1\MSSQL\Data"目录下。一般情况下，不要移动或重命名资源系统数据库的数据文件。如果该文件已重命名或移动，SQL Server 将无法启动。

不要将系统资源数据库放置在压缩或加密的 NTFS 文件系统文件夹中。此操作会降低性能并阻止升级。

每一个 SQL Server 2005 实例都具有唯一的一个资源系统数据库。

SQL Server 系统对象（例如 sys. objects 表）在物理上保存在资源数据库中，但在逻辑上，它们出现在每个数据库的系统表中。

2.4　SQL Server 2005 工具和实用程序

SQL Server 2005 提供了一整套图形工具和命令行实用工具，如图 2.20 所示，有助于用户提高工作效率。

图 2.20　SQL Server 2005 的工具

2.4.1　SQL Server 2005 管理平台

Microsoft SQL Server Management Studio 是 SQL Server 2005 提供的一个可视化图形集成管理平台，如图 2.21 所示，可用于访问、配置、控制、管理和开发 SQL Server 的所有组件。

Management Studio 将 SQL Server 2000 中的企业管理器、查询分析器和 Analysis Integrated 功能整合在一起。不仅可以用图形方式操作完成各项任务，还可以编写、分析编辑和运行 T-SQL、MDX、DMX、XML 等脚本。Management Studio 中的对象资源管理器具有查看和管理所有服务器类型的对象的功能。

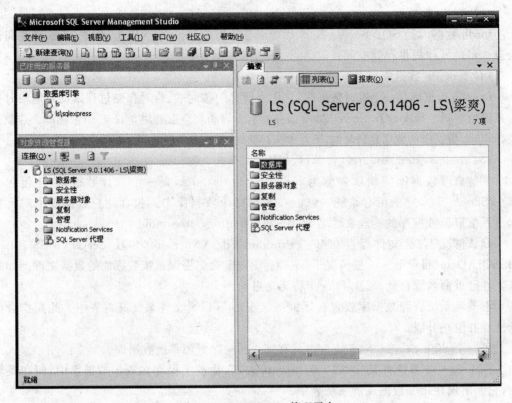

图 2.21　SQL Server 管理平台

下面简要介绍 Management Studio 的使用方法。

（1）选择"开始"→"程序"→Microsoft SQL Server 2005→SQL Server Management Studio 命令。

（2）出现"连接到服务器"对话框，如图 2.22 所示。在此对话框中用户可以选择要连接的服务器类型、服务器名称和身份验证方式。如果选择混合模式身份验证，用户需要输入用户名和密码。

图 2.22　"连接到服务器"对话框

　　用户也可以通过单击"选项"按钮,在"连接属性"选项卡中设置高级连接参数,比如设置用户连接服务器后默认的数据库,或设置客户端和服务器连接尝试的最长时间等,如图 2.23 所示。

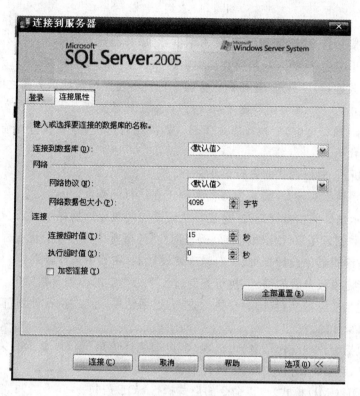

图 2.23　"连接属性"选项卡

　　这里保持默认设置,然后单击"连接"按钮,与服务器进行连接。

　　(3) 连接成功后,系统出现 Microsoft SQL Server Management Studio 窗口,如图 2.21 所示,在默认情况下,Management Studio 中将显示三个组件窗口。

- "已注册的服务器"窗口　列出经常管理的服务器。可以在窗口中添加和删除服务器。
- "对象资源管理器"窗口　是服务器中所有数据库对象的树状目录结构图。此树状图可以包括 SQL Server DataBase Engine、AnalysisServices、ReportingServices、Intergration Services 和 SQL Server Mobile 的数据库。对象资源管理器包括与其连接的所有服务器的信息。打开 Management Studio 时,系统会提示对象资源管理器连接到上次使用的设置。用户可以在"已注册的服务器"组件中双击任意服务器进行连接,但无须注册要连接的服务器。
- "文档"窗口　在 Management Studio 右部,是所占空间最大的部分,包含查询编辑器和浏览器窗口。在默认情况下,显示已与当前数据库引擎实例连接的"摘要"页。

　　(4) 查询工具的使用。在 SQL Server Management Studio 中支持使用 T-SQL 来交互式查询和更改数据。对于 T-SQL 语句的编辑、执行,就是在 SQL Server Management Studio 中通过"文档"窗口和查询菜单命令或查询工具进行的。在 SQL Server 管理平台中的查询工具栏(如图 2.24 所示)中包括的工具按钮主要有以下几个。

图 2.24　查询工具栏

- (连接　打开"连接到服务器"对话框,与服务器建立连接。
- (断开连接)　断开与当前查询编辑器和服务器之间的连接。
- (更改连接)　打开"连接到服务器"对话框,建立与其他服务器之间的连接。
- master 　(可用数据库)　选择当前工作数据库。
- 执行(X)(执行查询)　执行所选代码。如果没有选代码,就执行当前查询编辑器中的全部代码。
- (分析)　对所选代码进行语法检查。
- (取消执行查询)　要求服务器取消正在执行的查询。
- (显示估计的执行计划)　将正在执行语句的执行计划显示出来。
- (在数据库引擎优化顾问中分析查询)　分析所执行查询的优化程度。
- (在编辑器中设计查询)　启动查询设计器,在其中设计查询。
- (指定模板参数的值)　执行查询过程中为指定的模板参数赋值。
- (包括实际的执行计划)　执行查询,返回结果,并在"执行计划"窗口中显示该查询的执行计划。
- (包括客户端统计信息)　出现"客户端统计信息"窗口,显示有关的配置文件统计信息、网格统计信息和时间统计信息等。
- (SQL CMD 模式)　以命令的形式执行 SQL 语句。
- (以文本格式显示结果)　在"结果"窗口中以文本方式显示查询的结果。
- (以网格显示结果)　在"结果"窗口中以网格方式显示查询的结果。
- (将结果保存到文件)　将查询的结果保存到文件中。
- (注释选中行)　将所选行设为注释。
- (取消对选中行的注释)　取消注释。

2.4.2　SQL Server 事件探查器

SQL Server Profiler(事件探查器)如图 2.25 所示。用于监督、记录和检查 SQL Server 2005 在运行过程中产生的事件,如数据库的使用情况等。事件可以保存在一个跟踪文件中,在试图诊断某个问题时重拨某一系列的步骤,也可用于在适当的时候对跟踪文件进行分析。

2.4.3　数据库引擎优化顾问

数据库引擎优化顾问如图 2.26 所示,也主要用于数据库性能的优化。而且用户不需要专业知识也能对数据库进行优化,因为所有的优化操作都由数据库引擎优化顾问自动完成。

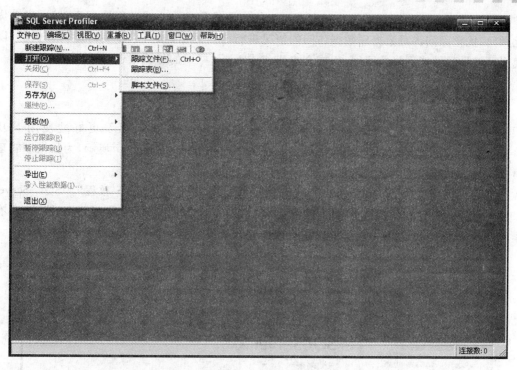

图 2.25　事件探查器

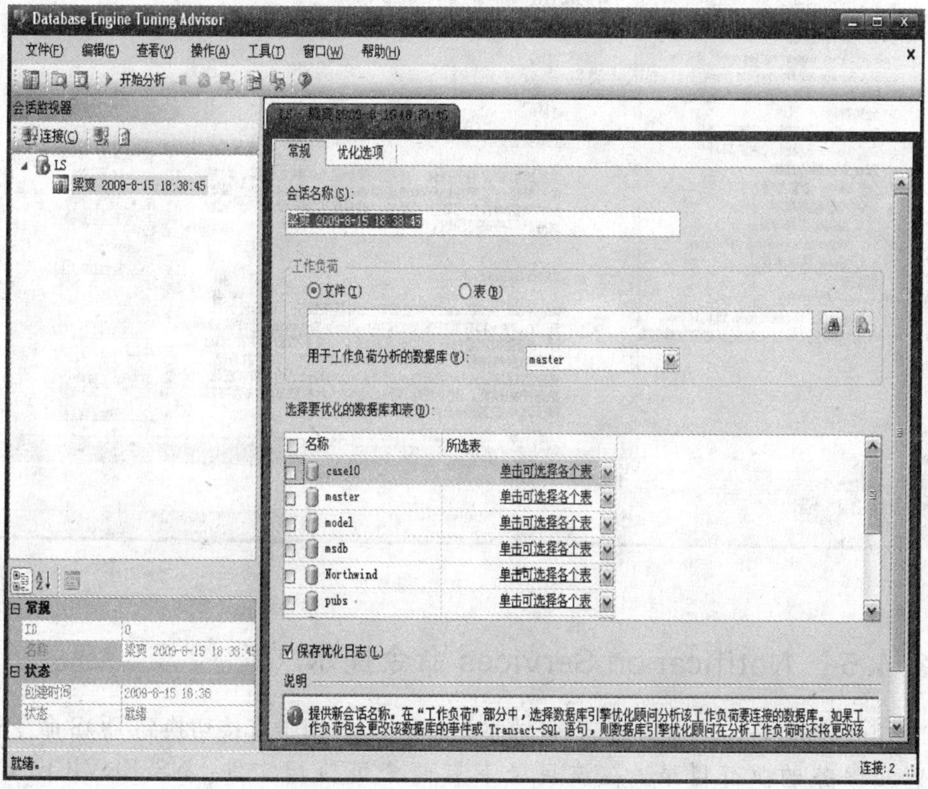

图 2.26　数据库引擎优化顾问

　　数据库引擎优化顾问的工作机制是：先指定要优化的一个或一组数据库，然后启动优化顾问，优化顾问将对数据库数据访问的情况进行分析评估，如对工作负荷进行分析等，以找出可能导致性能下降的原因，生成文本格式或 XML 格式的分析报告，并给出优化建议。

2.4.4 SQL Server 文档和教程

　　为了帮助数据库管理员和开发人员了解 SQL Server 2005，以及更好地使用 SQL Server 2005，在 SQL Server 2005 中提供了相关文档和教程，如图 2.27 所示，为数据库管理员和开发人员提供了丰富的帮助信息。

　　文档和教程包括"SQL Server 2005 联机丛书"、"SQL Server 2005 教程"、"SQL Server 2005 Mobile Edition 联机丛书"和"对'帮助'的帮助"4 个方面，采用的是 HTML 格式，具有索引和全文搜索能力，并可根据关键词来快速查找所需信息。

图 2.27　文档和教程

2.4.5 Notification Services 命令提示

　　Notification Services 命令提示（通知服务命令提示）用于直接切换到 DOS 命令行状态下的通知服务的执行目录。在该目录下有两个可执行文件：NSSERVICE. EXE 和 NSCOUNTROL. EXE，分别用于启动通知服务和管理通知服务。

2.4.6　Reporting Services 配置

Reporting Services 配置(报表服务配置)用于配置和管理 SQL Server 2005 的报表服务器。选择"开始"→"程序"→ Microsoft SQL Server 2005 →"配置工具"→"Reporting Services 配置"命令,出现"选择报表服务器安装实例"对话框,如图 2.28 所示。

图 2.28　"选择报表服务器安装实例"对话框

在此对话框中选择计算机名称和实例名后单击"连接"按钮,出现"配置报表服务器"窗口,如图 2.29 所示。用户可以在"配置报表服务器"窗口中完成对 SQL Server 2005 报表服务器的各种管理和配置操作。

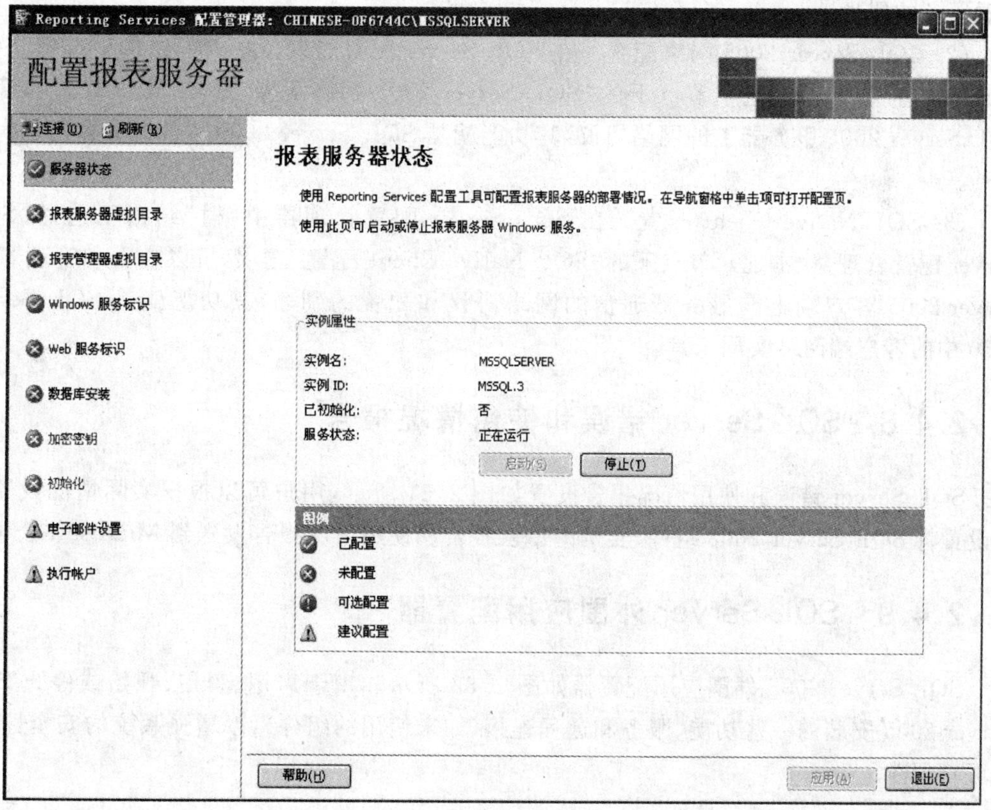

图 2.29　"配置报表服务器"窗口

2.4.7　SQL Server 配置管理器

SQL Server Configuration Manager（配置管理器）如图 2.30 所示，用于管理与 SQL Server 相关联的服务、配置 SQL Server 使用的网络协议及进行客户端网络连接配置。实际上，SQL Server 配置管理器整合了 SQL Server 2000 中的服务管理器、服务器网络实用工具和客户端网络实用工具三个工具的功能。

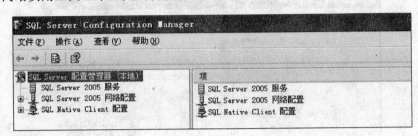

图 2.30　SQL Server 配置管理器

（1）SQL Server 2005 服务。在 SQL Server 配置管理器中"树"结构下选择"SQL Server 配置管理器（本地）"节点下的"SQL Server 2005"服务选项，可以查看和管理 SQL Server 2005 的服务，其功能就是 SQL Server 2000 中的服务管理器。选择某项服务，单击鼠标右键，可以通过弹出的快捷菜单对服务进行实时启动、停止、暂停、恢复、重新启动操作，或查看服务的属性。

（2）SQL Server 2005 网络配置。在 SQL Server 配置管理器中"树"结构下选择"SQL Server 配置管理器（本地）"节点下的"SQL Server 2005 网络配置"选项，可以查看和管理 SQL Server 2005 服务器上的网络协议，其功能就是 SQL Server 2000 中的服务器网络实用工具。

（3）SQL Native Client 配置。在 SQL Server 配置管理器中"树"结构下选择"SQL Server 配置管理器（本地）"节点下的"SQL Native Client 配置"选项，可以查看和管理 SQL Server 2005 客户端上与服务器通信的网络协议和配置的别名，其功能就是 SQL Server 2000 中的客户端网络实用工具。

2.4.8　SQL Server 错误和使用情况报告

SQL Server 错误和使用情况报告设置如图 2.31 所示，用户可以根据实际情况设置或不设置将 SQL Server 2005 组件、实例的错误报告和使用情况报告发送到 Microsoft 公司。

2.4.9　SQL Server 外围应用配置器

SQL Server 2005 外围应用配置器如图 2.32 所示。用于启用、禁用、开始或停止 SQL Server 2005 安装的一些功能、服务和远程连接（如未使用的组件），以增强系统的安全性，提供可管理性。

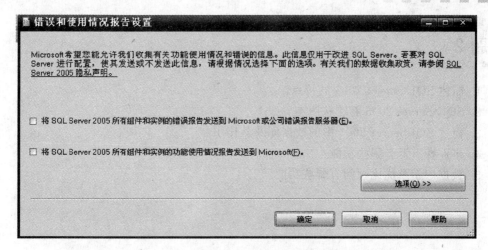

图 2.31　"错误和使用情况报告设置"窗口

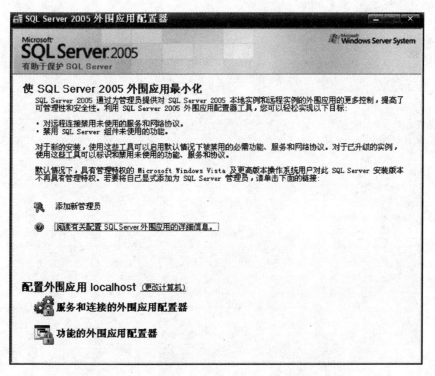

图 2.32　"SQL Server 2005 外围应用配置器"窗口

本章小结

本章主要介绍了 SQL Server 2005 的一些新特性以及安装和配置的过程，详细介绍了安装步骤以及常用组件的安装方法及软、硬件安装平台需求。同时也对 SQL Server 2005 中的常用系统数据库以及相应的性能工具和配置工具进行了简单的介绍。

习题 2

1. 简述 SQL Server 2005 的特点。
2. SQL Server 2005 有哪些版本？
3. 简述 SQLServer 2005 中的数据库及其作用。
4. 事件探查器有哪些功能？
5. 数据库引擎优化顾问有哪些功能？

第3章

数据库及其管理

数据库是 SQL Server 2005 用于组织和管理数据的对象。用户使用 SQL Server 2005 设计和实现信息管理系统,首先就是设计和实现数据的表示与存储,即数据库的创建。本章首先讲述数据库的存储方式,然后介绍创建、修改和删除数据库的方法。

3.1 数据库的存储结构

数据库的存储结构分为逻辑存储结构和物理存储结构两种。逻辑存储结构是指数据库中都包含哪些对象,这些对象都可以实现什么样的功能。物理存储结构是指数据库文件是如何存储在磁盘上的。

3.1.1 数据库的逻辑存储结构

SQL Server 的数据库不仅仅是数据的存储,所有与数据处理操作相关的信息都存储在数据库中。实际上,SQL Server 的数据库是由表、视图、索引等各种不同的数据库对象所组成的,它们分别用来存储特定信息并支持特定功能,构成数据库的逻辑存储结构。SQL Server 中包含的对象以及各对象的简要说明如表 3.1 所示。

表 3.1　SQL Server 2005 数据库对象表

数据库对象	说　　明
表	由行和列构成的集合,用来存储数据
数据类型	定义列或变量的数据类型。SQL Server 提供了系统数据类型,并允许用户自定义数据类型
视图	由表或其他视图导出的虚拟表
索引	为数据快速检索提供支持且可以保证数据唯一的辅助数据结构
约束	用于为表中的列定义完整性
默认值	为列提供的默认值
存储过程	存放于服务器的一组预先编译好的 SQL 语句
触发器	特殊的存储过程,当用户表中数据改变时,该存储过程被自动执行

用户经常需要在 T-SQL 中引用 SQL Server 对象对其进行操作。这些引用的对象名都是逻辑名。

3.1.2　数据库的物理存储结构

SQL Server 2005 中的物理存储结构主要有文件、文件组、页和盘区等,主要描述了 SQL Server 2005 如何为数据库分配空间。在创建数据库时了解 SQL Server 2005 如何存储数据也是非常重要的,将有助于规划和分配数据库的磁盘容量。

1. 数据库文件

SQL Server 2005 中的每个数据库都由多个数据文件组成,数据库的所有数据、对象和数据库操作日志均存储在这些操作系统文件中。根据这些文件的作用不同,可以将它们划分为以下三种:

(1) 主数据文件。主数据文件简称为主文件,正如其名字所示,该文件是数据库的关键文件,包含了数据库的启动信息,并且存储部分或全部数据。每个数据库都应该有一个主数据文件,其默认文件的扩展名为. mdf。

(2) 辅助数据文件。辅助数据文件简称辅(助)文件,用于存储未包括在主文件内的其他数据。辅助文件的默认扩展名为. ndf。辅助文件是可选的,根据具体情况,可以创建多个辅助文件,也可以不用辅助文件。一般当数据库很大时,有可能需要创建多个辅助文件;而数据库较小时,则只要创建主文件而不需要创建辅助数据文件。

(3) 日志文件。日志文件用于保存恢复数据库所需的事务日志信息。但在其中记录的是数据库的变化,也就是执行 Insert、Update 和 Delete 等对数据库进行修改的语句时都会记录在此文件中,而像 Select 等对数据库内容不发生更改的语句则不会记录在该文件中。每个数据库至少有一个日志文件,也可以有多个。日志文件的扩展名是. ldf。日志文件的大小至少是 512KB。

SQL Server 2005 不强制使用. mdf、. ndf 和. ldf 文件扩展名,但使用它们有助于标识文件的各种类型和用途。

创建一个数据库后,该数据库中至少包含上述的主文件和日志文件。这些文件的名字是操作系统文件名,它们不是由用户直接使用的,是由系统使用的,而用户直接在 T-SQL 语句中使用的是数据库的逻辑名。例如 Master 数据库,Master 为其逻辑名,而对应的物理文件名为 master. mdf,其日志文件名为 master. ldf。

2. 数据库文件组

文件组是为了管理和分配数据的目的而将文件组织在一起,通常可以为一个磁盘驱动器创建一个文件组,然后将特定的表、索引等与该文件组相关联,那么对这些表的存储、查询、修改等操作都在该文件组中。使用文件组可以提高表中数据的查询性能。有两种类型的文件组:

(1) 主文件组。主文件组包含主数据文件和任何没有明确分配给其他文件组的其他文件。系统表均分配在主文件组中。

(2) 用户定义文件组。用户定义文件组是通过在 CREATE DATABASE 或 ALTER DATABASE 语句中使用 FILEGROUP 关键字指定的任何文件组。

一个文件只能属于一个文件组,表、索引和大型对象数据可以与指定的文件组相关联。日志文件不包括在文件组内。日志空间与数据空间分开管理。

每个数据库中均有一个文件组被指定为默认文件组。如果创建表或索引时未指定文件组,则将假定所有页都从默认文件组分配。一次只能有一个文件组作为默认文件组。用户可以将默认文件组从一个文件组切换到另一个。如果没有指定默认文件组,则将主文件组作为默认文件组。

3. 数据库架构

数据库中的对象(如表、视图和存储过程)是在存储过程中创建的。在规划和实现 SQL Server 2005 数据库之前,有必要首先理解架构。

1) 架构的概念

架构是数据库对象的命名空间。换言之,架构定义了一个边界,边界内的所有名称都是唯一的。因为架构名称本身在数据库中必须是唯一的,所以数据库中的每个对象都有一个形式为 server. database. schema. object 的唯一完全限定名称。在数据库范围内,可将其缩短为 schema. object。

AdventureWorks 是 SQL Server 2005 中自带的一个示例数据库,图 3.1 显示了名为 Server1 的 SQL Server 实例中 AdventureWorks 数据库内的三个架构。这些架构分别名为 Person、Sales 和 dbo,每一个架构都包含一个表,表的完全限定名称包括服务器名、数据库名和架构名。例如,dbo 架构中 ErrorLog 表的完全限定名称为 Server1. AdventureWorks. dbo. ErrorLog。

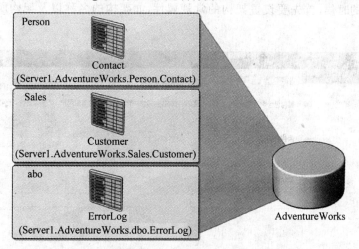

图 3.1 数据库对象的命名空间

在 SQL Server 的早期版本中,对象的命名空间由其所有者的用户名决定。在 SQL Server 2005 中,架构与对象所有权分离,这样做的优势在于:

- 在将数据库对象组织到命名空间中时灵活性更强,因为将对象分组到架构中并不依赖于对象所有权。
- 权限管理更加简单,因为既可以对单个对象授予权限,又可以在架构范围授予权限。
- 可管理性得到提高,因为删除一个用户不必重新命名该用户所拥有的所有对象。

2) 创建架构

若要创建架构,在 SQL Server Management Studio 中通过右侧的"对象资源管理器"展开数据库下的"安全性",就可以在其中建立新的架构了,如图 3.2 所示。

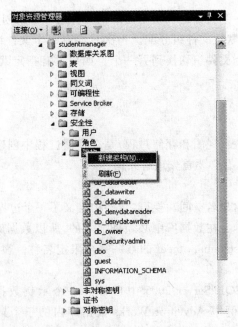

图 3.2　使用管理平台新建架构

创建架构的时候,首先要设置架构的常规属性,如架构的名称以及架构所有者,如图 3.3 所示。

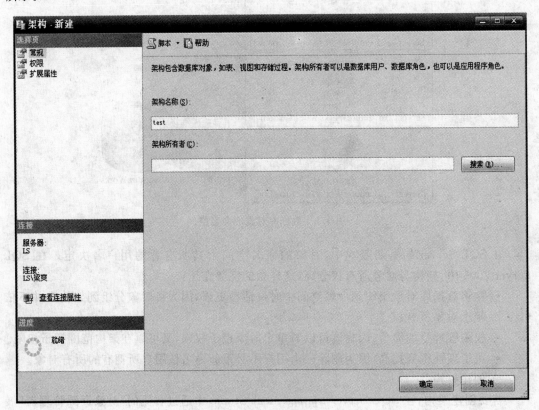

图 3.3　新建架构对话框

完成了架构的常规属性设置之后,还有设置架构的权限,如图 3.4 所示。

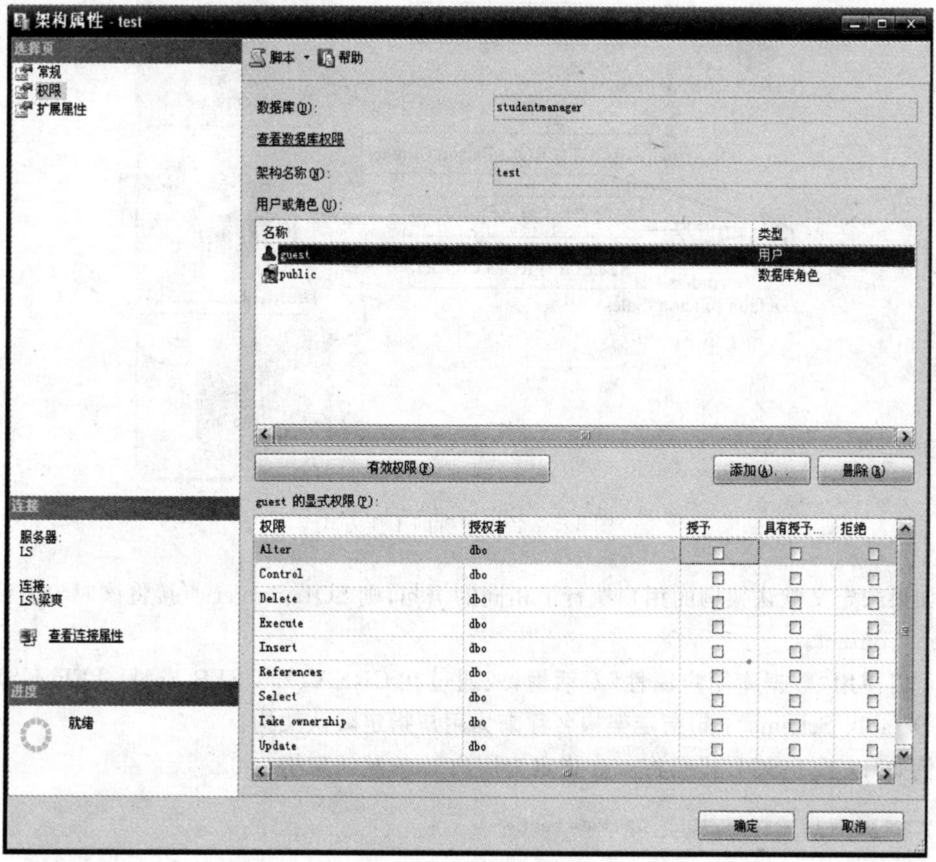

图 3.4　设置架构权限

在完成这些设置之后,就创建了一个新的架构。

3) 对象名称解析的工作方式

当数据库包含多个架构时,对象名称解析可能令人迷惑。例如,数据库可能在两个不同的架构 Sales 和 dbo 中都包含名为 Order 的表。这两个对象在数据库中的限定名称没有歧义,分别为 Sales. Order 和 dbo. Order。但是,如果使用非限定名称 Order 则可能造成意外的结果。可以为用户指定一个默认架构以控制如何解析非限定的对象名称。

SQL Server 使用图 3.5 所示的过程解析非限定对象名称。

- 如果用户有默认架构,则 SQL Server 尝试在该默认架构中查找对象。
- 如果在用户的默认架构中未找到该对象,或者用户没有默认架构,则 SQL Server 将尝试在 dbo 架构中查找该对象。

例如,默认架构为 Person 的用户执行了以下 T-SQL 语句:

```
SELECT * FROM CONTACT
```

SQL Server 2005 将首先尝试将对象名称解析为 Person. Contact。如果 Person 架构不包含名为 Contact 的对象,则 SQL Server 将尝试将对象名称解析为 dbo. Contact。

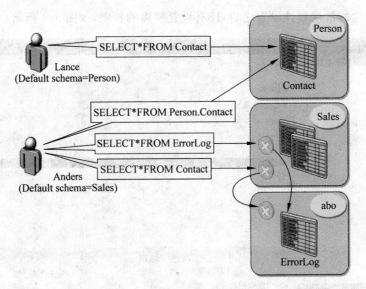

图 3.5　名称解析的工作方式

如果未定义默认架构的用户执行了相同的语句,则 SQL Server 直接将该对象名称解析为 dbo. Contact。

可以使用"数据库用户属性"对话框,或通过在 CREATE USER 或 ALTER USER 语句的 Default_Schema 子句指定架构名称来为用户指定默认架构。

例如,以下 T-SQL 代码将 test 指定为用户 ls 的默认架构:

```
ALTER USER ls WITH DEFAULT_SCHEMA = test
```

3.2　创建、修改、删除数据库

3.2.1　创建数据库

在 SQL Server 2005 中创建数据库有两种方法:使用 SQL Server 管理平台创建数据库和使用 SQL 语句创建数据库。不管使用什么方法创建数据库,都需要有一定的许可。也就是说,在 SQL Server 2005 中,只有系统管理员或数据库拥有者或者是已授予了使用 Create Database 权限的用户可以创建数据库。在数据库被创建后,创建数据库的用户自动成为该数据库的所有者。

(1) 使用 SQL Server 管理平台创建数据库。

在 SQL Server 管理平台中,在数据库文件夹或其下属任一用户数据库图标上右击,都可出现"新建数据库"菜单选项,选中后出现图 3.6 所示窗口。

在"常规"页框中可以指定创建的数据库名称,我们创建的数据库名称为 StudentManager,这个名称就是在访问数据库的对象时经常要用到的名称。此外,在这里还可以指定创建的数据库文件的属性,属性说明如图 3.7 所示。

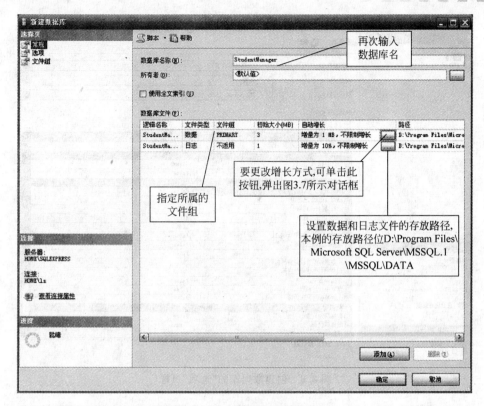

图 3.6 "新建数据库"窗口

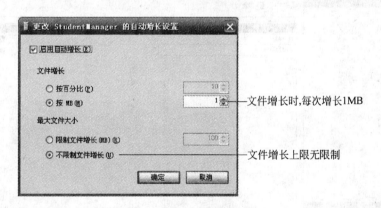

图 3.7 更改文件的增长方式

在"选项"页框中可以设置数据库的排序规则、恢复模式以及兼容级别等信息,如图 3.8 所示。

在"文件组"页框中,如图 3.9 所示,可以设置文件组的属性,如是否只读,是否是默认值等。

单击"确定"按钮,就可以创建数据库了。

(2) 使用 SQL 语句创建数据库。

相比上面使用 SQL Server 管理平台创建数据库的方法,这里使用 SQL 语句创建数据库的方法更为常用,也更为灵活、方便。

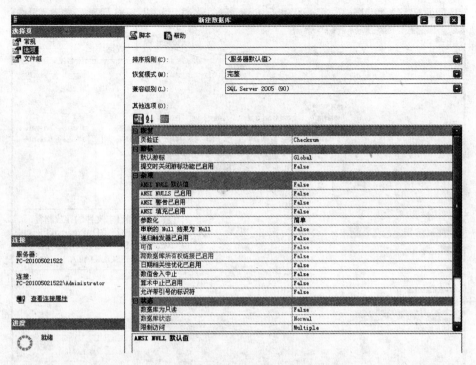

图 3.8　创建数据库的"选项"页框

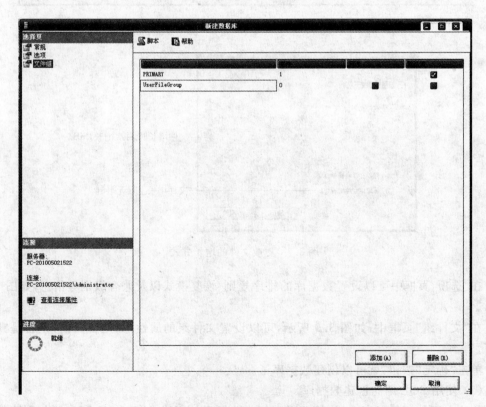

图 3.9　创建数据库的"文件组"页框

语法格式：

```
CREATE DATABASE database_name
 [ ON                                          -- 指定数据文件和文件组属性
   [ PRIMARY ] [ < filespec > [ , …n ]
   [ , < filegroup > [ , …n ] ]
 [ LOG ON { < filespec > [ , …n ] } ]         -- 指定日志文件属性
 ]
 [ COLLATE collation_name ]
 [ WITH < external_access_option > ]
 ]
```

其中：

```
< filespec > : : =
{
(
  NAME = logical_file_name ,                   -- 逻辑文件名
  FILENAME = 'os_file_name'                    -- 物理文件名
   [ , SIZE = size [ KB | MB | GB | TB ] ]     -- 初始大小
       [ , MAXSIZE = { max_size [ KB | MB | GB | TB ] | UNLIMITED } ]
- - 最大值
     [ , FILEGROWTH = growth_increment [ KB | MB | GB | TB | % ] ]
-- 文件增长方式
) [ , …n ]
}

< filegroup > : : =
{
FILEGROUP filegroup_name [ DEFAULT ]
  < filespec > [ , …n ]
}
```

参数说明：

- database_name 新数据库的名称。数据库名称在 SQL Server 的实例中必须唯一，并且必须符合标识符规则，最长为 128 个字符。单个 SQL Server 系统可以管理的数据库最多为 32 767 个。
- ON 指定数据文件或文件组。
- PRIMARY 指定主文件组中的文件。在主文件组中不仅包含数据库系统表中的全部内容，而且还包含用户文件组中没有包含的全部对象。一个数据库只能有一个主文件。如果没有指定 PRIMARY，那么 CREATE DATABASE 语句中列出的第一个文件将成为主文件。
- LOG ON 指定日志文件。LOG ON 后跟以逗号分隔的用以定义日志文件的 <filespec>项列表。如果没有指定 LOG ON，将自动创建一个日志文件，其大小为该数据库的所有数据文件大小总和的 25% 或 512KB，取两者之中的较大者。
- COLLATE collation_name 指定数据库的默认排序规则。排序规则名称既可以是 Windows 排序规则名称，也可以是 SQL 排序规则名称。如果没有指定排序规则，则

将 SQL Server 实例的默认排序规则分配为数据库的排序规则。

- <filespec> 控制文件属性。
- logical_file_name 引用文件时 SQL Server 中使用的逻辑名称。logical_file_name 必须在数据库中唯一，必须符合标识符规则。名称可以是字符或 Unicode 常量，也可以是常规标识符或分隔标识符。
- os_file_name 操作系统（物理）文件名称，是创建文件时由操作系统使用的路径和文件名。
- size 文件的初始大小。如果没有为主文件提供 size，则数据库引擎将使用 model 数据库中主文件的大小。如果指定了辅助数据文件或日志文件，但未指定该文件的 size，则数据库引擎将以 1MB 作为该文件的大小。为主文件指定的大小至少应与 model 数据库的主文件大小相同。可以使用千字节（KB）、兆字节（MB）、千兆字节（GB）或兆兆字节（TB）后缀，默认为 MB。指定一个整数，不包含小数位。
- max_size 最大的文件大小。可以使用 KB、MB、GB 和 TB 后缀，默认为 MB。指定一个整数，不包含小数位。如果未指定 max_size，则文件将一直增大，直至磁盘已满。
- UNLIMITED 指定文件将增长到磁盘已满。在 SQL Server 2005 中，指定为不限制增长的日志文件的最大大小为 2TB，而数据文件的最大大小为 16TB。
- FILEGROWTH 指定文件的自动增量。文件的 FILEGROWTH 设置不能超过 MAXSIZE 设置。
- growth_increment 每次需要新空间时为文件添加的空间量。该值可以 MB、KB、GB、TB 或百分比（%）为单位指定。如果未在数字后面指定 MB、KB 或%，则默认值为 MB。如果指定%，则增量大小为发生增长时文件大小的指定百分比。指定的大小舍入为最接近的 64KB 的倍数。如果未指定 FILEGROWTH，则数据文件的默认值为 1MB，日志文件的默认增长比例为 10%，并且最小值为 64KB。
- filegroup_name 文件组的逻辑名称。filegroup_name 必须在数据库中唯一，名称必须符合标识符规则。
- DEFAULT 指定命名文件组为数据库中的默认文件组。

【例 3.1】 创建一个 Test 数据库。

```
create database test
go
```

【例 3.2】 创建一个 Test1 数据库，该数据库的主数据文件的逻辑名称为 Test1，物理名为 Test1_data.mdf，初始大小为 3MB，最大大小为 10MB，增长速度为 30%；数据库的日志文件逻辑名为 Test1Log，物理文件名为 Test1_log.ldf，初始大小为 1MB，最大为无限大，增长速度为 1MB。

```
CREATE DATABASE Test1
ON primary
(
    NAME = Test1,
    FILENAME = 'e:\sql server\Test1_data.mdf',
```

```
        SIZE = 3MB,
        MAXSIZE = 10MB,
        FILEGROWTH = 30 %
    )
    LOG ON
    (
        NAME = Test1Log,
        FILENAME = 'e:\sql server\Test1_log.ldf',
        SIZE = 1MB,
        MAXSIZE = unlimited,
        FILEGROWTH = 1MB
    )
    go
```

【例 3.3】 创建一个数据库 Test2,它有三个数据文件,其中主数据文件为 50MB,最大大小为 200MB,按 20MB 增长;辅助数据文件为 10MB,最大大小不限,按 10% 增长;有两个日志文件,大小均为 20MB,最大大小为 100MB,按 10MB 增长。

```
    CREATE DATABASE Test2
    ON primary
    (
        NAME = Test2_data1,
        FILENAME = 'e:\sql server\Test2_data1.mdf',
        SIZE = 50MB,
        MAXSIZE = 200MB,
        FILEGROWTH = 20MB
    ),
    (
        NAME = Test2_data2,
        FILENAME = 'e:\sql server\Test2_data2.ndf',
        SIZE = 10MB,
        MAXSIZE = unlimited,
        FILEGROWTH = 10 %
    ),
    (
        NAME = Test2_data3,
        FILENAME = 'e:\sql server\Test2_data3.ndf',
        SIZE = 10MB,
        MAXSIZE = unlimited,
        FILEGROWTH = 10 %
    )
    LOG ON
    (
        NAME = Test1Log1,
        FILENAME = 'e:\sql server\Test1_log1.ldf',
        SIZE = 20MB,
        MAXSIZE = 100MB,
        FILEGROWTH = 10MB
    ),
    (
        NAME = Test1Log2,
```

```
        FILENAME = 'e:\sql server\Test1_log2.ldf',
        SIZE = 20MB,
        MAXSIZE = 100MB,
        FILEGROWTH = 10MB
)
go
```

【例 3.4】　创建一个具有两个文件组的数据库 Test3,主文件组包含两个文件 Test3_data1 和 Test3_data2,Test3_data1 的初始大小为 10MB,最大为 200MB,增长速度为 10%。自定义文件组名为 MyFileGroup,也包含两个文件 Test3_data3 和 Test3_data4,同时包含两个日志文件,所有文件都采用默认值。

```
CREATE DATABASE Test3
ON PRIMARY
(
        NAME = Test3_data1,
        FILENAME = 'e:\sql server\Test3_data1.mdf',
        SIZE = 10MB,
        MAXSIZE = 200MB,
        FILEGROWTH = 10 %
),
(
        NAME = Test3_data2,
        FILENAME = 'e:\sql server\Test3_data2.ndf'
),
-- 将 data3 和 data4 放在文件组 MyFileGroup 中
FILEGROUP MyFileGroup
(
        NAME = Test3_data3,
        FILENAME = 'e:\sql server\Test3_data3.ndf'
),
(
        NAME = Test3_data4,
        FILENAME = 'e:\sql server\Test3_data4.ndf'
)

LOG ON
(
        NAME = Test3Log1,
        FILENAME = 'e:\sql server\Test3_log1.ldf'
),
(
        NAME = Test3Log2,
        FILENAME = 'e:\sql server\Test3_log2.ldf'
)
go
```

3.2.2　修改数据库

数据库创建后,经常会由于种种原因需要修改某些属性。例如,针对学生管理创建的数据库,在创建时确定了其最大大小,但是由于学生人数的增加,数据库原来的最大大小就会不满足要求,从而出现数据库物理存储容量不够的问题,因此必须改变数据库的最大大小,才能与变化了的现实相适应。

在数据库创建后,数据文件和日志文件名就不能改变了。对已存在的数据库可以进行的修改包括增加或删除数据文件;改变数据文件的大小和增长方式;改变日志文件的大小和增长方式;增加或删除日志文件;增加或删除文件组。在 SQL Server 2005 中修改数据库的方法也有两种:使用 SQL Server 管理平台修改数据库和使用 SQL 语句修改数据库。

(1) 使用 SQL Server 管理平台修改数据库。

在 SQL Server 管理平台中右击要修改的数据库,从弹出的快捷菜单中选择"属性"命令,出现图 3.10 所示"数据库属性"窗口。可以看到,修改或查看数据库属性时,属性页框比创建数据库时多了三个,即"选项"、"权限"和"扩展属性"。

图 3.10 "数据库属性"窗口

在"常规"页框中,可以看到备份信息,数据库的名称、状态、所有者、创建日期、大小、可用空间、用户数、维护规则等信息。这里的信息都是不可更改的。

在"文件"页框中,可以对定义时的文件属性进行更改,所包括的属性和新建数据库时的属性相同。

在"文件组"页框中,可以像在创建数据库时那样增加或修改文件组,并可设定某个文件组为默认文件组。

在"选项"页框中,可以为数据库设置若干个决定数据库特点的选项,包括恢复、游标、杂项、状态和自动。

在"权限"页框中,可以添加用户、数据库角色、应用程序角色等,也可以给这些用户或角色赋予一定的权限。关于数据库的权限设置,稍后将在第 13 章中给予详细的介绍。

在"扩展"页框中,可以为数据库增加自己定义的属性。

(2) 使用 SQL 语句修改数据库。

使用 Alter Database 语句可以增加或删除数据库中的文件,也可以修改数据库文件的属性。但必须注意的是,只有数据库管理员或具有 Alter Database 数据库权限的数据库所有者才有权执行该语句。

语法形式如下:

```
ALTER DATABASE database_name
{
  <add_or_modify_files>
| <add_or_modify_filegroups>
| MODIFY NAME = new_database_name
}
[;]

<add_or_modify_files>:: =
{
  ADD FILE <filespec> [ ,…n ]
    [ TO FILEGROUP { filegroup_name | DEFAULT } ]
 | ADD LOG FILE <filespec> [ ,…n ]
 | REMOVE FILE logical_file_name
 | MODIFY FILE <filespec>
}
<add_or_modify_filegroups>:: =
{
 | ADD FILEGROUP filegroup_name
 | REMOVE FILEGROUP filegroup_name
 | MODIFY FILEGROUP filegroup_name
   { <filegroup_updatability_option>
   | DEFAULT
   | NAME = new_filegroup_name
   }
}
```

<add_or_modify_filegroups>:

- ADD FILE 将文件添加到数据库。
- TO FILEGROUP{filegroup_name | DEFAULT} 指定要将指定文件添加到的文件组。如果指定了 DEFAULT,则将文件添加到当前的默认文件组中。
- ADD LOG FILE 将要添加的日志文件添加到指定的数据库。
- REMOVE FILE logical_file_name 从 SQL Server 的实例中删除逻辑文件说明并删除物理文件。除非文件为空,否则无法删除文件。
- logical_file_name 在 SQL Server 中引用文件时所用的逻辑名称。

- MODIFY FILE　指定应修改的文件。一次只能更改一个<filespec>属性。必须在<filespec>中指定 NAME,以标识要修改的文件。如果指定了 SIZE,那么新大小必须比文件当前大小要大。若要修改数据文件或日志文件的逻辑名称,则在 NAME 子句中指定要重命名的逻辑文件名称,并在 NEWNAME 子句中指定文件的新逻辑名称。

<add_or_modify_filegroups>可以具有以下参数。

- ADD FILEGROUP filegroup_name　将文件组添加到数据库。
- REMOVE FILEGROUP filegroup_name　从数据库中删除文件组。除非文件组为空,否则无法将其删除。首先通过将所有文件移至另一个文件组来删除文件组中的文件,如果文件为空,则可通过删除文件实现此目的。
- MODIFY FILEGROUP filegroup_name,{ <filegroup_updatability_option>, | DEFAULT, | NAME = new_filegroup_name, }　通过将状态设置为 READ_ONLY 或 READ_WRITE,将文件组设置为数据库的默认文件组或者更改文件组名称来修改文件组。
- <filegroup_updatability_option>　对文件组设置只读或读/写属性。
- DEFAULT　将默认数据库文件组更改为 filegroup_name。数据库中只能有一个文件组作为默认文件组。有关详细信息,请参阅了解文件和文件组。
- NAME = new_filegroup_name　将文件组名称更改为 new_filegroup_name。
- MODIFY NAME = new_database_name　修改数据库的名称,改后的新名称为 new_database_name。

【例 3.5】 首先创建一个名为 mcse 的数据库,然后向该数据库中添加一个名为 anotherDataFile 的数据文件。

```
Create database mcse
Go
Use mcse
ALTER DATABASE mcse
ADD FILE
(
 NAME = anotherDataFile,
 FILENAME = 'd:\anotherDataFile.ndf'
)
```

【例 3.6】 将例 3.5 中添加进来的 anotherDataFile 数据文件移除。

```
ALTER DATABASE mcse
REMOVE FILE anotherDataFile
```

【例 3.7】 向例 3.5 中创建的数据库添加一个名为 anotherLogFile 的日志文件。

```
ALTER DATABASE mcse
ADD LOG FILE
(
 NAME = anotherLogFile,
 FILENAME = 'd:\anotherLogFile.ldf'
)
```

【例 3.8】 修改数据库 mcse 中数据文件 mcse 的属性,将其初始大小设为 3MB,最大值设为 10MB,增长速度为 2MB。

```
ALTER DATABASE mcse
MODIFY FILE
(
 NAME = mcdba,
 SIZE = 3MB,
 MAXSIZE = 10MB,
 FILEGROWTH = 2MB
)
```

【例 3.9】 修改数据库 mcse 中日志文件 mcse_log 的属性,将其初始大小设为 3MB,最大值设为 10MB,增长速度为 2MB。

```
ALTER DATABASE mcse
MODIFY FILE
(
 NAME = mcdba_log,
 SIZE = 3MB,
 MAXSIZE = 10MB,
 FILEGROWTH = 2MB
)
```

【例 3.10】 将数据库 mcse 的名称改为 mydatabase。

修改方法有两种:

```
ALTER DATABASE mcse
MODIFY NAME = mydatabase
```

或者使用系统存储过程:

```
EXEC sp_renamedb 'mcse','mydatabase'
```

3.2.3 删除数据库

对于那些不再需要的数据库,可以及时删除以释放出磁盘上所占用的空间。在 SQL Server 2005 中删除数据库也有两种方法:使用 SQL Server 管理平台删除数据库和使用 SQL 语句删除数据库。

(1) 使用 SQL Server 管理平台删除数据库。

在 SQL Server 管理平台中右击要删除的数据库,从弹出的快捷菜单中选择"删除"命令,系统会弹出提示确认对话框,如图 3.11 所示,单击"确定"按钮就可以将数据库删除。但删除数据库的时候要慎重,因为系统无法轻易恢复被删除的数据库,除非该数据库之前曾备份过。

(2) 使用 SQL 语句删除数据库。

除了使用 SQL Server 管理平台可以删除数据库外,也可以通过 Drop 语句删除一个或多个数据库。语法格式:

```
DROP DATABASE { database_name } [ , …n ]
```

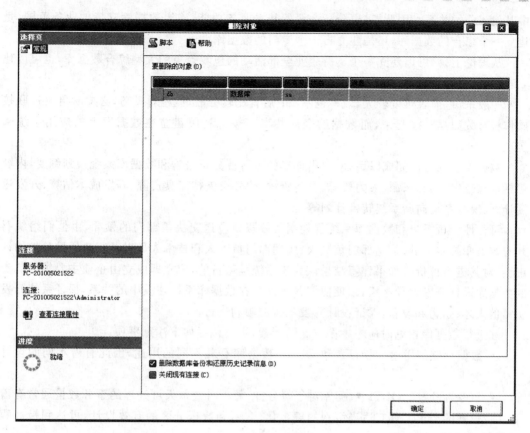

图 3.11 删除数据库窗口

【例 3.11】 删除数据库 mcse。

drop database mcse

并不是所有的数据库都可以在任何时候被删除,只有不处于以下状态的数据库才能被删除:

- 数据库正在使用;
- 数据库正在恢复;
- 数据库包含用于复制的已经出版的对象。

3.3 数据库的规划

数据库的规划工作,对于建立数据库系统,特别是大型数据库系统是非常必要的。数据库规划的好坏不仅直接关系到整个数据库系统的成败,而且对一个企业或部门的信息化建设进程都将产生深远的影响。

数据库规划时期应该完成的主要工作是确定数据库系统在企业或部门的计算机系统中的地位以及各个数据库之间的联系,从而对建立数据库的必要性和可行性进行分析。

当一个企业或部门确定要建立数据库系统之后,接着就要确定这个数据库系统与企业中其他部分的关系。因此,需要分析企业的基本业务功能,确定数据库支持的业务范围,是建立一个综合的数据库,还是建立若干个专门的数据库。

从理论上讲,可以建立一个支持企业全部活动的包罗万象的大型综合数据库,也可以建立若干个支持范围不同的公用或专用数据库。

一般来讲,前者难度较大,效率也不高;后者比较分散,但相对灵巧,必要时可通过联接操作将有关数据联接起来,而数据的全局共享一般可利用建立在数据库上的应用系统来实现。

数据库规划工作完成以后,应写出详尽的可行性分析报告和数据库系统规划纲要,内容包括信息范围、信息来源、人力资源、设备资源、软件及支持工具资源、开发成本估算、开发进度计划、现行系统向新系统转换计划等。

可行性分析报告和数据库系统规划纲要等资料应送交决策部门的领导,由他们组织召开有数据库技术人员、信息部门负责人、应用部门负责人和技术人员以及行政领导参加的评审会,对其进行评价。如果评审结果认为该系统是可行的,应立即成立由企业主要领导负责的数据库设计开发领导小组,以便协调各个部门在数据库系统建设中的关系,保证系统开发所需的人才、财力和设备,保证设计开发工作的顺利进行。

在进行数据库规划时应考虑多方面的因素,主要包括如下注意事项:

- 数据存储的用途　OLTP 和 OLAP 数据库有着不同的用途,因此有着不同的设计要求。
- 事务吞吐量　OLTP 数据库对于每分钟、每小时或每天可处理的事务数量通常有着较高的要求。具有适当级别的规范化、索引和数据分区的有效设计,可达到极高程度的事务吞吐量。
- 物理数据存储可能的增长　大量的数据需要相应的硬件进行支撑,包括内存、硬盘空间和中央处理单元(CPU)的能力。估计未来数月、数年数据量的情况。但自动文件增长可能影响性能,在大多数基于服务器的数据库解决方案中,应该创建具有适当文件大小的数据库,然后监视空间使用情况,并且只在必要时重新分配空间。
- 文件位置　数据文件应配在多个磁盘上。主数据文件、辅助数据文件、事务日志文件应分别放置在不同磁盘区域或者不同的磁盘上,最好在独立磁盘上创建事务日志或使用 RAID;合理放置 tempdb 数据库的位置,可以将该数据库放置在一个从用户数据库中分离出来的快速 I/O 子系统上,以确保最优性能。

本章小结

本章主要介绍了数据库的创建和管理办法。首先就数据库的逻辑和物理存储结构进行了介绍,在此基础上介绍了数据库文件以及结构的组成,并分别通过对象资源管理器和代码两种方式介绍了创建、修改、删除数据库的方法,这部分应是本章重点掌握的内容。其次还介绍了基本的数据库规划方法。

习题 3

1. 数据库有哪几种类型?
2. 创建数据库有几种方法?
3. 如何修改数据库?
4. 什么情况下需要压缩数据库? 如何操作?
5. 什么样的数据库可以删除? 如何操作?
6. 如何变换数据库的存储位置?
7. 创建"图书销售信息管理"数据库。
8. 创建"友人通讯录"数据库。

第4章

表

4.1 数据类型

表是存放数据库中数据的对象,表中的数据组织成行、列的形式,每一行代表一个记录,每一列代表记录的一个属性。

在 SQL Server 2005 中,一个数据库中可创建多达 20 亿个表,每个表的列数最多可达 1024 行,每行最多 8092 字节(不包括 image、text 或 ntext 数据)。

设计数据库时,要决定它包括哪些表,每个表中包含哪些列,每列的数据类型等。当创建和使用表时,需要使用不同的数据库对象,包括数据类型、约束、默认值、触发器和索引等。关于这些数据库对象的详细内容,后面章节将会介绍。这里先介绍创建表时所要用到的对象——数据类型。

在表中创建列时,必须为其指定数据类型,列的数据类型决定了数据的取值、范围和存储格式。列的数据类型可以是 SQL Server 提供的系统数据类型,也可以是用户定义数据类型。

4.1.1 系统数据类型

SQL Server 2005 提供的系统数据类型有以下几大类:整型、精确数字类型、近似数字类型、货币类型、日期和时间类型、字符型、Unicode 字符型、二进制型、其他数据类型等。表 4.1 中显示了常见的数据类型和 SQL Server 系统提供的数据类型之间的对应关系,以及各种数据类型所占用的字节数。

下面分别介绍各种数据类型:

(1) 整型。

整型数据包含 bigint、int、smallint 和 tinyint。从标识符的含义就可以看出,它们的表示数值范围逐渐缩小,如表 4.2 所示。

bigint 数据类型的长度是 8 字节。由于每个字节的长度是 8 位且可以存储正负数字,因此其取值范围为 $-2^{63} \sim 2^{63}-1$。

int 数据类型的长度是 4 字节且可以存储正负数,故取值范围是 $-2^{31} \sim 2^{31}-1$。int 是最常用的数据类型,当 int 类型表示的数据长度不足时,才考虑使用 bigint 数据类型。

smallint 数据类型的长度是 2 字节,也可以存储正负数,取值范围为 $-2^{15} \sim 2^{15}-1$。

tinyint 数据类型的长度是 1 个字节,取值范围为 $0 \sim 255$。

（2）精确数字类型。

精确数字类型数据由整数部分和小数部分构成，其所有的数字都是有效位，能够以完整的精度存储十进制数。精确整数型包括 decimal 和 numeric 两类。从功能上说两者完全等价，唯一的区别在于 decimal 不能用于带有 identity 关键字的列，如表 4.3 所示。

关于精度与小数位数的使用举例如下：例如指定某列为精确数字类型，精度为 6，小数位数为 3，即 decimal(6,3)，那么若向某记录的该列赋值 56.342 689 时，该列实际存储的是 56.3427。

一般来说，当在金融应用程序中希望统一地描述数据（总有两位小数）并查询该列（例如，找出利率为 8.75% 的所有贷款）时，应该使用精确 numeric 数据类型。

表 4.1 常见数据类型表

常见数据类型	SQL Server 系统提供的数据类型	字节数/B
整型	bigint,Int,smallint,tinyint	8,4,2,1
精确数字类型	decimal[(p[,s])],numeric[(p[,s])]	2～17
近似数字类型	float[(n)],real	8,4
货币类型	money,smallmoney	8,4
日期和时间类型	datetime,smalldatetime	8,4
字符型	char[(n)]	0～8000
	varchar[(n)]	0～2×10^9
	text	
Unicode 字符型	nchar[(n)]	0～8000
	nvarchar[(n)]	（4000 字符）
	ntext	0～2×10^9
二进制型	binary[(n)]	0～8000
	varbinary[(n)]	
图像型	image	0～2×10^9
全局标识符型	uniqueidentifier	16
特殊类型	bit,cursor,uniqueidentifier	1,0
	timestamp	16
	XML	8
	table	256
	sql_variant	0～8016

表 4.2 整型表示范围

SQL Server 系统提供的整型数据	表 示 范 围
bigint	占 8 个字节，值的范围为 -2^{63}～$2^{63}-1$
int	占 4 个字节，值的范围为 -2^{31}～$2^{31}-1$
smallint	占 2 个字节，值的范围为 $-32\,768$～$32\,767$
tinyint	占 1 个字节，值的范围为 0～255

表 4.3 精确数字类型表示范围

SQL Server 系统提供的精确数字类型	表 示 范 围
decimal [(p[,s])]	p 为精度，最大为 38；s 为小数位数，0≤s≤p，默认值为 0
numeric [(p[,s])]	在 SQL Server 中等价于 decimal

（3）近似数字类型。

顾名思义，这种类型不能提供精确表示数据的精度，使用这种类型来存储某些数值时有可能损失一些精度，所以它可用于处理取值范围非常大且对精度要求不高的数据，如一些统计量。SQL Server 支持两种近似数据类型：float 和 real，如表 4.4 所示。

表 4.4   近似数字类型表示范围

SQL Server 系统提供的近似数字类型	表 示 范 围
float $[(n)]$	$-1.79E+308 \sim 1.79E+308$ 之间的浮点数字数据。n 为用于存储科学记数法尾数的位数，同时指示其精度和存储大小，$1 \leqslant n \leqslant 53$
real	$3.40E+38 \sim 3.40E+38$ 之间的浮点数字数据，存储大小为 4 字节。SQL Server 中，real 的同义词为 float(24)

如果要取整数值或要在值之间执行量的检查，那么应该避免使用近似数字类型。例如在 where 子句中要尽可能避免使用 float 和 real 数据类型的列。

（4）货币类型。

SQL Server 提供两个专门用于处理货币的数据类型：money 和 smallmoney，它们用十进制数表示货币值，如表 4.5 所示。

表 4.5   货币类型表示范围

SQL Server 系统提供的货币类型	表 示 范 围
money	占 8 个字节，值的范围为 $-922\ 337\ 203\ 685\ 477.5808 \sim +922\ 337\ 203\ 685\ 477.5807$
smallmoney	占 4 个字节，值的范围为 $-214\ 748.3648 \sim 214\ 748.3647$

货币类型与其他数字数据类型不同的地方：第一，它们表示了货币数值，可以在数字前面加上 $ 作为货币符号。第二，它们的小数位数最多是 4，即可以表示出当前货币单位的万分之一。第三，当小数位数超过 4 时，自动按照四舍五入进行处理。

money 类型占 8 个字节，取值范围为 $-2^{63} \sim 2^{63}-1$。

smallmoney 类型占 4 个字节，取值范围为 $-2^{31} \sim 2^{31}-1$。

（5）日期时间类型。

SQL Server 提供两种数据类型用于存储日期和时间信息：datetime 和 smalldatetime。这两种数据类型之间的区别在于可能的日期范围和存储所需的字节个数。两种数据类型显示的范围和占用的字节数如表 4.6 所示。

表 4.6   日期时间类型表示范围

SQL Server 系统提供的日期时间类型	表 示 范 围
datetime	占 8 个字节，表示从 1753 年 1 月 1 日到 9999 年 12 月 31 日的日期
smalldatetime	占 4 个字节，表示从 1900 年 1 月 1 日至 2079 年 6 月 6 日的日期

当存储 datetime 数据类型时，默认的格式是"mm dd yyyy hh:mm A.M./P.M"。当插入数据或者在其他地方使用 datetime 数据类型时，需要用单引号把它括起来。默认的时间日期格式举例：January 1,1900 12:00 A.M.。可以接受的输入格式如下：Jan 4 1999、JAN 4 1999、January 4 1999、Jan 1999 4、1999 4 Jan 和 1999 Jan 4。

smalldatetime 数据类型存储长度为 4 字节,前 2 个字节用来存储 smalldatetime 类型数据中日期部分距 1900 年 1 月 1 日之后的天数;后 2 个字节用来存储 smalldatetime 类型数据中时间部分距中午 12 点的分钟数。用户输入 smalldatetime 类型数据的格式与 datetime 类型数据完全相同,只是它们的内部存储可能不相同。

(6) 字符型和 Unicode 字符型。

字符型是 SQL Server 最常用的数据类型之一,它可以用来存储各种字母、数字符号和特殊符号。在使用字符数据类型时,需要在其前后加上英文单引号或者双引号,如表 4.7 所示。

表 4.7　字符型和 Unicode 字符型表示范围

SQL Server 系统提供的字符型和 Unicode 字符型	表 示 范 围
char[(n)]	存储字符个数为 0～8000
varchar[(n)]	存储字符个数为 0～8000
text	存储字符个数为 0～2GB
nchar[(n)]	存储字符个数为 0～4000
nvarchar[(n)]	存储字符个数为 0～4000
ntext	存储字符个数为 0～1GB

- char　其定义形式为 char(n),若不指定 n 值,系统默认 n 的值为 1。若输入数据的字符串长度小于 n,则系统自动在其后添加空格来填满设定好的空间;若输入的数据过长,将会截掉其超出部分。如果定义了一个 char 类型,而且允许该列为空,则该字段被当作 varchar 来处理。
- varchar　其定义形式为 varchar(n)。一般来说,当希望一个列的数据大小能够适应重大变化,但该列数据不频繁更新时,使用可变长度的数据类型更合适。注意,varchar(max) 可以用来存储最大字节数为 $2^{31}-1$ 的数据,因此被称为大数值数据类型,可以用来代替 text 数据类型。

字符数据通常使用单引号表示。当输出的字符数长度超过 char(n) 或 varchar(n) 指定的长度时,字符数据就会被截断。对于固定长度的 char(n) 字符数据来说,如果输入的字符小于指定的长度,那么该字符尾部用空格补齐,占满 n 个字节的位置。但是,对于可变长度的 varchar(n) 字符数据来说,在默认情况下,如果输入的字符小于指定的长度,则只存储实际的字符长度。

一般来说,在选择使用 char(n) 或 varchar(n) 数据类型时,可以按照以下的原则来判断:

- 如果该列存储的数据长度都相同,则使用 char(n) 数据类型。如果该列中存储的数据长度相差比较大,则应该考虑使用 varchar(n) 数据类型。
- 如果存储的数据长度虽然不是完全相同,但是长度差别不大,则如果希望提高查询的执行效率,可以考虑使用 char(n) 数据类型;如果希望降低数据存储的成本,则可以考虑使用 varchar(n) 数据类型。
- text　用于存储文本数据。表中列出的是理论数据,在实际应用时,要根据硬盘的存储空间而定。
- unicode 字符型　unicode 是"统一字符编码标准",用于支持国际上非英语语种的字符数据的存储和处理。SQL Server 的 Unicode 字符型可以存储 Unicode 标准字符集定义的各种字符。Unocode 字符数据类型包含 nchar、nvarchar 和 ntext 三种。

- nchar　其定义形式为 nchar[(n)],其中 n 的值默认为 1,长度为 2n 字节。若输入的字符串长度不足 n,将以空白字符补足。
- nvarchar　其定义形式为 nvarchar[(n)],其中 n 的值默认为 1,长度是所输入字符个数的两倍。
- ntext　当需要存储大量的字符数据,如较长的备注、日志信息等,字符型数据的最长 8000 字符的限制可能使它们不能满足这种应用需求,此时可使用文本型数据。

(7) 二进制型。

二进制数据类型包括 binary、varbinary 和 image,如表 4.8 所示。

表 4.8　二进制数据类型表示范围

SQL Server 系统提供的二进制型	表示范围
binary[(n)]	存储字节个数为 0~8000
varbinary[(n)]	存储字节个数为 0~8000
image	存储字节个数为 0~2GB

- Binary　其定义形式为 binary(n),数据的存储长度是固定的,即 n+4 个字节。当输入的二进制数据长度小于 n 时,余下部分填充 0。二进制数据类型的最大长度(即 n 的最大值)为 8000,常用于存储图像等数据。
- Varbinary　其定义形式为 varbinary(n),数据的存储长度是变化的,它为实际所输入数据的长度加上 4 字节。其他含义同 binary。
- Image　用于存储照片、目录图片或者图画,其理论容量为 $2^{31}-1$(2 147 483 647)个字节。其存储数据的模式与 text 数据类型相同,通常存储在 Image 字段中的数据不能直接用 Insert 语句直接输入。

(8) 其他数据类型。

- uniqueidentifier　有时把 uniqueidentifier 数据类型比做全局唯一标识符(Globally Unique Identifier,GUID)或全体唯一标识符(Universal Unique Identifier,UUID)。GUID 或 UUID 为了实际需要,在不相关的计算机之间,通过某种方式产生的 128 位(16 字节)值,保证该值全局唯一。它正在成为一种识别分布式系统中数据、对象、软件应用程序和 applet 的重要方式。
- bit　位数据类型,其数据有 0 和 1 两种取值,长度为 1 字节,在输入 0 以外的其他值时,系统均把它们当 1 看待。这种数据类型常作为逻辑变量使用,用来表示真、假或是、否等二值选择。
- cursor　这是变量或存储过程 OUTPUT 参数的一种数据类型,这些参数包含对游标的引用。使用 Cursor 数据类型创建的变量可以为空。注意,对于 create table 语句中的列,不能使用 cursor 数据类型。
- timestamp　若创建表时定义一个列的数据类型为时间戳类型,那么每当对该表加入新行或修改已有行时,都由系统自动将一个计数器值加到该列,即将原来的时间戳值加上一个增量。记录 timestamp 列的值实际上反映了系统对该记录修改的相对(相对于其他记录)顺序。一个表只能有 timestamp 列。Timestamp 类型数据的值实际上是二进制格式数据,其长度为 8 字节。

- XML　可以存储 XML 数据的数据类型。利用它可以将 XML 实例存储在字段中或者 XML 类型的变量中。注意,存储在 XML 中的数据不能超过 2GB。
- table　table 数据类型能够保存函数结果,并把它当作局部变量数据类型。表中的列不可能是表类型。
- sql_variant　存储除 text、ntext、image 和 rowversion(timestamp)之外的任何其他合法 SQL Server 数据类型。

4.1.2　自定义数据类型

用户定义的数据类型要基于系统提供的数据类型来定义。在处理不同表或数据库中的共同数据元素时,用户定义的数据类型能进一步完善数据类型,确保其一致性。用户定义数据类型是针对特定的数据库来定义的。

1) 创建用户定义数据类型

在 SQL Server 2005 中创建用户定义数据类型有两种方法:在 SQL Server 管理平台上创建用户定义数据类型和使用 SQL 语句创建用户定义数据类型。

(1) 在 SQL Server 管理平台上创建用户定义数据类型。

在 SQL Server 管理平台中打开指定的服务器和数据库项,如图 4.1 所示。

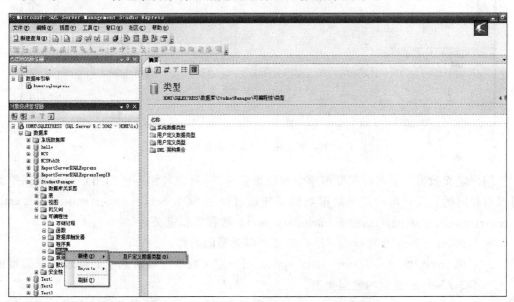

图 4.1　用户定义数据类型在管理平台中的位置

选择并展开"可编程性"文件夹,接下来右击"类型"选项,从弹出的快捷菜单中选择"新建"→"用户定义数据类型"命令,则会出现"新建用户定义数据类型"窗口,在该窗口中可以指定要定义的数据类型的名称、要继承的系统数据类型,某些数据类型还可以选择长度以及设置是否允许为 NULL 值等属性。最后单击"确定"按钮,即可把用户自定义的数据类型对象添加到指定的数据库中,如图 4.2 所示。

(2) 使用 SQL 语句创建用户定义数据类型。

可以使用系统存储过程 sp_addtype 创建用户定义数据类型,语法格式如下:

```
sp_addtype [ @typename = ] type,
    [ @phystype = ] system_data_type
    [ , [ @nulltype = ] 'null_type' ] ;
```

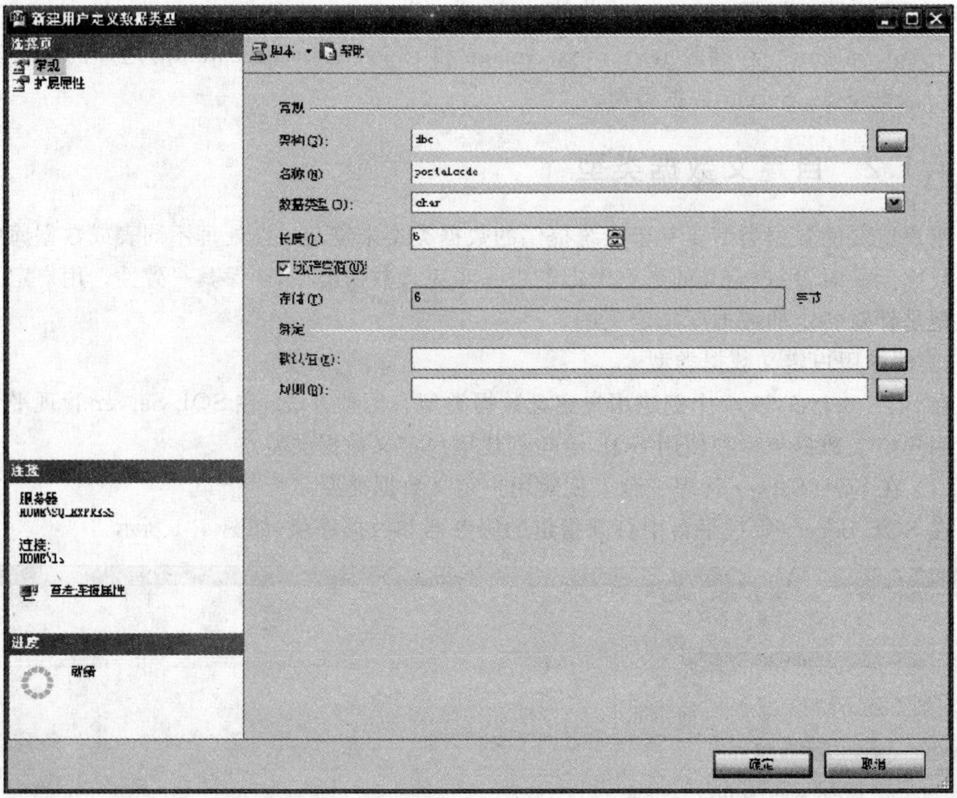

图 4.2 "新建用户定义数据类型"窗口

用户定义数据类型名称在数据库中必须是唯一的,但是名称不同的用户定义数据类型可以有相同的定义。用户定义数据类型不能通过使用 SQL Server timestamp、table、xml、varchar(max)、nvarchar(max)或 varbinary(max) 数据类型定义。

- [@typename =] type 用户定义数据类型的名称。
- [@phystype =] system_data_type 用户定义数据类型所基于的物理数据类型或 SQL Server 提供的数据类型。
- [@nulltype =] 'null_type' 指示用户定义数据类型处理空值的方式。null_type 的数据类型为 varchar(8),默认值为 NULL,并且必须用单引号引起来('NULL'、'NOT NULL'或'NONULL')。

但要注意的是,后续版本的 Microsoft SQL Server 将删除该功能。请避免在新的开发工作中使用该功能,并应着手修改当前还在使用该功能的应用程序,改为使用 create type。

其语法格式如下:

```
CREATE TYPE [ schema_name. ] type_name
{
    FROM base_type
```

```
    [ (precision [ , scale ]) ]
    [ NULL | NOT NULL ]
  | EXTERNAL NAME assembly_name [ .class_name ]
} [ ; ]
```

- schema_name 用户定义类型所属架构的名称。
- type_name 用户定义类型的名称。类型名称必须符合标识符的规则。
- base_type 用户定义数据类型所基于的数据类型。
- precision 对于 decimal 或 numeric,其值为非负整数,指示可保留的十进制数字位数的最大值,包括小数点左边和右边的数字。
- scale 对于 decimal 或 numeric,其值为非负整数,指示十进制数字的小数点右边最多可保留多少位,它必须小于或等于精度值。
- NULL | NOT NULL 指定此类型是否可容纳空值。如果未指定,则默认值为NULL。
- assembly_name 指定可在公共语言运行库中引用用户定义类型实现的 SQL Server 程序集。assembly_name 应与当前数据库的 SQL Server 中的现有程序集匹配。
- [.class_name] 指定实现用户定义类型的程序集内的类。

【例 4.1】 创建一个自定义的邮政编码(zipcode)数据类型。

```
Exec sp_addtype zipcode, 'char(6)'
```

或

```
create type zipcode from char(6)
```

【例 4.2】 创建一个自定义的 isbn 号(isbn)的数据类型。

```
Exec sp_addtype isbn,'smallint', 'NOT NULL'
```

或

```
create type isbn from smallint   not null
```

2) 删除用户定义数据类型

同创建用户定义的数据类型一样,删除用户定义的数据类型也有两种方法:使用 SQL Server 管理平台删除用户定义数据类型和 SQL 语句删除用户定义数据类型。

(1) 使用 SQL Server 管理平台删除用户定义数据类型。

如图 4.3 所示,在 SQL Server 管理平台中选中要删除的用户定义的数据类型右击,从弹出的快捷菜单中选择"删除"命令,就会出现"删除对象"对话框,单击"确定"按钮就可以删除了。但要注意的是,如果要删除的数据类型在数据库中正在使用,就不能够删除,除非将使用中的数据类型改变状态,才可以在数据库中成功删除。

(2) 用 SQL 语句删除用户定义数据类型。

用 SQL 语句删除用户定义数据类型也有两种方法:使用系统存储过程 sp_droptype 和使用 drop type 语句。

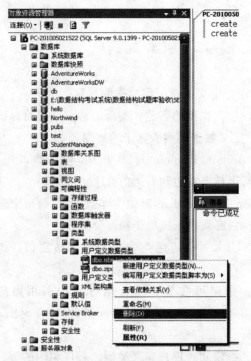

图 4.3　删除用户定义数据类型的位置

使用系统存储过程 sp_droptype 的语法如下：

sp_droptype [@typename =] 'type'

[@typename ＝] 'type'　所拥有的用户定义数据类型的名称。

使用 drop type 语句的语法如下：

DROP TYPE [schema_name.] type_name [;]

- schema_name　用户定义的类型所属的架构名。
- type_name　要删除的用户定义的类型的名称。

【例 4.3】　删除在例 4.1 中创建的邮政编码(zipcode)数据类型。

sp_droptype zipcode

或

drop type zipcode

【例 4.4】　删除在例 4.2 中创建的 isbn 号(isbn)的数据类型。

sp_droptype isbn

或

drop type isbn

4.1.3　选择数据类型的指导原则

在选择数据类型及平衡考虑需求和存储空间关系时,请考虑下述原则：

(1) 如果列的长度可变,就使用变长数据类型。例如,一个名称列表可以用 varchar 来代替 char。

(2) 在为你的数据列选择数据类型的时候,要充分考虑到未来的发展可能出现的情况。假如你拥有一个不断发展的、位于许多场所的图书销售业务,而在数据库中把商店标识符指定为 tinyint 数据类型,那么当你决定第 256 家商店开张时就会发生问题。

(3) 对于数字数据类型来说,数值大小和所需要的精度有助于做出相应的决定,一般来说,使用 decimal 或者 numeric。

(4) 如果存储量超过 8000 字节,使用 text 或 image; 如果存储量小于 8000 字节,使用 binary 或 char。如果可能的话,最好使用 varchar,因为它比 text 和 Image 有更强的功能。

(5) 对货币数据来说,使用 money 数据类型。

(6) 不要把 float 和 real 数据类型作为主键,因为这些类型的值是不精确的,它们不适于在比较中使用。

4.2 数据库对象

通过前面的学习,已经知道数据库由数据和对象组成。一般而言,数据库中存储有数据,但是正确高效地组织、显示和使用存放在数据库中的数据,就需要一系列的数据库对象来完成此重要任务。常见的数据库对象包括数据表、约束、规则视图、存储过程和触发器等。

4.2.1 数据表

创建了用户数据库后,接下来的工作就是创建数据表。因为要使用数据库就需要数据库中有种对象能够存储用户输入的各种数据,以后使用数据库完成各种应用也是在数据表的基础上完成的,所以数据表是数据库中最重要的对象。

数据表被定义为列的集合。它与电子表格类似,数据在表中是按照行和列的格式来组织排列的。每行代表一个唯一的记录,每列代表记录中的一个域。例如一个包含学生基本信息的数据表,表中的每一行代表一个学生,每一列分别表示学生的详细资料,如学号、姓名、性别和年龄等。图 4.4 所示为 studentmanager 数据库中的学生基本信息表 student。

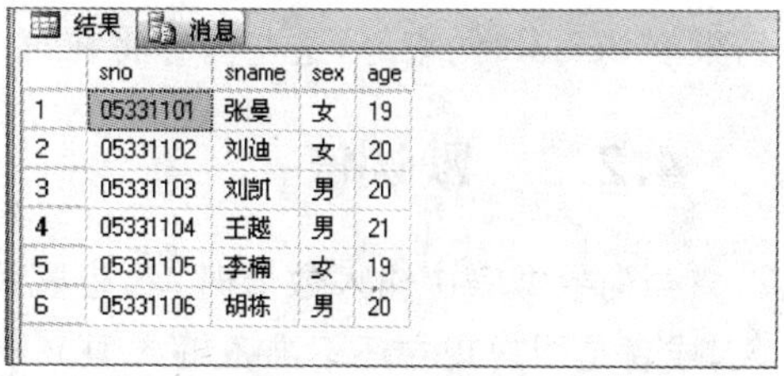

	sno	sname	sex	age
1	05331101	张曼	女	19
2	05331102	刘迪	女	20
3	05331103	刘凯	男	20
4	05331104	王越	男	21
5	05331105	李楠	女	19
6	05331106	胡栋	男	20

图 4.4 学生信息表

SQL Server 中有两种数据表:永久表和临时表。永久表在创建后一直存储在数据库文件中,除非用户删除该表;临时表在系统运行过程中由系统创建,一旦用户退出或系统恢复时,临时表将被自动删除。

4.2.2 约束

现在已经了解了创建用户数据库和在数据库中创建表以存储数据,那么自然也就知道了数据库中的数据是现实世界的反映,各个数据之间有一定的联系和存在规则,如学生的学号必须是唯一的,学生姓名可能相同,但学号一定不相同;每个学生的性别只能是"男"或"女",不可能是其他值。类似的例子还有很多。那么怎样把现实世界中的这种联系和存在规则在数据库中反映出来呢? 这就是约束技术,在了解约束之前,有必要先了解一下数据完整性的知识。

在第 1 章中已经接触过数据完整性这个概念,它指的是存储在数据库中数据的一致性和正确性。为了保证数据完整性,SQL Server 提供了定义、检查和控制数据完整性的机制。根据数据完整性措施所作用的数据库对象和范围的不同,数据完整性分为实体完整性、域完整性、参照完整性和用户定义完整性。

实体完整性也称为行完整性,是将行定义为特定表的唯一实体。简而言之,表的所有记录在某一列上必须取值唯一。如记录有多个学生信息的表,表中的学号列对应的值每一行都不相同,否则没有一个列来区分每一行,这将造成学生信息管理的混乱。

域完整性也称为列完整性,用以指定列的数据输入是否具有正确的数据类型、格式以及有效的数据范围。如学生每门课程的考试成绩必定是一个不大于 100 的正数值,如果表中存在一个小于 0 的学生成绩,则没有意义。

参照完整性是保证参照表与被参照表中数据的一致性。例如,学生基本信息表中有学生的学号且学生成绩表中也有学生的学号,那么这两个表中的学号值必须一致,如果输入过程中出现错误且又没有被系统检查出来,数据之间就会造成混乱。

用户定义完整性允许用户定义不属于其他任何完整性分类的特定规则。所有的完整性都支持用户定义完整性。

由此可见,保证数据完整性在数据库管理系统中十分重要。数据库系统中必须有一些措施来防止数据混乱的产生。建立和使用约束的目的就是保证数据的完整性。约束是 SQL Server 强制实行的应用规则,它通过限制列、行和表之间的数据来保证数据完整性。

约束也是一种对象,它可以加到表上以限制列、行和表之间的数据。当表删除时,表所带的约束也随之被删除。约束包括 check 约束、primary key 约束、foreign key 约束、unique 约束和 default 约束等,这些内容将在第 5 章中介绍。

4.2.3　默认值

当向数据表中输入数值时,希望表里的某些列已经具有一些默认值,不必用户一一输入,或者是用户现在还不准备输入但又不想空着。例如,输入学生性别的时候,先默认所有学生的性别为"男",如果输入的是一个男生,则"性别"就不用每次都人为地输入一次了;如果是女生,就将"男"改为"女",这样大大减少了输入数据的工作量。又如,输入一个班的课程信息,由于全班同学在一个教室上课,那么设定教室为一个默认值,则每个同学的上课教室就不必输入了。

默认值是实现上述目的的一种数据库对象,可以先定义好,需要时将它绑定到一列或多列上。在表中插入数据行时,系统自动为没有指定数据的列提供事先定义的默认值。

4.2.4　规则

有时会遇到这种情况:一个班的学生学号往往是一段连续的正整数,而设计的表被其他用户输入学号值时必须要有效而不能是超出此范围的无效值；还有，学生的身份证号码长度要么是 15 位，要么是 18 位，不可能是其他位数长度的数值，如果用户输入的身份证号码长度不是这样，就应该提醒用户输入数值有误。

规则这种数据库对象的作用就是当向表中插入数据时，指定该列接受数据值的范围。规则与默认值一样在数据库中只需定义一次，就可以多次应用于任意表中的一列或多列上。

4.2.5 视图

可以从现实角度来了解视图这种数据库对象。一般地，一个学生在一个学期要上多门课程，这些课程的成绩存储在多张数据表里面，班主任想了解班上同学的学习成绩，需要打开一张张的表来看。能否将存储在多张表中的课程成绩汇总到一张新表上，这张新表又需不需要重新创建呢？答案是肯定的。因为课程成绩已经记录在单科课程表上，只要提取其数据就可以汇总成一张新表，这样就可以避免数据多存储一遍，即数据冗余。另外还有一种情况：班主任上教务处查询本班学生情况，但教务处记录的是全校的学生信息，显然班主任只对本班学生感兴趣，但全校的学生却都在一张表上，查找起来十分困难。

而数据库中有了视图这种对象，上述问题便迎刃而解。视图是从一个或多个相关联表中派生出来的，常用于集中、简化和定制显示数据库中的信息。它限制了用户所能看到和修改的数据。视图像一个过滤器，对于一个或多个基表中的数据进行筛选和引用。如上述问题中从各科成绩表中将本班学生的成绩筛选出来做成一张视图，以后班主任直接看这个视图，而不必一张张地查询所有表就可以查询到本班学生的成绩。将表中班主任感兴趣的数据抽取出来做成一张视图，这样班主任就只能看到本班学生的成绩而看不到其他班学生的成绩。这在一定程度上可以保证数据的安全性。

概括地说，视图是一张虚拟表，它不是数据库中实际存在的表，其内容来自于其他一些基表（理解这一点尤其重要）。但它与实际的表格在形式上相同，每个视图都含有列名与记录。视图并不存储数据，因为它是虚拟表，视图中的数据实际上是对组成视图的基表内存储数据的引用，它来自于组成视图的多张基表。视图着重于特定数据，可以简化数据操作以及组合区分数据。有关视图的更多详细信息，请参见第 9 章。

4.2.6 存储过程

我们可能会想到，能否将一些 T-SQL 命令语句打包成一个数据库对象并存储在 SQL Server 服务器上，等到需要完成这些 T-SQL 语句的功能时，就触发该数据库对象来完成这些工作。这样做的好处是不必每次在查询窗口中重复编写 T-SQL 语句，而是编写了一次，想什么时候运行就什么时候运行。另外运行速度也可大大加快。

在 SQL Server 中提供的对象——存储过程就可以实现这个目的。它是存放在服务器上的预先编译好的 T-SQL 语句，在第一次运行时进行语法检查和编译，编译好的存储过程在计算机的高速缓存中用于后续调用，这样执行存储过程迅速而高效。存储过程由应用程序激活，而不是由 SQL Server 自动执行。

存储过程除了执行迅速高效的特点外，还可用于安全机制，用户可以被授权执行某些存储过程。若要改变业务规则或策略，只需改写存储过程的语句再编译即可。

SQL Server 中的存储过程有两类：系统提供的存储过程和用户定义的存储过程。系统提供的存储过程是系统已经编译好的存储过程，用户不能修改，主要为数据库系统管理员管理 SQL Server 提供支持。用户自定义存储过程是由用户创建并能完成某一特定功能（如查询用户所需的数据信息）的存储过程。有关存储过程的详细讲解将在第 10 章中介绍。

4.2.7 触发器

上面介绍的存储过程的运行需要人工的干预，不是自动运行的，而这里要介绍的触发器就是一种可以自动运行的对象，由事先设定好的条件触发。

当用户在操作数据表中的数据时，系统管理员或应用程序开发人员有时要防止用户对某些数据的修改和删除，以避免出现对数据进行不一致或不正确的修改。如果系统里面有编译好的触发器，一旦用户对某些数据进行修改或删除操作，事先设定的条件被满足就触发触发器的运行，要么是弹出一些对话框告诉用户正在对数据进行非法操作，要么是此处数据的更新引起其他记录或其他表中数据的同步变化，从而避免出现数据不一致和不正确的混乱现象。

触发器这种数据库对象的主要作用就是可以像存储过程那样包含复杂的处理逻辑，实现约束，规则等不能实现的复杂的数据完整性和一致性，并且由逻辑条件触发而自动执行。触发器就像一个监视器一样，时刻监视用户的数据操作，一旦用户对数据的操作满足预先设定的条件，就立即触发一定的操作。有关触发器的更详细知识将在第 11 章中介绍。

4.3 数据表的设计和创建

表是 SQL Server 中最重要的数据库对象，它是用来存储和操作数据的一种逻辑结构。表由行和列组成，因此也称为二维表。表示日常工作和生活中经常使用的一种表示数据及其关系的形式。

4.3.1 设计表和建表

1. 设计表

在建立表之前，最好预先将设计的表及其对象写在纸上。设计时应考虑以下几个方面的问题：

(1) 确定每列的列名（字段名）、每列的数据类型和列宽（字符长度）。

(2) 确定哪些列的列取值允许为空（NULL）。空值并不代表"空格"或"0"，空值表示没有值或不确定的值。

(3) 确定表中哪些字段是主键（又叫主关键字、主码），哪些字段是外键（又叫外关键字、外码）。主键是可以区别表中各条记录的唯一标识列；外键是表与表之间相互关联的列。

(4) 确定哪些列需要建立索引以及索引的类型。建立索引可以大大加快数据检索速度。

设计表在整个创建和管理表的过程当中起着非常重要的作用。在这个阶段，主要是将任务分解,划分出合理的结构,从而确定各个数据表结构,即确定表的名字、所包含的各个列的列名、列的数据类型和长度、是否为空等要求。

下面列出学生管理数据库的数据表设计,供同学们在创建数据表时参考使用。表 4.9 中各个项的解释如下:

列名:每个列的列名在表中应该是唯一的;数据类型:应为 SQL Server 中可选的数据类型;大小:为规定列的最大长度;小数位:用于定义数值型 numeric 列的小数位数;是否为空:说明该列是否允许为空值;默认值:用于定义不输入情况下的列值。

(1) 学生表的结构设计如表 4.9 所示。

表 4.9　student 表结构

序号	列名	数据类型	大小	小数位	是否为空	默认值	列名含义
1	Sno	char	8				学号
2	Sname	char	10				姓名
3	sex	char	2		√		性别
4	Birthday	datetime			√		出生日期
5	Address	varchar	20		√		家庭住址
6	Tel	char	12		√		电话
7	Zipcode	char	6		√		邮编
8	mark	int			√	500	入学成绩

(2) 教师表的结构设计如表 4.10 所示。

表 4.10　teacher 表结构

序号	列名	数据类型	大小	小数位	是否为空	默认值	列名含义
1	Tno	char	4				教师编号
2	Tname	char	10				姓名
3	Sex	char	2		√		性别
4	age	int			√		年龄
5	titleposition	char	10		√		职称
6	Tel	char	12		√		电话
7	Salary	decimal	7	2		900	工资

(3) 课程表的结构设计如表 4.11 所示。

表 4.11　course 表结构

序号	列名	数据类型	大小	小数位	是否为空	默认值	列名含义
1	Cno	char	4				课程号
2	Cname	varchar	20				课程名称
3	Ctype	char	4			考试	课程类型
4	Cperiod	int					学时
5	ctime	decimal	3	1			学分

（4）成绩表的结构设计如表 4.12 所示。

表 4.12　s_c 表结构

序号	列名	数据类型	大小	小数位	是否为空	默认值	列名含义
1	Sno	char	8				学号
2	Cno	char	4				课程号
3	grade	int			√		成绩

（5）教师授课表的结构设计如表 4.13 所示。

表 4.13　t_c 表结构

序号	列名	数据类型	大小	小数位	是否为空	默认值	列名含义
1	tno	char	4				教师编号
2	cno	char	4				课程编号
3	Quality	char	4		√	合格	教学质量

（6）院系代码表的结构设计如表 4.14 所示。

表 4.14　department 表结构

序号	列名	数据类型	大小	小数位	是否为空	默认值	列名含义
1	dno	char	2			01	院系编号
2	dname	varchar	20		√		院系名称

（7）专业代码表的结构设计如表 4.15 所示。

表 4.15　specialty 表结构

序号	列名	数据类型	大小	小数位	是否为空	默认值	列名含义
1	speno	char	6				专业编号
2	spename	varchar	20		√		专业名称

（8）教研室信息表的结构设计如表 4.16 所示。

表 4.16　staffroom 表结构

序号	列名	数据类型	大小	小数位	是否为空	默认值	列名含义
1	s_r_no	char	4				教研室编号
2	s_r_name	varchar	20				教研室名称
3	s_r_type	char	4		√	专业	教研室类型
4	s_r_leader	char	10		√		教研室主任

（9）教室信息表的结构设计如表 4.17 所示。

表 4.17　room 表结构

序号	列名	数据类型	大小	小数位	是否为空	默认值	列名含义
1	Rno	Char	6				教室编号
2	Rname	varchar	8		√		教室名称
3	Rtype	varchar	10		√	普通	教室类型
4	rdevice	varchar	20		√	投影仪	教室设备
5	rsize	int			√	60	教室容量

上述 9 个表用来描述学生管理数据库,而这 9 个表之间的关系如图 4.5 所示。

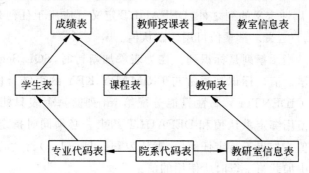

图 4.5　学生管理数据库中各个表之间的关系

2. 建表

数据表结构设计好之后,就可以在 SQL Server 中创建数据表了。创建数据表的方法有两种：使用 SQL Server 管理平台和使用 SQL 语句。

（1）使用 SQL Server 管理平台创建数据表。

下面以创建 student 数据表为例,介绍在管理平台中创建数据表。

在 SQL Server 管理平台中展开指定的服务器和数据库,打开想要创建新表的数据库,右击表对象,从弹出的快捷菜单中选择"新建表"命令,如图 4.6 所示,在该对话框中可以定义列的以下属性：列名称、数据类型、长度、精度、小数位数、是否允许为空、默认值、标识列、标识列的初始值、标识列的增量值和是否有行的标识。这些属性中,如默认值、标识列之类的可以不填。填写完成后,单击工具栏中的"保存"按钮,可为新建表命名并将数据表保存在数据库中。

（2）使用 SQL 语句创建数据表。

使用 create table 语句创建表非常灵活,它允许对表设置以下几个不同的选项,包括表名、存放位置和列的属性等。其语法格式如下：

```
CREATE TABLE table_name
  ({ < column_definition > | < table_constraint > } [ , …n ]    ) < column_definition > :: =
  { column_name data_type }
  [ { DEFAULT constant_expression
      | [ IDENTITY [ (seed , increment) ]        ]    } ]    [ ROWGUIDCOL ]    [ < column_
```

```
constraint > [ …n ] ]
< column_constraint > :: = [ CONSTRAINT constraint_name ]
{ [ PRIMARY KEY | UNIQUE ]         | REFERENCES ref_table [ (ref_column) ]
  [ ON DELETE { CASCADE | NO ACTION } ]
  [ ON UPDATE { CASCADE | NO ACTION } ]       }
```

其中,主要参数说明如下。

- table_name　新表的名称。
- column_name　表中列的名称。
- data_type　指定列的数据类型。
- DEFAULT　指定在插入操作中没有显式提供值时为该列提供的值。除了 IDENTITY 属性定义的列之外,DEFAULT 定义可应用于任何列。删除表时将删除 DEFAULT 定义。常量值可用作默认值。
- IDENTITY　指示新列是标识列。在为表添加新行时,SQL Server Mobile 将为列提供唯一的增量值。标识列通常与 PRIMARY KEY 约束结合使用以作为表的唯一行标识符。IDENTITY 属性只能分配给 int 列。每个表只能创建一个标识列。标识列无法使用绑定默认值和 DEFAULT 约束。必须同时指定种子和增量,或者不指定任何值。如果不指定任何值,默认为 identity (1,1)。
- Seed　向表中加载第一行时所使用的值。
- increment　加到所加载的上一行的标识值上的增量值。
- ROWGUIDCOL　指示新列是行全局唯一标识符列。

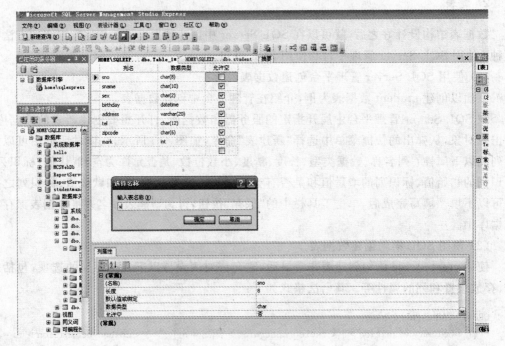

图 4.6　新建表并为表命名

- CONSTRAINT 指示 PRIMARY KEY、UNIQUE 或 FOREIGN KEY 约束定义开始的可选关键字。约束是强制执行数据完整性并创建表及其列的特殊类型索引的特殊属性。
- constraint_name 约束的名称。constraint_name 为可选参数，在数据库中必须是唯一的。如果没有指定 constraint_name，SQL Server Mobile 会生成一个约束名。
- PRIMARY KEY 通过使用唯一的索引对特定列强制执行实体完整性的约束。对于每个表，只能创建一个 PRIMARY KEY 约束。
- UNIQUE 通过使用唯一的索引提供特定列的实体完整性的约束。UNIQUE 约束中的列可以为 NULL，但每一列只允许一个 NULL 值。一个表可以包含多个 UNIQUE 约束。

【例 4.5】 创建一个学生表，在学生表中包含如下信息：学号，姓名，性别，出生日期，家庭住址，电话，邮编，入学成绩。

```
create table stu
(
    sno char(8) not null,
    sname char(10),
    sex   char(2),
    birthday datetime,
    address  varchar(20),
    tel      char(12),
    zipcode  char(6),
    mark     int
)
```

【例 4.6】 创建一个教师表，包括工号，教师姓名，性别，年龄，职称，电话，工资。

```
create table teach
(
    tno char(4) not null,
    tname char(10),
    sex   char(2),
    age   int,
    titleposition char(10),
    tel    char(12),
    salary  decimal(7,2)
)
```

4.3.2 修改表结构

在数据表的使用过程中，有可能出现原来设计的数据表结构不能满足要求，需要修改数据表结构的情况。修改数据表结构也有两种方法：使用 SQL Server 管理平台和使用 SQL 语句。

（1）使用 SQL Server 管理平台。

在图 4.6 所示的对话框中，可以对表的结构进行更改，设置主键及字段属性，使用 SQL Server 管理平台可以非常直观地修改数据库结构和添加数据。在表中任意行上右击，则弹出一个快捷菜单,如图 4.7 所示。在该菜单中可以执行以下操作:把该列设置为主键、插入新的列、删除表中的列、建立表间的关系(例如外键)、建立索引、建立约束、生成可以保存的 SQL 脚本等。选中某一列后,对话框的下部就会出现列属性对话框,在该对话框中可以设置列的属性,比如设定列是否允许空值,设置默认约束,整型列可以设置 identity 属性等。

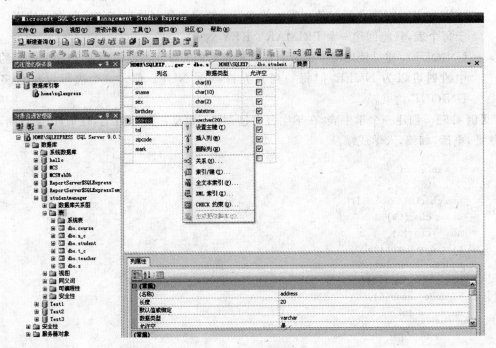

图 4.7 修改数据表的结构

(2) 使用 SQL 语句。

使用 alter table 语句也能够完成上述在 SQL Server 管理平台中完成的修改数据表的操作。其基本语法结构如下:

```
ALTER TABLE [ database_name . [ schema_name ] . | schema_name . ] table_name
{
    ALTER COLUMN column_name
    {
        [ type_schema_name. ] type_name [ ({ precision [ , scale ]
            | max | xml_schema_collection }) ]
        [ NULL | NOT NULL ]
        [ COLLATE collation_name ]
    | {ADD | DROP} { ROWGUIDCOL | PERSISTED }
    }
    | [ WITH { CHECK | NOCHECK } ] ADD
    {
        <column_definition>
      | <computed_column_definition>
      | <table_constraint>
```

```
    } [ , …n ]
    | DROP
    {
        [ CONSTRAINT ] constraint_name
        [ WITH (<drop_clustered_constraint_option>[ , …n ]) ]
        | COLUMN column_name
    } [ , …n ]
}
```

- database_name　创建表时所在的数据库名称。
- schema_name　表所属架构的名称。
- table_name　要更改的表的名称。如果表不在当前数据库中,或者不包含在当前用户所拥有的架构中,则必须显式指定数据库和架构。
- ALTER COLUMN　指定要更改命名列。
- column_name　要更改、添加或删除的列的名称。
- [type_schema_name.] type_name　更改后列的新数据类型或添加的列的数据类型。
- Precision　指定的数据类型的精度。
- Scale　指定的数据类型的小数位数。
- Max　仅应用于 varchar、nvarchar 和 varbinary 数据类型,以便存储 $2^{31}-1$ 个字节的字符、二进制数据以及 Unicode 数据。
- xml_schema_collection　仅应用于 xml 数据类型,以便将 XML 架构与类型相关联。
- COLLATE<collation_name>　指定更改后列的新排序规则。
- NULL | NOT NULL　指定列是否可接受空值。
- [{ADD | DROP} ROWGUIDCOL]　指定在指定列中添加或删除 ROWGUIDCOL 属性。
- [{ADD | DROP} PERSISTED]　指定在指定列中添加或删除 ROWGUIDCOL 属性。
- WITH CHECK | WITH NOCHECK　指定表中的数据是否用新添加的或重新启用的 FOREIGN KEY 或 CHECK 约束进行验证。
- ADD　指定添加一个或多个列定义、计算列定义或者表约束。
- DROP { [CONSTRAINT] constraint_name | COLUMN column_name }　指定从表中删除 constraint_name 或 column_name。可以列出多个列或约束。

【例 4.7】　利用 alter table 在表 student 中增加一列"身份证号码",数据类型为 char,允许为空。

```
use studentmanager
go
alter table student
add IDCard char(18) null
go
```

【例 4.8】　删除例 4.7 中增加的"身份证号码"列。

```
use studentmanager
go
alter table s
```

```
drop column IDCard
go
```

【例 4.9】 修改表 student 中已有列的属性：将 birthday 的数据类型改为 smalldatetime。

```
use studentmanager
alter table student
alter   column birthday smalldatetime
```

4.3.3　插入、修改和删除表数据

创建数据库和表后，需要对表中的数据进行操作。对表中的数据操作包括插入、修改和删除，可以通过 SQL Server 管理平台操作表数据，也可以通过 T-SQL 语句操作表数据。

(1) 使用 SQL Server 管理平台操作表数据。

① 插入表数据。

要查看表中的数据，可以在 SQL Server 管理平台中选中要打开的数据表 student 右击，从弹出的快捷菜单中选择"打开表"命令，在数据显示区域就会显示出这个表中的所有数据。这时就可以直接在表中写入要插入的数据，如果一条记录还没输入完成，已输入的字段会有 提示，待该条记录输入完成后，这个提示会自动消失，如图 4.8 所示。

HOME\SQLEIP... dbo.student	摘要		
sno	sname	sex	age
05331101	张曼	女	19
05331102	刘迪	女	20
05331103	刘凯	男	20
05331104	王越	男	21
05331105	李楠	女	19
05331106	胡栋	男	20
05331107	李莉	NULL	NULL
NULL	NULL	NULL	NULL

图 4.8　向数据表 student 中插入数据

注意：如果表的某列不允许为空，则必须为该列输入值，例如表 student 的学号，姓名等列；如果允许为空，那么如果不输入值，则在表格中将显示<NULL>字样。

② 删除表数据。

当表中的某条记录不再需要时，可以将其删除。删除的方法如下：在操作表数据的窗口中定位需被删除的记录行，即将当前光标（窗口的第一列位置）移到要被删除的行，此时该行反相显示，单击鼠标右键，在弹出的快捷菜单中选择"删除"命令，如图 4.9 所示。

选择"删除"命令后，将出现图 4.10 所示对话框，单击"是"按钮将删除所选的记录，单击"否"按钮不删除所选的记录。

③ 更改表数据。

在管理平台中修改记录非常简单，只需要先定位到被修改的记录字段，然后对该字段值进行修改。例如将李楠的年龄改为 20，如图 4.11 所示。

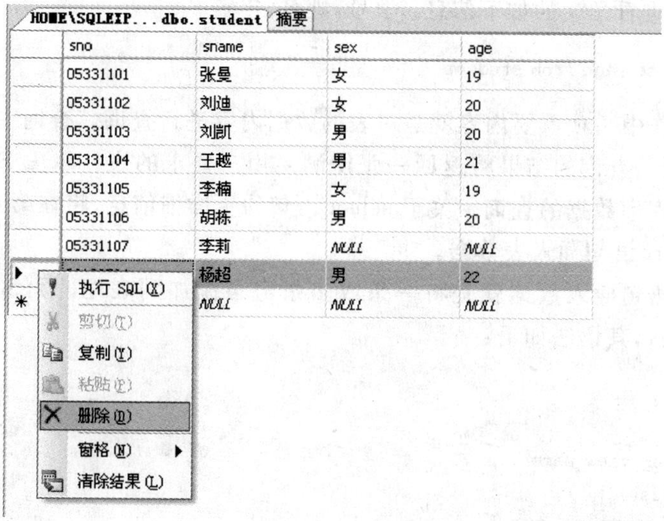

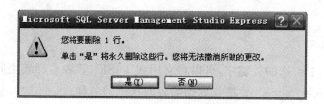

图 4.9　删除记录数据

图 4.10　确认是否执行删除操作

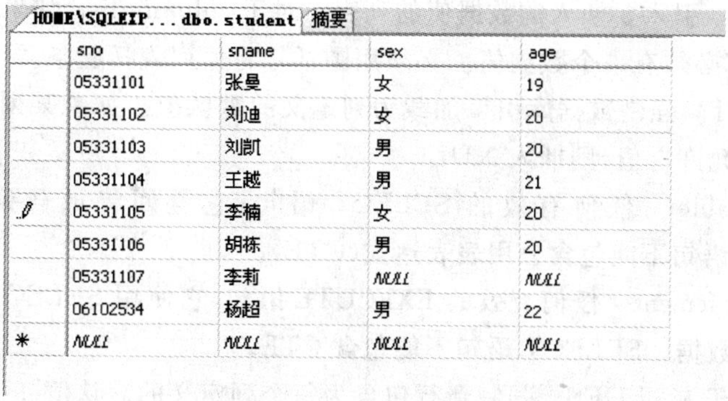

图 4.11　修改记录数据

（2）使用 T-SQL 语句操作表数据。

① 使用 select 语句查看表中数据。

要操作表中数据,首先要知道表中现在都有一些什么样的数据,接下来也好对表中的数据做进一步的处理。在这里先简单介绍一下查询语句。

【例 4.10】　查看学生(student)表中的数据。

```
select * from student
```

【**例 4.11**】 查看学生的如下信息：学号,姓名,年龄。

```
select sno, sname , age from student
```

数据表的操作中一项重要内容就是对表的数据内容进行查询。查询主要是根据用户提供的限定条件进行,查询的结果将返回一张能满足用户要求的表。SQL Server 中用 select 语句完成对数据库中数据的查询。关于 select 语句的更详细信息,将在第 8 章中介绍。

② 使用 insert 语句插入表数据。

使用 insert 语句插入数据就是将一条或多条记录添加到表尾。T-SQL 中使用 insert 命令完成数据插入,其语法如下:

```
insert
  [ INTO]
    { table_or_view_name
  [ (column_list) ]
  { VALUES ({ DEFAULT | NULL | expression } [ , …n ])
  | derived_table
  | execute_statement
  }
    }
  | DEFAULT VALUES
```

- INTO 一个可选的关键字,可以将它用在 INSERT 和目标表之间。
- table_or view_name 要接收数据的表或视图的名称。
- (column_list) 要在其中插入数据的一列或多列的列表。必须用括号将 column_list 括起来,并且用逗号进行分隔。
- VALUES 引入要插入的数据值的列表。对于 column_list(如果已指定)或表中的每个列,都必须有一个数据值。必须用圆括号将值列表括起来。
- DEFAULT 强制数据库引擎加载为列定义的默认值。如果某列并不存在默认值,并且该列允许空值,则插入 NULL。
- derived_table 任何有效的 SELECT 语句,它返回将加载到表中的数据行。SELECT 语句不能包含公用表表达式(CTE)。
- execute_statement 任何有效的 EXECUTE 语句,它使用 SELECT 或 READTEXT 语句返回数据。SELECT 语句不能包含 CTE。
- DEFAULT VALUES 强制新行包含为每个列定义的默认值。

【**例 4.12**】 在表 student 中插入如下一条记录:05301209,张曼玉,女,20。

```
use studentmanager
go
insert into student values('05301209','张曼玉','女',20)
```

【**例 4.13**】 在表 student 中插入部分记录,只输入三个列值:05301210,章子怡,19。

```
use studentmanager
go
insert into student(sno, sname, age) values('05301210','章子怡',19)
```

向表中插入数据的时候,插入的记录如果是每一列都有值,则插入时的列名可以省略,如例 4.12;如果有些列没有值,则必须显式地指定要插入哪些列,如例 4.13。

③ 使用 delete 语句删除表数据。

使用 delete 语句可以从表或视图中删除一行或多行记录。Delete 语句的语法如下:

```
DELETE   FROM
    { table_or_view
      |table_sources
    }
WHERE search_condition
```

- table_or_view   指定要从中删除行的表或视图。table_or_view 中所有符合 WHERE 搜索条件的行都将被删除。如果没有指定 WHERE 子句,将删除 table_or_view 中的所有行。
- table_source   将在介绍 select 语句时详细讨论。

任何已删除所有行的表仍会保留在数据库中。DELETE 语句只从表中删除行,要从数据库中删除表,可以使用 DROP TABLE 语句。

【例 4.14】   删除学生表 student 中年龄小于等于 19 岁的学生。

```
use studentmanager
go
delete from student where age <= 19
```

【例 4.15】   将学生表 student 中性别为空的行删除。

```
use studentmanager
go
delete from student where sex is null
```

【例 4.16】   删除学生表 student 中的所有数据(将学生表 student 清空)。

```
delete from student
```

④ 使用 update 语句修改表数据。

使用 update 语句可以更新改变数据表中现存记录中的数据。其基本语法格式如下:

```
UPDATE
   {  table_or_view_name | rowset_function_limited
   }
   SET
     { column_name = { expression | DEFAULT | NULL }
       | @variable = expression
       | @variable = column = expression [ , … n ]
     } [ , … n ]
[ FROM{ < table_source > } [ , … n ] ]
[ WHERE { < search_condition >
     | { [ CURRENT OF
          { { [ GLOBAL ] cursor_name }
          | cursor_variable_name }  ]
       }} ]
[ OPTION (< query_hint > [ , … n ]) ]
```

- table_or view_name　要更新行的表或视图的名称。
- rowset_function_limited　OPENQUERY 或 OPENROWSET 函数,视提供程序的功能而定。
- column_name　包含要更改的数据的列。column_name 必须已存在于 table_or view_name 中。不能更新标识列。
- Expression　返回单个值的变量、文字值、表达式或嵌套 select 语句(加括号)。expression 返回的值替换 column_name 或@variable 中的现有值。
- DEFAULT　指定用为列定义的默认值替换列中的现有值。如果该列没有默认值,并且定义为允许空值,则该参数也可用于将列更改为 NULL。
- FROM <table_source>　指定将表、视图或派生表源用于为更新操作提供条件。
- WHERE　指定条件来限定所更新的行。根据所使用的 WHERE 子句的形式,有两种更新形式:
  - 搜索更新指定搜索条件来限定要删除的行。
  - 定位更新使用 CURRENT OF 子句指定游标。更新操作发生在游标的当前位置。
- <search_condition>　为要更新的行指定需满足的条件。
- CURRENT OF　指定更新在指定游标的当前位置进行。
- GLOBAL　指定 cursor_name 涉及到全局游标。
- cursor_name　要从中进行提取的开放游标的名称。
- cursor_variable_name　游标变量的名称。
- OPTION (<query_hint> [,…n])　指定优化器提示用于自定义数据库引擎处理语句的方式。

【例 4.17】　将学生表中学号为 05301209 的姓名改为汤唯。

```
use studentmanager
go
update student
set sname = '汤唯'
where sno = '05301209'
```

【例 4.18】　将教师表中 0001 号老师的姓名改为刘德华,职称改为讲师。

```
use studentmanager
go
update teacher
set tname = '刘德华',titleposition = '讲师'
where tno = '0001'
```

使用 select 语句或在管理平台中,可以查看上面数据更改后的效果。

本章小结

　　本章主要介绍了数据类型和数据表。其中数据类型有系统数据类型和用户定义数据类型,而书中列出的常见系统数据类型是大家掌握的重点。其中数据表部分主要介绍了常用的设计方法、创建、修改、删除数据表的基本语法以及添加、修改、删除表中数据的基本方法，这部分是整章的重点。

习题 4

1. 创建表的主要操作是什么？用什么命令可以创建表？
2. 定义表结构时应定义哪些内容？
3. 如何进行表中数据的输入？
4. 如何进行表中数据的修改？
5. 删除数据表与删除数据表中的数据有什么不同？
6. 如何修改数据表的结构？
7. 设计一张二维表。
8. 对已有的表结构进行修改，完成添加列、删除列和修改列的操作。

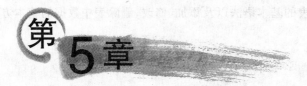

第5章 数据完整性

本章首先介绍数据完整性的概念以及实现数据完整性所使用的主要方法——约束,并介绍各种约束类型的创建和实现以及在必要时禁用约束的方法。此外,本章还介绍实现数据完整性的其他可选方法——默认值和规则。最后概括不同数据完整性方法的比较。

5.1 数据完整性的分类

在数据库规划过程中,最重要的一步是确定最好的方法用于数据完整性。数据完整性是指存储在数据库中数据的一致性和准确性。数据完整性分为以下几种类型,如图5.1所示。

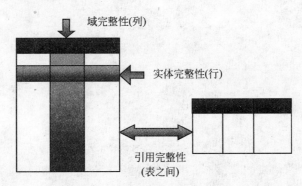

图 5.1 数据完整性的类型

(1) 域完整性。

域(或列)完整性指定一组对列有效的数据值,并确定是否允许有空值。通常使用有效性检查域完整性,也可以通过限定列中允许的数据类型、格式或可能值的范围来强制数据完整性。

(2) 实体完整性。

实体(或行)完整性要求表中的行具有唯一的标识符,即 primary key value。是否可以改变主键值或删除一整行,取决于主键和其他表之间要求的完整性级别。

(3) 参照完整性。

参照完整性确保始终保持主键(在被参照表中)和外键(在参照表中)的关系。如果有外键引用了某行,那么不能删除被参照表中的该行,也不能改变主键,除非允许级联操作。可以在同一个表中或两个独立的表之间定义参照完整性。

5.2 约束

为了防止数据库中存在不符合语义规定的数据,防止因错误信息的输入、输出而造成无效的操作或错误信息,在 SQL Server 系统中提供了三种手段来实现数据完整性:约束、规则和默认值。其中,约束是用来对用户输入到表或字段中的值进行限制的。在 SQL Server 中,约束主要包括 default 约束、check 约束、primary key 约束、unique 约束和 foreign key 约束。

5.1.1 约束的定义

约束是实现数据完整性的首选方法。在这里讨论如何确定要使用约束的类型、每种约束实现哪些数据完整性以及如何定义约束。

(1)决定使用何种约束。

约束是数据完整性的标准方法。每种数据完整性——域、实体和参照,使用单独的约束类型来实现。约束确保在列录入有效的数据值,并且维护表之间的关联,如表 5.1 所示。

表 5.1 不同约束的用途

完整性类型	约束类型	说　　明
域	Default	当 insert 语句没有明确的提供值时,指定为列提供的值
	Check	指定在列中可接受的数据值
	Referential	基于另一个表中的列值,指定可接受的数值进行更新
实体	Primary key	唯一标识每一行——确保用户没有输入重复值,并且创建了索引来增强性能。不允许有空值
	Unique	防止每一行的相关列(非主键)出现重复值,确保创建了索引,以提高性能。允许有空值
参照	Foreign key	定义单列或组合列,列值匹配同一个表或其他表的主键
	check	根据同一表中其他列的值,指定某列中可接受的数值

(2)创建约束。

在 SQL Server 系统中,约束的定义主要是通过 create table 语句或 alter table 语句来实现的。使用 create table 语句是在建立新表的同时定义约束。使用 alter table 语句是向已经存在的表中添加约束。

约束可以是字段级约束,也可以是表级约束。字段级约束是把约束放在某个字段列上,且约束仅对该字段起作用;表级约束是把约束放在表中的多个字段列上。

① 使用 create table 语句创建约束。

```
CREATE TABLE table_name
{ column_name data_type }
[ { DEFAULT constant_expression                    --默认值约束
| [ IDENTITY [ (seed , increment) ] ] ]            --自动增长列
{ [ NULL | NOT NULL ]                              --空或非空
```

```
            | [ PRIMARY KEY | UNIQUE ]                           -- 主键或唯一约束
            | REFERENCES ref_table [ (ref_column) ]              -- 外键参考值
            [ ON DELETE { CASCADE | NO ACTION } ]                -- 级联删除
            [ ON UPDATE { CASCADE | NO ACTION } ]    }           -- 级联修改
            < table_constraint > :: = [ CONSTRAINT constraint_name ]   -- 表级约束
            { [ { PRIMARY KEY | UNIQUE }   { (column [ , …n ]) } ]     -- 主键或唯一约束
            | FOREIGN KEY       (column [ , …n ])                -- 外键约束
            REFERENCES ref_table [ (ref_column [ , …n ]) ]       -- 外键参考值
            [ ON DELETE { CASCADE | NO ACTION } ]                -- 级联删除
    [ ON UPDATE { CASCADE | NO ACTION } ]       }                -- 级联修改
```

【例 5.1】 创建一个产品表（products），包含如下字段和约束：产品编号（identity 约束，主键）、产品名称（非空）、供应商编号（参考供应商表中的 supplierid）、种类编号（参考种类表中的 categoryid）、单价（默认值为 0，并且要大于等于 0）、库存量（默认值为 0，并且要大于等于 0）、定购量（默认值为 0，并且要大于等于 0）。

```
create table products
(
    productid      int identity(1,1) not null,
    productname    nvarchar(40)      not null,
    supplierid     int               null,
    categoryid     int               null,
    unitprice      money             null  constraint  df_products_unitprice default(0),
    unitinstock    smallint          null  constraint  df_products_unitinstock default(0),
    unitsonorder   smallint          null  constraint  df_products_unitsonorder default(0),
    constraint pk_products primary key clustered (productid),
    constraint fk_products_category foreign key    (categoryid)
        references categories(categoryid)on update cascade,
    constraint fk_products_suppliers foreign key    (supplierid)
        references suppliers(supplierid) on delete cascade,
    constraint ck_products_unitprice check(unitprice > = 0),
    constraint ck_products_unitinstock check(unitinstock > = 0),
    constraint ck_products_unitsonorder check(unitsonorder > = 0)
)
```

上例中创建的表只使用了一部分约束，下面在讲解具体的约束时还会有更详细的介绍。
② 使用 alter table 语句添加约束。

```
ALTER TABLE   table_name
{ADD
    {  { PRIMARY KEY | UNIQUE }                          -- 主键或唯一约束
       [ CLUSTERED | NONCLUSTERED ]                      -- 聚集或非聚集索引
       [ WITH FILLFACTOR = fillfactor                    -- 填充因子
       | FOREIGN KEY                                     -- 外键
            (column [ , …n ])
       REFERENCES referenced_table_name [ (ref_column [ , …n ]) ] -- 参考值
    [ ON DELETE { NO ACTION | CASCADE | SET NULL | SET DEFAULT } ] -- 级联删除
    [ ON UPDATE { NO ACTION | CASCADE | SET NULL | SET DEFAULT } ] -- 级联修改
    [ NOT FOR REPLICATION ]                              -- 不支持复制
       | DEFAULT constant_expression FOR column [ WITH VALUES ] -- 默认值
```

```
        | CHECK [ NOT FOR REPLICATION ] (logical_expression) —为字段设置逻辑表达式
    }
DROP
    {
        [ CONSTRAINT ] constraint_name                          --约束名
        | COLUMN column_name                                    --约束列名
    }}
```

使用 alter table 语句在表中添加约束的方法和创建表时使用的方法类似。

5.1.2   default 约束

当 insert 语句没有指定值时,default 约束会在列中输入一个值。default 约束强制了域完整性。

如果在 insert 语句中存在未知值或缺少某列,default 约束将允许指定常量、NULL 或系统函数的运行时值。使用 default 约束并不会明显降低性能。

(1)使用管理平台创建 default 约束。

在 SQL Server 管理平台中,利用表设计窗口或修改表时,如果要对某个字段设置默认值,可以单击该字段,然后在窗口下部的"默认值"单元格中输入一个数据作为其默认值。图 5.2 所示为使用 SQL Server 管理平台设置学生 student 表中性别字段的默认值为"男"。

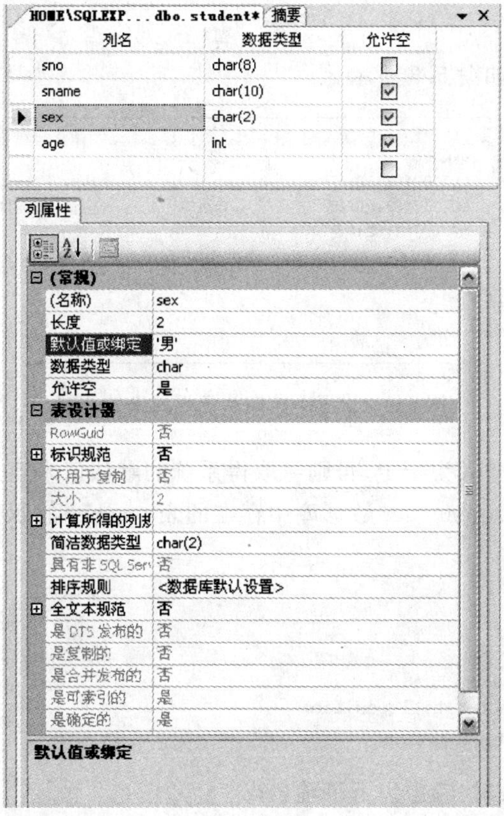

图 5.2   设置默认值窗口

（2）使用 create table 或 alter table 语句创建 default 约束。

可以在 create table 或 alter table 语句中增加默认值，部分语法如下：

```
[CONSTRAINT  constraint  name]
    default  constraint  expression
```

【例 5.2】　创建学生注册时间表，性别默认值为"男"，注册时间默认为系统当前时间。

```
use studentmanager
go
create table registerdate
(
    studentid int,
    sex char(2) constraint sex default '男',
    regdate datetime constraint regdate default getdate()
)
```

向表中插入数据如下：

```
insert into registerdate(studentid)
values(1)
insert into registerdate(studentid,sex)
values(2,'f')
insert into registerdate
values(3,'f','2002-6-21 11:32:44.077')
```

查询返回来的数据如图 5.3 所示。

	studentid	sex	regdate
1	1	m	2007-10-24 09:45:01.577
2	2	f	2007-10-24 09:45:01.653
3	3	f	2002-06-21 11:32:44.077

图 5.3　设置系统默认值返回来的数据

除非是在插入数据时人为指定，否则将取得系统的默认值来填充该字段。

【例 5.3】　为 studentmanager 数据库中存在的表 teacher 的职称字段添加默认值约束，默认值为"助教"。

```
use studentmanager
go
alter table teacher
add constraint df_teacher_titleposition
default '助教' for titleposition
```

在使用 default 约束时，考虑以下事项：

- default 约束对表中的现有数据进行验证。
- default 约束只用于 insert 语句。

- 每个列上只能定义一个 default 约束 default 约束总是一个单列约束,因为它只适合单列,而且只能和列定义一起被定义。不允许把 default 约束定义为一个单独的表元素。可以使用简短语法来省略关键词 constraint 和指定的名字,包括让 SQL Server 产生名字,或者是使用更长的 constraint name default 语法来指定名字。
- default 约束不能用于有 Identity 属性的列或具有 rowversion 数据类型的列 在有 Identity 属性的列上声明默认值是没有意义的,如果尝试在此列上声明默认值,SQL Server 会出现错误。Identity 属性担当了列的默认值,但是在 Insert 语句的值列表中,default 关键字不能在标识列中作为占位符使用。
- default 约束可以使用一些系统提供的指定值(USER、CURRENT_USER、SESSION_USER、SYSTEM_USER、或 CURRENT_TIMESTAMP),而不可以使用用户定义的值 这些系统提供的值对于提供用户的记录是非常有用的,它可以记录哪些用户插入了数据。
- 默认值可能与 check 约束产生冲突 这个问题只在运行时出现,而不会在创建表或者使用 alter table 添加默认值时出现。例如,某列带有默认值 0,而 check 约束条件规定该列值必须大于 0,这样默认值不能插入或更新默认值。
- 尽管可以为具有 primary key 或 unique 约束的列分配默认值,但是这样做没有多大意义。这样的列必须有唯一值,所以在这个列中只能有一行是默认值。
- 可以在括号内写入一个常量值,如 default(1),或者不用括号,即 default 1,但是字符或日期型常量必须加单引号或双引号。

5.1.3 check 约束

check 约束将用户可以输入到特定列的数据限制为指定的值。check 约束与 where 子句相似,在这里都可以指定接收数据的条件。

与其他约束类型一样,可以在单列或多列上声明 check 约束。必须声明涉及多列的 check 约束作为 create table 语句中单独的元素。只有单列 check 约束可以和列定义一起定义,而且一列只能定义一个 check 约束。所有其他的 check 约束必须定义为单独的元素。然而,要记住一个约束可以有多种逻辑表达式,它们可以与 and 或 or 一起使用。

(1)在管理平台中创建 check 约束。

在 SQL Server 管理平台中,利用表设计窗口或修改表时,如果要对某个字段设置 check 约束,可以单击工具栏中的 █ 按钮,会弹出一个对话框,用来设置 check 约束,如图 5.4 所示。

可以在表达式中输入设置的约束条件,该例中设置学生的年龄为 10～30 岁之间,然后可以设置该 check 约束是否强制用于 Insert 和 Update,是否强制用于复制,是否在创建或重新启用时检查现有数据。

将该数据表保存后,如果再试图向表中插入不符合条件的记录,系统就会提示这样的数据不能插入成功。

例如:

```
use studentmanager
go
insert into student values('06301112','贾宝玉','男',80)
```

则会出现提示：

消息 547,级别 16,状态 0,第 1 行
INSERT 语句与 CHECK 约束"CK_student"冲突. 该冲突发生于数据库"studentmanager",表"dbo. student",
column 'age'.

语句已终止。

（2）使用 create table 或 alter table 语句创建 check 约束。

部分语法：

```
[CONSTRAINT constraint_name]
check (logical_expression)
```

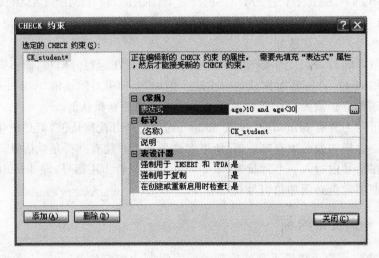

图 5.4　设置 check 约束对话框

【例 5.4】　创建一个工资表，表中包含雇员编号、姓名、性别和工资，其中性别字段只能是"男"或"女"，而工资的范围限制在 2000～10 000 之间。

```
create table salary
(
    employeeid int,
    fullname char(20),
    sex char(2) constraint check_test check(sex = '男' or sex = '女'),
    salary money check (salary > 2000 and salary < 10000)
)
-- 向表中插入合法数据,可以成功插入
insert into salary values(1,'zhao','F',5000)
-- 向表中插入违反约束数据时无效
insert into salary values(2,'qian','D',5000)
insert into salary values(2,'qian','m',1500)
```

【例 5.5】　为成绩表中的成绩列设置 check 约束，要求成绩的范围只能是 0～100。

```
alter table s_c
add constraint ch_s_c_grade    check(grade > = 0 and grade < = 100)
-- 向表中插入合法数据,可以成功插入
```

```
insert into s_c values('05331104','0001',87)
-- 向表中插入违反约束数据时无效
insert into s_c values('05331104','0001',109)
```

在使用 check 约束时注意以下事项:

- 每次执行 insert 或 update 语句时,该约束要校验数据。
- 该约束可以引用同一个表中的其他列。
- 该约束不能放在 rowversion 数据类型的列里。
- 该约束不能包含子查询。
- 可以用简短的语法在列级上表示 check 约束(让 SQL Server 来命名)。
- check 约束可以使用规则表达式,表达式可以使用 and 和 or 来表示更复杂的情况。但是,向表增加一个约束时,SQL Server 不检验逻辑正确性,例如例 5.5 中要限制成绩字段的值只能在 0~100 之间,执行了 alter table s_c　add constraint ch_s_c_grade　check(grade>=0 or grade<=100)语句之后,只要成绩是大于等于 0 或者是小于等于 100 的数值都能添加进去,也就是所有的数值都能添加进去,并没有达到要求输入的值应该在 0~100 之间的要求,要想真正实现数据必须在 0~100 之间的数据才能插入进去,必须先将该约束删掉,再重新定义一个正确的约束。
- 可以生成一个 check 约束来防止空值,例如 check(sno is not null)。通常,可以简单地声明该列为 not null。

5.1.4　Primary Key 约束

数据表中经常有一个列或列的组合,其值能唯一地标识表中的每一行。这样的一列或多列称为表的主键,通过它可强制表的实体完整性。当创建或更改表时可通过定义 Primary Key 约束来创建主键。

一个表只能有一个 Primary Key 约束,而且 Primary Key 约束中的列不能接受空值。由于 Primary Key 约束可以确保数据的唯一性,因此经常用它来定义标识列。

当为表指定 Primary Key 约束时,SQL Server 2005 通过为主键列创建唯一索引强制数据的唯一性。在查询中使用主键时,该索引还可用来对数据进行快速访问。

如果 Primary Key 约束定义在不止一列上,则一列中的值可以重复,但 Primary Key 约束定义中的所有列的组合值必须唯一。

如果要确保一个表中的非主键列不输入重复值,应在该列上定义唯一约束(UNIQUE 约束)。例如,对于 studentmanager 数据库中的 student 表,sno 是主键;对于 course 表,cno 是主键。

(1) 在管理平台中创建 Primary Key 约束。

在 SQL Server 管理平台中,利用表设计窗口或修改表时,如果要对某个字段设置 Primary Key 约束,可以选中要设置主键的字段,单击工具栏中的 按钮,结果如图 5.5 所示。

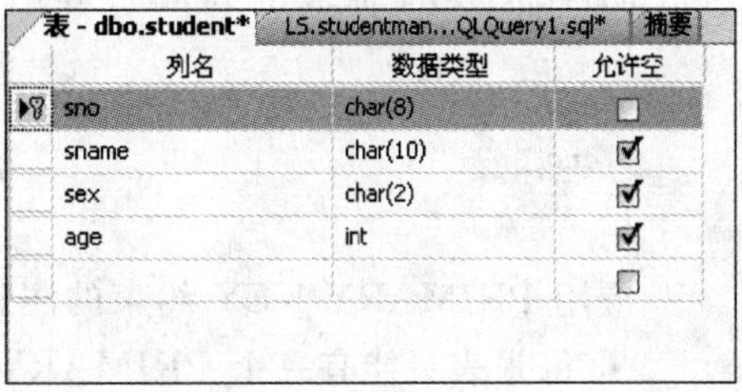

一旦为该字段设置了主键,只要在该字段中输入了重复值,就会出现错误提示。

图 5.5　设置了主键的 student 表

例如：

```
use studentmanager
  go
 insert into student values('05331101','张悦','女',20)
```

则会出现提示：

消息 2627,级别 14,状态 1,第 1 行
违反了 PRIMARY KEY 约束'PK_student'。不能在对象'dbo.student' 中插入重复键。
语句已终止。

（2）使用 create table 或 alter table 语句创建 Primary Key 约束。

部分语法：

```
[CONSTRAINT 约束名 ] PRIMARY KEY [CLUSTERED | NONCLUSTERED ] { (列[,…n])}
```

【例 5.6】 重新创建一个包含身份证号码字段的 student 表,并在该字段创建主键。

```
create table student                                    -- 学生表
(
    sno char(8),                                        -- 学号
    sname char(10),                                     -- 姓名
    s_ID  char(18)    constraint pk_ID primary key,     -- 身份证号码
    sex   char(2),                                      -- 性别
    age   int                                           -- 年龄
)
    insert into student values('05331101','张悦','210743198504082341','女',20)
```

当向表中插入身份证号码重复的字段时,如：

```
insert into student values('05331102','刘迪','210743198504082341','女',20)
```

系统显示如下提示信息：

消息 2627,级别 14,状态 1,第 1 行
违反了 PRIMARY KEY 约束'pk_ID'。不能在对象'dbo.student' 中插入重复键。
语句已终止。

如果一个表中的列值不能单独只用一列来区别,那么可以创建复合主键。例如在学生选课表中,学号和课程编号可以唯一地标识表中的一行,单独使用一个字段是不能标识的,故需要在学号和课程编号这两个字段上创建主键,方法如下：

```
alter table  s_c
add constraint pk_s_c  primary key
(
  sno,
  cno
)
```

应用 PRIMARY KEY 约束的注意事项：

- 每张表只能有一个 PRIMARY KEY 约束。
- 输入的值必须是唯一的。

- 不允许空值。
- 将在指定列上创建唯一索引。

PRIMARY KEY 约束创建的索引不能直接删除,只能在删除约束的时候自动删除。

5.1.5 UNIQUE 约束

UNIQUE 约束表明同一列的任意两行都不能具有相同值。该约束使用唯一的索引来强制实体完整性。

若已有一个主键(如学号),但又想保证其他的标识符(如身份证号)也是唯一的,此时 UNIQUE 约束很有用。

部分语法如下:

```
[CONSTRAINT 约束名] UNIQUE [ CLUSTERED | NONCLUSTERED ] { (列[, … n]) }
```

【例 5.7】 修改学生表,在学号字段上添加 UNIQUE 约束,代码如下:

```
    alter table student
add constraint un_sno  unique  nonclustered(sno)
```

向表中插入学号字段重复的数据,如下:

```
insert into student values('05331101','刘迪','765632198706261227','女',19)
```

系统给出如下提示信息:

```
消息 2627,级别 14,状态 1,第 1 行
违反了 PRIMARY KEY 约束'pk_ID'。不能在对象'dbo.student' 中插入重复键。
语句已终止。
```

说明向定义唯一性约束的列中输入同样数据时也会出错。

应用 UNIQUE 约束的注意事项:

- 允许一个空值。
- 在一个表上允许多个 UNIQUE 约束。
- 可在一个或者多个列上定义。
- 是通过一个唯一索引强制约束的。

PRIMARY KEY 与 UNIQUE 约束类似,通过建立唯一索引来保证基本表在主键列取值的唯一性,但它们之间存在着很大的区别:

(1) 一个数据表只能创建一个 Primary Key 约束,但一个表中可根据需要对不同的列创建若干个 UNIQUE 约束。

(2) Primary Key 字段的值不允许为 NULL,而 UNIQUE 字段的值可取 NULL。

(3) 一般创建 Primary Key 约束时,系统会自动产生索引,索引的默认类型为聚集索引。创建 UNIQUE 约束时,系统会自动产生一个 UNIQUE 索引,索引的默认类型为非聚集索引。

Primary Key 约束与 UNIQUE 约束的相同点在于二者均不允许表中对应字段存在重复值。

5.1.6 Foreign Key 约束

对两个相关联的表(主表与从表)进行数据插入和删除时,通过参照完整性保证它们之间数据的一致性。

利用 Foreign Key 定义从表的外码,Primary Key 或 UNIQUE 约束定义主表中的主码或唯一码(不允许为空),可实现主表与从表之间的参照完整性。

定义表间参照关系:先定义主表主码(或唯一码),再对从表定义外码约束(根据查询需要可先对从表的该列创建索引)。

下面介绍如何使用管理平台和代码分别定义表间的参照关系。

(1) 使用管理平台创建 Foreign Key 约束。

通过使用如下语句在 student 表中添加一列用来描述该生的相应班主任信息。

```
alter table student
add   responsibleteacher char(4)
```

就通过该字段连接 student 表和 teacher 表。

按照前面所介绍的方法定义主表的主码。在此,定义 teacher 表中的教师编号 tno 字段为主键。首先在对象资源管理器中新建数据库关系图,如图 5.6 所示。

弹出"添加表"对话框,如图 5.7 所示。

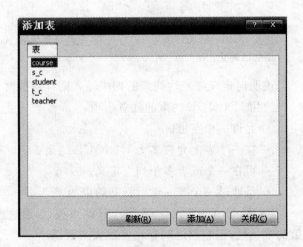

图 5.6 新建数据库关系图   图 5.7 向数据库关系图中添加表

选择 student 和 teacher 表添加到数据库关系图中,选中 teacher 表的 tno 字段,然后单击工具栏中的 按钮,设置 tno 字段为主键。选中 sutdent 表的 responsibleteacher 字段,单击鼠标左键并拖到 teacher 表上,弹出"表和列"对话框,如图 5.8 所示。

可以在这设置外键的名称 FK_student_teacher,设置主键表,在这里主键表为 teacher,主键为 tno。单击"确定"按钮,出现图 5.9 所示关系图。

保存该关系图,即创建了主表与从表之间的参照关系。

图 5.8　设置外键对话框

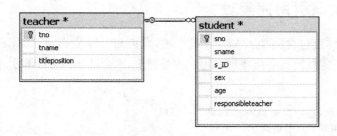

图 5.9　设置好了外键的两个表

(2) 使用 create table 或 alter table 语句创建 Foreign Key 约束。

使用 create table 或 alter table 语句也可以达到与上面用管理平台创建 Foreign Key 约束相同的效果。

部分语法如下:

```
[CONSTRAINT 约束名][FOREIGN KEY][(列[,…n])]
REFERENCES 引用表 [(引用列 [,…n])]
```

【例 5.8】　创建教师表和学生表,将教师表中的 tno 字段设置为主键,将学生表中的 responsibleTeacher 字段设置为外键。

创建包含教师编号字段(tno)的教师表,并将 tno 字段设置为主键。

```
create table teacher
(
    tno int constraint pk_teachertable primary key,
    teachername char(30),
    email varchar(30)
)
```

简单地创建学生表(student),将 responsibleTeacher 字段设置为外键,让该字段值随着

tno 字段的变化而变化。

```
create table student
(
    studentid int,
    studentname char(30),
    responsibleTeacher int constraint fk_studentteacher foreign key references teacher(tno)
)
```

应用 Foreign Key 约束的注意事项：

- 提供了单列或多列的引用完整性。Foreign Key 子句中指定的列的个数和数据类型必须和 references 子句中指定的列的个数和数据类型匹配。
- 并不自动创建索引。
- 修改数据的时候，用户必须在被 Foreign Key 约束引用的表上具有 Select 或 references 权限。
- 若引用的是同表中的列，那么可只用 REFERENCES 子句而省略 Foreign Key 子句。

5.1.7　级联引用完整性

Foreign Key 约束包含一个 CASCADE 选项，允许对一个定义了 UNIQUE 或者 Primary Key 约束的列的值的修改自动传播到引用它的外键上，这个动作称为级联引用完整性。

语法：

```
[CONSTRAINT 约束名][Foreign Key][(列[,…n])]
REFERENCES 引用表  [(引用列[,…n])].
[ ON DELETE { CASCADE | NO ACTION } ]
[ ON UPDATE { CASCADE | NO ACTION } ]
```

- NO ACTION　任何企图删除或者更新被其他表的外键所引用的键都将引发一个错误，对数据的改变会被回滚。NO ACTION 是默认值。
- CASCADE　若父表中的行变化了，则引用表中相应的行也自动变化。

【例 5.9】　针对例 5.8 中创建的数据表，实现父表和子表的级联修改和删除。

首先删除例 5.8 中外键的限制：

```
alter table student drop constraint fk_studentteacher
```

并做如下修改：

```
alter table student    add constraint fk_studentteacher foreign key(responsibleteacher)
references teacher(teacherid) on delete cascade
```

不可以修改父表主键列值，可以删除，而且也同时删除掉与父表相关的记录。

```
alter table student    add constraint fk_studentteacher foreign key(responsibleteacher)
references teacher(teacherid) on update cascade
```

不可以删除父表主键列值，可以修改，同时修改子表中的记录。

```
alter table student    add constraint fk_studentteacher foreign key(responsibleteacher)
references teacher(teacherid) on update cascade on delete cascade
```

可以删除父表主键列值，也可以修改。

应用 Cascade 选项的注意事项：

- 可以在与其他表有引用关系的表上联合使用 CASCADE 和 NO ACTION 选项，如果 SQL Server 遇到 NO ACTION，它将终止操作并回滚相关的 CASCADE 操作。当 DELETE 语句产生 CASCADE 和 NO ACTION 操作组合时，在 SQL Server 检验 NO ACTION 前，所有的 CASCADE 操作就已执行了。
- 不能为用 rowversion 列定义的外键列或主键列指定 CASCADE。

5.3　默认值和规则

默认值和规则是一些对象，这些对象可以绑定到一列、多列或用户定义的数据类型上。因此只需要定义它们一次就可以重复使用。默认值和规则的缺点是它们不是 ANSI 兼容的。

（1）创建默认值。

如果在插入数据时没有指定值，默认值将为对象要绑定的列指定一个值。在创建默认值前，考虑以下事项：

- 任何绑定在列和数据类型上的规则都可以使默认值有效。
- 列上的任何 check 约束必须使默认值有效。
- 如果默认值已经绑定在数据类型或列上，那么就不能在使用用户定义数据类型的列上创建 DEFAULT 约束。

部分语法如下：

```
CREATE  DEFAULT  default  AS  constant_expression
```

因为在数据库中默认值是独立的对象，所以在将它绑定到表列之前必须创建默认值。

【例 5.10】　创建一个雇员信息表，包含的字段如下：编号、姓名、性别、地址、邮箱、工资、车牌号，其中地址的默认值是"沈阳"，工资的默认值是 3500。

```
CREATE TABLE Employee_TestRule
(
    Employee_id         int,
    Employee_name       varchar(50),
    Employee_sex        char(1),
    Employee_address    varchar(50),
    Employee_email      varchar(50),
    Employee_salary     money,
    Employee_carNum     varchar(20)
)
-- 创建默认值对象
create default dftSalary as 3500
create default dftAddress as '沈阳'
```

创建默认值的注意事项：

- 列的默认值必须符合绑定到此列上的任何规则。
- 列的默认值必须符合此列上的任何 CHECK 约束。

- 不能为已有默认绑定的列或用户定义数据类型创建 DEFAULT 约束。

（2）绑定默认值。

在创建默认值之后，必须通过执行 sp_bindeault 系统存储过程，将其绑定到列或用户定义的数据类型上。如果需要分离绑定的默认值，可以执行 sp_unbindefault 系统存储过程。

```
-- 绑定默认值对象与数据表字段
sp_bindefault dftSalary, 'Employee_testrule.Employee_salary'
sp_bindefault dftAddress, 'Employee_testrule.Employee_address'
-- 解除默认值对象与数据表字段的绑定关系
sp_unbindefault 'Employee_testrule.Employee_address'
```

（3）创建规则。

规则指定可以接受的插入到列中的值。规则确保数据在指定的值范围内，匹配特定的模式或匹配指定列表中的条目。

部分语法如下：

```
CREATE  RULE  rule  AS condition_expression
```

【例 5.11】　例 5.10 创建的雇员信息表中的雇员工资只能在 2000～20 000 之间变动，性别只能是 F 或 M，车牌号为 7 位，并且第一位只能是"辽"，第二位只能是 A～Z 之间的字母，第三位和第四位可以为 A～Z 或 1～9，第五、六、七位只能为 1～9 之间的数字。

```
-- 创建规则
create rule rule_salary as @salary > 2000 and @salary < 20000
create rule rule_sex as @sex in ('F','M')
create rule rule_carNum as @carNum like '京[A-Z][A-Z or 1-9][1-9][1-9][1-9][1-9]'
```

（4）绑定规则。

创建规则后，必须执行 sp_bindrule 系统存储过程将其绑定到列或用户定义的数据类型上。要分离已绑定的规则，可以执行 sp_unbindrule 系统存储过程。

```
-- 将规则绑定到表中的字段上
sp_bindrule rule_salary,'Employee_TestRule.Employee_salary'
sp_bindrule rule_sex,'Employee_TestRule.Employee_sex'
sp_bindrule rule_carNum,'Employee_TestRule.Employee_carNum'
-- 解除规则和字段的绑定关系
sp_unbindrule 'Employee_TestRule.Employee_carNum'
```

关于规则的注意事项：

- 规则定义可以包含任何在 WHERE 子句中有效的表达式。
- 一个列或者用户定义数据类型只能被一个规则绑定。

5.4　决定使用何种方法

在确定使用哪种强制数据完整性的方法时，应综合考虑功能性和性能开销：

（1）对于基本的完整性逻辑，例如有效值和维护表间的关系，最好使用声明式完整性约束。

（2）如果要维护复杂的、大量的、非主键或外键关系一部分的数据，必须使用触发器或存储过程。

但是因为触发器在更改发生时才被触发，所以错误检查会在语句完成之后才开始。当触发器检测到违规操作时，它将会撤销更改。表5.2比较了不同数据完整性强制方法。

表 5.2　不同数据完整性方法比较

数据完整性类型	效　　果	功能性	性能开销	在数据修改之前或之后
约束	和表一起定义，数据在事务开始前验证，使得性能更好	中	低	之前
默认和规则	作为独立的对象来实现数据完整性，可以与一个或多个表关联	低	低	之前
触发器	提供了额外的功能性，例如层叠和复杂的应用逻辑。任何修改必须被回滚	高	中高	之后（除了 INSTEAD OF 触发器）
数据类型、NULL/NOT NULL	提供最底层的数据完整性。当表创建时为每个列实现，数据在事务开始前验证	低	低	之前

本章小结

本章主要介绍了数据完整性的使用和方法。数据完整性主要分为三类：域完整性、实体完整性和参照完整性，分别根据这三类完整性的特点介绍了实现这三类完整性的方法，这是本章的重点。并在此基础上介绍了级联引用完整性、默认值和规则，同时对于如何选择这些完整性约束给出了一些方法。

习题 5

1. 什么是数据完整性？
2. 数据完整性有哪些类型？
3. 简述实现域完整性的方法。
4. 简述实现实体完整性的方法。
5. 简述实现参照完整性的方法。
6. 如何设置默认值约束？
7. 如何设置检查约束？
8. 如何设置唯一性约束？
9. 创建一个表，并为其中的某列设置主键约束。
10. 创建一个表，并为其中的某列设置默认值约束。
11. 创建一个表，并为其中的某列设置检查约束。
12. 创建两个表，并在两表间建立"一对多"关联关系。

第6章

索引

数据库管理系统通常使用索引技术加快对表中数据的检索。索引类似于图书的目录。目录允许用户不必翻阅整本图书就能根据页数迅速找到所需内容。在数据库中,索引也允许数据库应用程序迅速找到表中特定的数据,而不必扫描整个数据库。在图书中,目录是内容和相应页码的列表清单。在数据库中,索引是表中数据和相应存储位置的列表。

本章首先介绍数据在 SQL Server 中的存储方式以及索引的分类,讨论如何存储聚集和非聚集索引,以及如何使用 SQL Server 中的索引来检索数据行。接下来介绍如何创建和维护索引,利用索引进行信息的统计和分析,以及如何在数据库中删除索引。

6.1 索引的基础知识

在 Microsoft SQL Server 系统中,可管理的最小空间是页。一页是 8KB 字节的物理空间。插入数据的时候,数据就按照插入的时间顺序被放置在数据页上。一般地,放置数据的顺序与数据本身的逻辑之间是没有任何联系的。因此,从数据之间的逻辑关系方面来讲,数据是乱七八糟堆放在一起的。数据的这种堆放方式称为堆。当一个数据页上的数据堆放满之后,数据就得堆放在另外一个数据页上,这时就称为页分解。

6.1.1 数据存储

1. 数据存储的方法

堆是数据页的集合,这些数据页包含了表中的行。

- 每个数据页包含 8KB 的信息。每 8 个相连的页面称为一个扩展盘区。
- 数据行不是以特定的顺序存储的,而且数据页也没有特定的顺序。
- 在链接列表中数据页并不是链接的。
- 当行插入到已满的数据页时,就会拆分数据页。

2. 访问数据的方法

SQL Server 用下列两种方法之一来访问数据:

(1) 扫描表中的所有数据页,称为"表扫描"。SQL Server 执行表扫描时会:

① 从表的起始处开始扫描。

② 对表中的所有行从头到尾进行逐页扫描。

③ 提取满足查询标准的行。

（2）使用索引。当 SQL Server 使用索引时会：

① 遍历索引树结构来查找符合查询请求的行。

② 只提取满足查询标准要求的行。

SQL Server 先决定是否存在索引，然后查询优化器（该组件负责为查询产生最优的执行计划）会决定扫描表和使用哪一个索引对访问数据更有效。

6.1.2 索引

索引是一种与表或视图关联的物理结构，可以用来加快从表或视图中检索数据行的速度。为什么要创建索引呢？这是因为创建索引可以大大提高系统的性能。

第一，通过创建唯一性索引，可以保证每行数据的唯一性。

第二，可以大大加快数据的检索速度，这也是使用索引的主要原因。

第三，可以加快表和表之间的连接，特别是在实现数据的参考完整性方面特别有意义。

第四，在使用 ORDER BY 和 GROUP BY 子句进行数据检索时，同样可以显著减少查询中分组和排序的时间。

第五，通过使用索引，可以在查询的过程中使用优化隐藏器，提高系统的性能。

正是因为上述原因，所以应该对表增加索引。

下面通过一个例子看一下使用和不使用索引有什么区别。在这个例子中，要尽量多插入一些记录，方便看出查询时间的差别。

```
create table emp          -- 创建用来测试的雇员表
(
    empID int identity(1,1),
    empName varchar(20),
    empAddress varchar(50) default '北京市中关村'
)


while 1 > 0               -- 用一个死循环向表中大量插入数据
begin                     -- 依靠时间来控制数据插入的数量
    insert into emp(empName)
    values('ls')
end


set statistics io on     -- 打开统计信息，可以看到读取的次数
select * from emp where empID = 2000 -- 执行查询
```

执行查询的结果如图 6.1 所示。

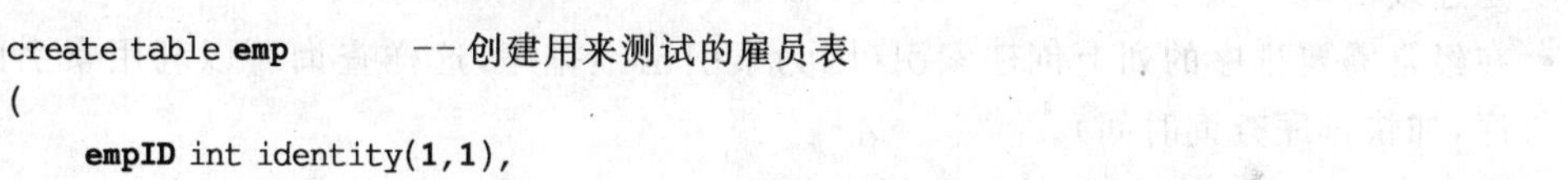

（1 行受影响）

表 'emp'。扫描计数 1，逻辑读取 188 次，物理读取 0 次，预读 0 次，lob 逻辑读取 0 次，lob 物理读取 0 次，lob 预读 0 次。

图 6.1 未创建索引的读取次数

主要看逻辑读取的次数，因为逻辑读取的次数能在一定程度上反映数据库的优化程度。如图 6.1 所示，在未创建索引之前逻辑读取次数为 188 次。

说明：数据库数据的读取分为逻辑读和物理读，逻辑读读的是内存缓冲区，而物理读读的是硬盘。

如图 6.2 所示，在创建索引后逻辑读取次数为 3 次，大大提高了数据读取的效率。

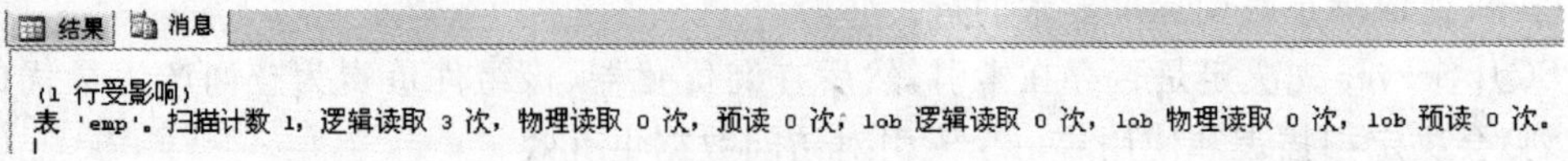

图 6.2　创建索引后读取次数

那么，既然创建索引有这么大的好处，是不是可以每个表甚至每个字段都创建一个索引呢？回答当然是否定的。虽然索引有很多优点，但是为表中的每一列都创建索引是非常不明智的。这是因为增加索引也有其不利的一面。第一，创建索引和维护索引耗费时间。第二，索引需要占用物理空间，除了数据表占用数据空间外，每一个索引还要占用一定的物理空间。如果要建立聚集索引，那么需要的空间就会更大。第三，当对表中的数据进行增加、删除和修改时，索引也要动态地维护，这样就降低了数据的维护速度。

索引是建立在列的上面，因此在创建索引时应该考虑下面这些指导原则：

- 在经常需要搜索的列上创建索引。
- 在主键上创建索引。
- 在经常用于连接的列上创建索引，也就是在外键上创建索引。
- 在经常需要根据范围进行搜索的列上创建索引（因为索引已经排序，其指定的范围是连续的）。
- 在经常需要排序的列上创建索引（因为索引已经排序，这样查询可以利用索引的排序，加快排序查询时间）。
- 在经常用在 Where 子句的列上创建索引。

同样，某些列不应该创建索引。这时应该考虑以下指导原则：

- 对于那些在查询中很少使用和参考的列不应该创建索引。这是因为既然这些列很少使用，那么有无索引并不能提高查询速度。相反，由于增加了索引，反而降低了系统的维护速度和增大了空间需求。
- 对于那些只有很少值的列也不应该增加索引。这是因为由于这些列的取值很少，例如学生表的性别列，在查询的结果中，结果集的数据行占了表中数据行的很大比例，即需要在表中搜索的数据行的比例很大，增加索引并不能明显加快检索速度。
- 当 Update、Insert 和 Delete 等性能远远大于 Select 性能时，不应该创建索引。这是因为 Update、Insert、Delete 的性能和 Select 的性能是相互矛盾的。当增加索引时，会提高 Select 的性能，但是会降低 Update、Insert、Delete 的性能。当减少索引时，会提高 Update、Insert、Delete 的性能，降低 Select 的性能。因此当 Update、Insert、Delete 的性能远远大于 Select 的性能时，不应该创建索引。

6.1.3　索引的分类

如果一个表没有创建索引，则数据行不按任何特定的顺序存储，这种结构称为堆集。

SQL Server 支持在表中任何列上定义索引，按索引的组织方式，可以将 SQL Server 索引分为聚集索引和非聚集索引两种类型。

下面通过一个实例来看一下聚集索引和非聚集索引的区别：

```
create table empTable
(
    empID int,
    empName varchar(20),
    empAddress varchar(50) default 'Beijing'
)

-- 添加记录,记录将按添加的顺序存放
insert into empTable(empID,empName)
values(25,'Guo Jing')
insert into empTable(empID,empName)
values(21,'Xiao Feng')
insert into empTable(empID,empName)
values(44,'Zhang WuJi')
insert into empTable(empID,empName)
values(12,'Wei XiaoBao')
insert into empTable(empID,empName)
values(35,'Hu Fei')
insert into empTable(empID,empName)
values(26,'Yang Guo')
insert into empTable(empID,empName)
values(22,'Ling HuChong')
insert into empTable(empID,empName)
values(45,'Chen JiaLuo')
insert into empTable(empID,empName)
values(43,'Shi PoTian')
insert into empTable(empID,empName)
values(10,'Wei YiXiao')
insert into empTable(empID,empName)
values(3,'Yang Xiao')
insert into empTable(empID,empName)
values(28,'Fan Yao')
insert into empTable(empID,empName)
values(7,'Song YuanQiao')
insert into empTable(empID,empName)
values(30,'Zhang SongXi')
insert into empTable(empID,empName)
values(9,'Yu LianZhou')
-- 查看表中数据
select * from empTable
```

查询结果如图 6.3 所示。

从图 6.3 中可以看出,未创建任何索引的数据是杂乱无章的和写入数据时的顺序一致。创建非聚集索引后再查询。

```
--1.创建非聚集索引
create nonclustered index idxempID on empTable(empID)
```

	empID	empName	empAddress
1	25	Guo Jing	Beijing
2	21	Xiao Feng	Beijing
3	44	Zhang WuJi	Beijing
4	12	Wei XiaoBao	Beijing
5	35	Hu Fei	Beijing
6	26	Yang Guo	Beijing
7	22	Ling HuChong	Beijing
8	45	Chen JiaLuo	Beijing
9	43	Shi PoTian	Beijing
10	10	Wei YiXiao	Beijing
11	3	Yang Xiao	Beijing
12	28	Fan Yao	Beijing

图 6.3 未创建索引的查询结果

```
-- 查看索引信息
sp_helpindex empTable
-- 查询表中内容,数据排列顺序没有变化
select * from empTable
```

创建非聚集索引后,执行查询的数据依然如图 6.3 所示,数据是杂乱无章的。

```
-- 2.创建聚集索引
-- 删除非聚集索引
drop index empTable.idxempID
-- 创建聚集索引
create clustered index idxempID on empTable(empID)
-- 查看索引信息
sp_helpindex empTable
-- 查询表中内容,数据已经物理地按顺序从小到大进行排列
select * from empTable
```

创建聚集索引后的查询结果如图 6.4 所示。

从图 6.4 中可以看出,创建聚集索引后,数据已经按 empID 的顺序排列好。这时向表中插入一条记录:

```
insert into empTable(empID,empName)
values(15,'Yin liTing')
```

在已创建了聚集索引的表中插入数据,数据直接按 empID(建立聚集索引的列)的顺序排列好了,如图 6.5 所示,说明在查询数据时不需要再重新排序,对于大量需要查询的数据来说,创建聚集索引能大大提高查询效率。

图 6.4   创建聚集索引后的查询结果   图 6.5   插入数据后的查询结果

那么聚集索引和非聚集索引到底有什么样的关系和区别? 都分别应该用在什么地方呢?

1. 聚集索引

聚集索引对于那些经常要搜索某一范围内键值的列或以排序次序访问的列特别有效。

在创建聚集索引时,应该注意以下事项和原则:

- 每一个表只能有一个聚集索引。
- 表的物理行顺序和索引中的行顺序是一致的。聚集索引应在非聚集索引被创建之前创建,因为聚集索引会改变表的物理行顺序。行以顺序排序并且以该顺序维护。
- 键值的唯一性可以使用 UNIQUE 关键字来显式维护,或使用内部唯一标识符来隐式维护。对 SQL Server 来说,这些唯一标识符是内在的,用户是不可以访问的。
- 聚集索引的平均大小大约是表大小的 5%,但是,其索引列的大小会因其所索引的列的大小不同而不同。
- 当删除行时,将回收空间并将其用于新的行。
- 在创建索引期间,SQL Server 暂时使用当前数据库的硬盘空间。在创建索引时,聚集索引需要的工作空间大约为表大小的 1.2 倍。创建索引时使用的硬盘空间在创建索引后会自动回收。

大部分表应该有一个聚集索引。如果表只有一个索引,那么它通常是聚集索引。一些描述 SQL Server 索引的文档宣称聚集索引能按顺序物理地存储数据。如果把物理存储看做磁盘本身的话,这将是一个误导。如果聚集索引必须以特定的顺序把数据保存在实际的磁盘上,那么修改的代价可能会非常高。如果一个页太满而不得不拆分为两部分,则随后所有页中的所有数据都必须下移。聚集索引中的排序次序仅意味着数据页链是有顺序的。如果 SQL Server 跟踪页链,就可以以聚集索引顺序访问每一行,通过简单地调节页链中的链接来添加新页。

聚集索引类似于电话簿,后者按姓氏排列数据。由于聚集索引规定数据在表中的物理存储顺序,因此一个表只能包含一个聚集索引。但该索引可以包含多个列(组合索引),就像电话簿按姓氏和名字进行组织一样。

聚集索引对于那些经常要搜索范围值的列特别有效。使用聚集索引找到包含第一个值的行后,便可以确保包含后续索引值的行在物理相邻。例如,如果应用程序执行的一个查询经常检索某一日期范围内的记录,则使用聚集索引可以迅速找到包含开始日期的行,然后检索表中所有相邻的行,直到到达结束日期。这样有助于提高此类查询的性能。同样,如果对从表中检索的数据进行排序时经常要用到某一列,则可以将该表在该列上聚集(物理排序),避免每次查询该列时都进行排序,从而节省成本。

当索引值唯一时,使用聚集索引查找特定的行也很有效率。例如,使用唯一雇员 ID 列 emp_id 查找特定雇员的最快速方法是在 emp_id 列上创建聚集索引或 Primary Key 约束。如果该表尚未创建聚集索引,且在创建 Primary Key 约束时未指定非聚集索引,Primary Key 约束会自动创建聚集索引。

也可以在 lname(姓氏)列和 fname(名字)列上创建聚集索引,因为雇员记录常常是按姓名而不是按雇员 ID 分组和查询的。

注意事项:

定义聚集索引键时使用的列越少越好,这一点很重要。如果定义了一个大型的聚集索引键,则同一个表上定义的任何非聚集索引都将增大许多,因为非聚集索引条目包含聚集键。当把 SQL 脚本保存到可用空间不足的磁盘上时,索引优化向导不返回错误。

在分析过程中,索引优化向导会消耗相当多的 CPU 及内存资源。最好在生产服务器

（生产服务器即实际工作中使用的服务器，投入生产环境的服务器，比如公司的 E-mail 服务器就是生产服务器。这些服务器要求非常稳定，所以不可以在生产服务器上作任何测试工作，必须在测试服务器上通过了严格测试以后才能发布到生产服务器上）的测试版上执行优化，而不要在生产服务器上执行。此外，最好在另一台计算机上而非运行 SQL Server 的计算机上运行该向导。该向导不能用于在 SQL Server 6.5 版或更早版本的数据库中选择或创建索引及统计信息。

在创建聚集索引之前，应先了解您的数据是如何被访问的。可考虑将聚集索引用于：

(1) 包含大量非重复值的列。

(2) 使用运算符 BETWEEN、>、>=、< 和 <= 返回一个范围值的查询。

(3) 被连续访问的列。

(4) 返回大型结果集的查询。

(5) 经常被使用联接或 GROUP BY 子句的查询访问的列。一般来说，这些是外键列。对 ORDER BY 或 GROUP BY 子句中指定的列进行索引，可以使 SQL Server 不必对数据进行排序，因为这些行已经排序。这样可以提高查询性能。

(6) OLTP 类型的应用程序。这些程序要求进行非常快速的单行查找（一般通过主键）。应在主键上创建聚集索引。

聚集索引不适用于频繁更改的列，这将导致整行移动（因为 SQL Server 必须按物理顺序保留行中的数据值）。这一点要特别注意，因为在大数据量事务处理系统中数据是易失的。

2. 非聚集索引

在用户要求用多种方法搜索数据时，非聚集索引是非常有用的。例如，一位读者可能会经常查阅一本关于园艺的书，以查找植物的通用名和学名，这样可以创建一个非聚集索引来检索学名，并创建一个聚集索引来检索通用名。在创建非聚集索引时，应该注意以下注意事项和原则：

(1) 如果没有指定索引类型，那么默认的类型就是非聚集索引。

(2) 以下情况发生时，SQL Server 会自动重建现有的非聚集索引：

- 删除现有的聚集索引时。
- 创建聚集索引时。
- 使用 DROP_EXISTING 选项改变聚集索引列的定义时。

(3) 非聚集索引叶级页的顺序与表的物理顺序不同。叶级页是以升序顺序进行排序的。

(4) 无论是使用聚集键还是行标识符，唯一性都是在叶级维护的。

(5) 每个表最多可以创建 249 个非聚集索引。

(6) 非聚集索引最好在数据选择性比较高的列上或列值唯一的列上创建。

(7) 聚集索引应在非聚集索引被创建之前创建。

(8) 行标识符指定行的逻辑顺序，它由文件 ID、页码和行 ID 组成。

非聚集索引与课本中的索引类似。数据存储在一个地方，索引存储在另一个地方，索引带有指针指向数据的存储位置。索引中的项目按索引键值的顺序存储，而表中的信息按另一种顺序存储(这可以由聚集索引规定)。如果在表中未创建聚集索引,则无法保证这些行为具有任何特定的顺序。

其实,我们的汉语字典的正文本身就是一个聚集索引。比如,要查"安"字,就会很自然地翻开字典的前几页,因为"安"的拼音是"an",而按照拼音排序汉字的字典是以英文字母"a"开头并以"z"结尾的,那么"安"字就自然地排在字典的前部。如果翻完了所有以"a"开头的部分仍然找不到这个字,那么就说明字典中没有这个字;同样的,如果查"张"字,那么会将字典翻到最后部分,因为"张"的拼音是"zhang"。也就是说,字典的正文部分本身就是一个目录,不需要再去查其他目录来找到需要找的内容。把这种正文内容本身就按照一定规则排列的目录称为"聚集索引"。

如果认识某个字,可以快速地从字典中查到这个字。但也可能会遇到不认识的字,不知道它的发音,这时就不能按照刚才的方法找到要查的字,而需要根据"偏旁部首"查到要找的字,然后根据这个字后的页码直接翻到某页来找到要找的字。但结合"部首目录"和"检字表"而查到的字的排序并不是真正的正文的排序方法,比如查"张"字,可以看到在查部首之后的检字表中"张"的页码是 672 页,检字表中"张"的上面是"驰"字,但页码却是 63 页,"张"的下面是"弩"字,页码是 390 页。很显然,这些字并不是真正地分别位于"张"字的上下方,现在看到的连续的"驰、张、弩"三字实际上就是它们在非聚集索引中的排序,是字典正文中的字在非聚集索引中的映射。可以通过这种方式来找到所需要的字,但它需要两个过程:先找到目录中的结果,然后再翻到所需要的页码。这种目录纯粹是目录、正文纯粹是正文的排序方式称为"非聚集索引"。

与使用书中索引的方式相似,Microsoft SQL Server 2000 在搜索数据值时,先对非聚集索引进行搜索,找到数据值在表中的位置,然后从该位置直接检索数据。这使非聚集索引成为精确匹配查询的最佳方法,因为索引包含描述查询所搜索的数据值在表中的精确位置的条目。如果基础表使用聚集索引排序,则该位置为聚集键值;否则,该位置为包含行的文件号、页号和槽号的行 ID(RID)。例如,对于在 emp_id 列上有非聚集索引的表,如要搜索其雇员 ID(emp_id),SQL Server 会在索引中查找这样一个条目,该条目精确列出匹配的 emp_id 列在表中的页和行,然后直接转到该页该行。

多个非聚集索引:

有些书籍包含多个索引。例如,一本介绍园艺的书可能会包含一个植物通俗名称索引和一个植物学名索引,因为这是读者查找信息的两种最常用方法。对于非聚集索引也是如此。可以为在表中查找数据时常用的每个列创建一个非聚集索引。

注意事项:

在创建非聚集索引之前,应先了解您的数据是如何被访问的。可考虑将非聚集索引用于:

(1)包含大量非重复值的列,如姓氏和名字的组合(如果聚集索引用于其他列)。如果只有很少的非重复值,如只有 1 和 0,则大多数查询将不使用索引,因为此时表扫描通常更有效。

(2)不返回大型结果集的查询。

(3)返回精确匹配的查询的搜索条件(WHERE 子句)中经常使用的列。

(4)经常需要联接和分组的决策支持系统应用程序。应在联接和分组操作中使用的列上创建多个非聚集索引,在任何外键列上创建一个聚集索引。

(5)在特定的查询中覆盖一个表中的所有列。这将完全消除对表或聚集索引的访问。

6.2　创建索引

6.2.1　使用管理平台创建索引

在对象资源管理器的 studentmanager 数据库中选择 course 表，单击鼠标右键，从弹出的快捷菜单中选择"修改"命令，单击工具栏上的 🔲 按钮，会弹出"索引/键"对话框，单击"添加"按钮，可以设置创建索引的列 cno，为该索引定义名称 IX_course，并可指定创建的索引是聚集索引还是非聚集索引，如图 6.6 所示。

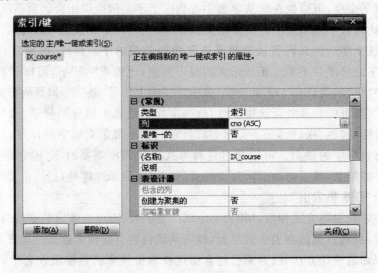

图 6.6　在 course 表上创建索引 IX_course

关闭该对话框，并保存表 course，则 course 表上的索引创建成功。

6.2.2　使用 Transact-SQL 创建索引

语法格式：

```
CREATE [UNIQUE]
[CLUSTERED|NONCLUSTERED]
INDEX index_name
   ON {tableview}(column[ASC|DESC][,…n])   /*索引定义的依据
[WITH <index_option>[,…n]]               /*索引选项
[ON filegroup]                            /*指定索引文件所在的文件组

<index_option>::={PAD_INDEX|FILLFACTOR=fillfactor
                 |IGNORE_DUP_KEY
                 |DROP_EXISTING
                 |STATISTICS_NORECOMPUTE
                 |SORT_IN_TEMPDB
             }
```

说明：

（1）UNIQUE 表示为表或视图创建唯一索引（即不允许存在索引值相同的两行）。例如，对于 student 表，根据学号创建唯一索引，即不允许有两个相同的学号出现。此关键字的使用有两点需注意：

① 对于视图创建的聚集索引必须是 UNIQUE 索引。

② 如果对已存在数据的表创建唯一索引，必须保证索引项对应的值无重复值。

（2）CLUSTERED，NONCLUSTERED 用于指定创建聚集索引还是非聚集索引，前者表示创建聚集索引，后者表示创建非聚集索引。一个表或视图中只允许有一个聚集索引，并且必须先为表或视图创建唯一聚集索引，然后才能创建非聚集索引。

（3）Index_name 为索引名，索引名在表或视图中必须唯一，但在数据库中不必唯一；参数 table，view 用于指定包含索引字段的表名或视图名，指定表名、视图名时，可包含数据库和表所有者。注意，必须使用 SCHEMABINDING 定义视图才能在视图上创建索引。

（4）Column 用于指定创建索引的字段，参数 n 表示可以为索引指定多个字段。指定索引字段时，要注意如下两点：

① 表或视图索引字段的类型不能为 ntext、text 和 image。

② 通过指定多个索引字段可创建组合索引，但组合索引的所有字段必须取自于同一个表。

（5）ASC 表示索引文件按升序建立，DESC 表示索引文件按降序建立，默认设置为 ASC。

（6）PAD_INDEX 用于指定索引中间级中每个页（节点）保持开放的空间，此关键字必须与 FILLFACTOR 子句同时用。FILLFACTOR 子句通过参数 fillfactor 指定在 SQL Server 创建索引的过程中，各索引页间的填满程度。

（7）IGNORE_DUP_KEY 用于确定对唯一聚集索引字段插入重复键值时的处理方式。如果为索引指定了 IGNORE_DUP_KEY，插入重复值时，SQL Server 将发出警告消息，并取消重复行的插入操作；如果没有为索引指定 IGNORE_DUP_KEY，SQL Server 会发出一条警告消息，并回滚整个 Insert 语句。

（8）DROP_EXISTING 指定删除已存在的同名聚集索引或非聚集索引。

（9）ON filegroup 子句指定索引文件所在的文件组，filegroup 为文件组。

【例 6.1】 在课程表的课程名字段创建索引。

使用 T-SQL 语句创建索引的过程如下：

```
create index idx_course on course(cname)
```

【例 6.2】 根据课程表的课程号字段创建唯一聚集索引，因为指定了 Clustered 子句，所以该索引将对磁盘上的数据进行物理排序。

```
use studentmanager
go
-- 如果该索引已存在,先删掉索引
if exists(select name from sysindexes where name = 'course_no_inde')
    drop index course.course_no_inde
```

```
go
-- 在课程表的课号字段创建唯一索引
create unique clustered index course_no_ind on course(cno)
go
```

这里要提醒大家的是,若要强调唯一性,优先考虑创建 Primary Key 约束或 UNIQUE 约束而不是唯一索引。因为在创建了主键约束的列上自动创建聚集索引,所以这个唯一索引的使用一般不多。

【例 6.3】　根据选课表的学号和课号列创建复合索引。

```
-- 如果该索引已存在,先删掉索引
if exists(select name from sysindexes where name = 's_c_ind')
drop index s_c.s_c_ind
go
-- 在选课表的学号和课号字段创建复合索引
create index s_c_ind on s_c(sno,cno)
go
```

既然复合索引中可以包含多个列,那是否可以用一个复合索引代替多个单列索引呢? 这要视情况而定。若多个列经常共同作为查询的条件,那么创建复合索引更好,否则创建单列索引更为合适。

【例 6.4】　创建带填充因子的索引:在学生表的 responsibleteacher 字段上创建填充值为 70 的索引。

```
-- 在学生表的 responsibleteacher 字段上创建填充值为 70 的索引
create index s_t_ind  on student(responsibleteacher) with pad_index,fillfactor = 70
```

1. Fillfactor 选项

1) 介绍

可以使用 Fillfactor 选项优化包含聚集索引和非聚集索引的表中的 Insert 和 Update 语句的性能。

在索引页已填满时,SQL Server 就必须花时间拆分该索引页,以便为新行腾出空间。选择合适的 Fillfactor 值可以在叶级索引页上分配出一定百分比的可用空间,以减少页拆分。

注意:Fillfactor 选项只是在索引创建或重建时应用。SQL Server 并不会动态保持索引页上特定百分比的分配空间。

2) 填充因子值

在表上指定的填充因子值取决于数据的修改(Insert 和 Update 语句)频率和组织环境,通常情况下应该:

(1) 在联机事务处理环境中使用较低的填充因子值;

(2) 在 SQL Server Analysis Services 环境中使用较高的填充因子值。

表 6.1 显示了 Fillfactor 选项的设置和这些填充因子值所使用的典型环境。

表 6.1 填充因子的典型取值

Fillfactor 百分比	叶级页	非叶级页	键值上的操作	典型业务环境
0（默认）	全填充	为容纳更新保留可用空间	轻微修改	混合（OLAP/OLTP）
1~99	以指定比例填充	以指定的比例填充	中等到高等程度的修改	OLTP
100	全填充	全填充	无修改	只读表

3）使用 Fillfactor 选项的原则

在使用 Fillfactor 选项时，需要考虑以下的事项和原则：

- 默认的填充因子为 0。该值将 100％填充叶级索引页，并且在非叶级索引页上保留了一个大小等于最大索引条目长度的空间，因此不能明确指定填充因子等于 0。
- 填充因子值的范围是 1％~100％，该百分比确定了叶级页填充程度，例如填充因子为 65％，则叶级页至多填充 65％，为新行保留不多于 35％的可用空间。行的大小会影响填充到指定了填充因子百分率的页面的行数。
- 通过使用 sp_configure 系统存储过程，可以在服务器级别改变默认的填充因子值。
- 最后一次使用的填充因子值和其他的索引信息一起存储在 sysindexes 系统表中。
- 在进行大量插入操作的表上使用 Fillfactor 选项，或在经常修改聚集索引键值时使用该选项。

2. Pad_index 选项

Pad_index 选项指定填充非叶级索引页的百分比，只有在指定了 Fillfactor 时才可以使用，因为 pad_index 百分比使用由 Fillfactor 所指定的百分比。在使用 Pad_index 选项时，需要考虑以下事项：

- SQL Server 对叶级和非叶级页都使用 Fillfactor 选项指定的填充比例。
- 默认情况下，SQL Server 通常为每个非叶级页保留足够的可用空间，此空间至少能容纳一行最大索引大小的行，而不管填充因子值有多大。
- 无论 Fillfactor 的值有多小，非叶级索引页上的项数永远都不会小于两行。
- Pad_index 使用填充因子值。

6.2.3 索引的分析与维护

在创建索引后，必须维护索引以确保可以获得最佳的性能。经过一段时间后，数据会变得支离破碎。要根据组织环境对数据碎片进行整理。

1. 数据碎片

根据业务环境的不同，碎片对性能的影响有好有坏。

1）碎片是怎样产生的

碎片是在进行数据修改时产生的。例如，向表中添加数据行或从表中删除数据行的时候，或在修改索引列中的值的时候，SQL Server 通过调整索引页来适应更改和维护索引数据的存储。索引页的调整就是所谓的页拆分,拆分过程增大了表的大小和处理查询的时间。

2) 碎片整理的方法

在 SQL Server 中有两种碎片整理的方法:第一种是删除和重新创建聚集索引,并通过使用 Fillfactor 选项来指定填充因子值;第二种方法是重建索引并指定填充因子值。

3) 业务环境

在数据库中,可接受的碎片程度取决于环境:

- 在 OLTP 环境中,碎片是有益的,因为 OLTP 环境是写敏感的。典型的 OLTP 系统有大量并发用户,他们同时频繁地进行添加和修改数据。
- 在 AnalysisServices 环境中,碎片是有害的,因为该环境是读敏感的。

4) 碎片的类型

碎片有两种类型:内部碎片和外部碎片。当索引页内存在可用空间时,即当索引没有充分利用内存空间时,就会产生内部碎片;当页的逻辑次序与物理次序不匹配时,或者当属于一个表的多个扩展盘区不连续时,就会产生外部碎片。

内部碎片意味着索引占用的空间多于它所需要的空间。扫描这样的表比扫描那些页上没有空余空间的表来说要花费更多的时间。然而,内部碎片有时是有益的。实际上,当创建索引时可以指定一个小的填充因子值,这样就可以得到内部碎片。页上有空间就意味着有可用的空间插入更多的行而不需要拆分页。拆分操作所需要的代价相对要高,而且可能引起外部碎片,因为当拆分一页时,一个新页必须链接到索引页链上,而且新页与被拆分的页通常不相邻。

外部碎片不利于 SQL Server 对整个或者部分表或索引进行有序的扫描。如果通过索引寻找一个单独的行,行的物理位置并不重要,因为 SQL Server 可以很容易地找到它们。如果 SQL Server 进行一个无序的扫描,它将用索引分配映射表(IAM)页来确定读取哪些扩展盘区。由于在 IAM 页中,扩展盘区是按磁盘的顺序列出的,因此页的读取是相当高效的。但如果按逻辑顺序提取页(根据索引的键值),需要跟踪页链。如果页内有大量的碎片,此操作就会比没有碎片时的操作花费更多的代价。

2. DBCC SHOWCONTIG 语句

DBCC SHOWCONTIG 语句可以显式指定表的数据和索引的碎片信息。

(1) DBCC SHOWCONTIG 语句确定什么。

在执行 DBCC SHOWCONTIG 语句时,SQL Server 在叶级浏览索引页以确定表中或指定的索引中是否存在大量的碎片。DBCC SHOWCONTIG 语句也确定数据页和索引页是否填满。

(2) 何时执行 DBCC SHOWCONTIG 语句。

在修改量大的表,或是包含导入数据的表,或是看起来查询性能低下的表上执行 DBCC SHOWCONTIG 语句。当执行 DBCC SHOWCONTIG 语句时,需要考虑以下事项和原则:

- 在执行 DBCC SHOWCONTIG 语句时,SQL Server 要求引用表 ID 或索引 ID。可以查询 sysindexes 表来获取表 ID 或索引 ID。
- 确定 DBCC SHOWCONTIG 语句的执行次数。表上的活动级别是按天、按周或是按月来衡量的。

【例6.5】 显示 empTable 表中索引 idxempID 的碎片。

dbcc showcontig(empTable , idxempID)

执行结果如图6.7所示。

```
消息
DBCC SHOWCONTIG 正在扫描 'empTable' 表...
表: 'empTable' (517576882); 索引 ID: 1, 数据库 ID: 11
已执行 TABLE 级别的扫描。
- 扫描页数..........................................1
- 扫描区数..........................................1
- 区切换次数........................................0
- 每个区的平均页数..................................1.0
- 扫描密度 [最佳计数:实际计数].......: 100.00% [1:1]
- 逻辑扫描碎片......................................0.00%
- 区扫描碎片........................................0.00%
- 每页的平均可用字节数..............................7491.0
- 平均页密度(满)...................................7.45%
DBCC 执行完毕。如果 DBCC 输出了错误信息,请与系统管理员联系。
```

图6.7 empTable 表中索引 idxempID 的碎片的显示结果

表6.2 DBCC SHOWCONTIG 语句返回的统计信息

统 计	描 述
扫描页面	表或索引中的页数
扫描扩展盘区数	表或索引中的扩展盘区数
扩展盘区跳转数	遍历索引或表的页时,DBCC 语句从一个扩展盘区移动到其他扩展盘区的次数
每个扩展盘区上的平均页数	页链中每个扩展盘区的页数
扫描密度[最佳值:实际值]	最佳值是指在一切都连续地链接的情况下,扩展盘区更改的理想数目。实际值是指扩展盘区更改的实际次数。如果一切都连续,则扫描密度数为100;如果小于100,则存在碎片。扫描密度为百分比值
逻辑扫描碎片	对索引的叶级页扫描所返回的无序页的百分比。该数与堆集和文本索引无关。无序页是指在 IAM 中所指示的下一页,这页不同于由叶级页中的下一页指针所指向的页
扩展盘区扫描碎片	无序扩展盘区在扫描索引叶级页中所占的百分比。该数与堆集无关。无序扩展盘区是指含有索引的当前页的扩展盘区,不是物理上含有索引的前一页的扩展盘区后的下一个扩展盘区
每页上的平均可用字节数	所扫描页上的平均可用字节数。数字越大,页的填满程度越低。数字越小越好。但是请注意,该数还受行大小影响,行越大,数字就越大
平均页密度(填满)	该值表示页面的填充程度。该值考虑行大小,所以它是页的填满程度的更准确表示。百分比越大越好

3. DBCC INDEXDEFRAG 语句

随着表中数据的更改,在表上的索引有时会变得支离破碎。DBCC INDEXDEFRAG 语句可以对在表和视图上的聚集索引和非聚集索引的叶级页进行碎片整理。磁盘碎片整理程序整理页面,使这些页的物理顺序与叶节点左到右的逻辑顺序相匹配。这种重新整理改善了扫描索引的性能。

（1）DBCC DBREINDEX 语句。

DBCC DBREINDEX 用于重建定义在表上的一个索引或是全部索引。通过允许动态重建索引，可以重建带有强制 PRIMAYRY KEY 或 UNIQUE 约束的索引，而不必删除并重新创建那些约束。DBCC DBREINDEX 可以使用一条语句重建表的所有索引，这相对于输入多条 DROP INDEX 和 CREATE INDEX 语句来说简单多了。

（2）DBCC INDEXDEFRAG 语句。

在使用 DBCC INDEXDEFRAG 语句时可以：

- 压缩索引页，在压缩时考虑创建索引时指定的 FILLFACTOR，此压缩所产生的任何空页都将删除。
- 如果索引跨越多个文件，则一次只对一个文件进行碎片整理。页不会在文件之间迁移。
- DBCC INDEXDEFRAG 每隔 5 分钟向用户报告预计完成的百分比。可在进程中的任意一点结束 DBCC INDEXDEFRAG，任何已完成的工作都将保留。
- DBCC INDEXDEFRAG 是联机操作。它不长期占有锁，因此不会妨碍运行查询或更新。另外，对碎片整理进行完整的日志记录，与数据库还原模式设置无关。

（3）比较 DBCC DBREINDEX 语句和 DBCC INDEXDEFRAG 语句。

与 DBCC DBREINDEX 或任何普通索引的建立不同，DBCC INDEXDEFRAG 是一个联机操作，因此它不占有长期锁，该锁会阻塞查询或更新的运行。根据碎片的数量，DBCC INDEXDEFRAG 比运行 DBCC DBREINDEX 快得多，因为对于碎片相对较少的索引进行碎片整理会比生成新索引快得多。另一个优点是与 DBREINDEX 不同，使用 DBCC INDEXDEFRAG 时索引始终可用。

大量的碎片可以导致 DBCC INDEXDEFRAG 运行的时间比 DBCC DBREINDEX 长得多，这有可能抵消该命令的联机性能带来的优势。如果两个索引在磁盘上交叉存取事务，那么 DBCC INDEXDEFRAG 将不起作用，原因是 INDEXDEFRAG 打乱了已有页的顺序。若要改善页的聚集，就需要重建索引。

4．DROP_EXISTING 选项

使用 DROP_EXISTING 选项改变索引的特性或不必通过删除再重建的方式来重新生成索引。使用 DROP_EXISTING 选项的好处是可以修改由 PRIMARY KEY 或 UNIQUE 约束创建的索引。

（1）重建索引。

执行带 DROP_EXISTING 选项的 CREATE INDEX 语句来重建指定的聚集索引或非聚集索引。

- 通过压缩或扩展行的方式重组叶级页。
- 清除磁盘碎片。
- 重新计算索引统计。

（2）改变索引特性。

在使用 DROP_EXISTING 选项时，可以改变以下的索引特性。

① 类型。
- 可以将非聚集索引变为聚集索引。
- 不可以将聚集索引变为非聚集索引。

② 索引列。
- 可以改变索引定义来指定不同的列。
- 可以指定附加的列或从组合索引中删除指定的列。
- 可以将索引列变为唯一或不唯一。

③ 选项。

可以改变 FILLFACTOR 或 PAD INDEX 的百分比值。

当使用 DROP_EXISTING 选项时,需要考虑以下事实和原则:
- 对于聚集索引,SQL Server 要求物理重组数据空间的大小必须至少是整个表空间的 1.2 倍。
- 通过省略排序的处理,DROP_EXISTING 选项可以加快建立聚集索引和非聚集索引的过程。
- 如果希望叶级页以一定百分比填充,则使用具有 DROP_EXISTING 选项的 FILLFACTOR 选项。如果必须分配可用空间给新的数据或必须压缩索引,该选项十分有用。
- 不能在系统表上重建索引。
- 如果在同一列上重新创建聚集索引,聚集索引上的 DROP_EXISTING 选项有助于避免不必要的删除工作和重建非聚集索引工作。
- 只有在关键字是不相同的情况下才重建非聚集索引,且只进行一次。

【例 6.6】 重建现有索引 t_ind。该索引被重定义为聚集的组合索引,并且指定了数据页的填充因子为 65%。如果 teacher 表上已经存在聚集索引,该语句就会失败。

```
-- 在教师表的姓名字段创建非聚集索引
create  unique nonclustered index t_ind on teacher(tname)
-- 使用 with drop_existing 重建该索引
create  unique nonclustered index t_ind on teacher(tname)
with drop_existing,fillfactor = 65
```

6.3 索引统计

可以在索引上创建统计信息,也可以在列上创建统计信息。因为查询优化器使用统计信息来优化查询,所以必须知道统计信息是如何创建、更新、删除与查看的。

6.3.1 创建和修改统计信息

1. 创建统计信息

可以自动或手工创建统计信息,然而为了数据库的维护方便,一般允许 SQL Server 自动创建统计信息。

（1）自动创建统计信息。

当把 auto create statistics 数据库选项的默认值设置为 ON 时，SQL Server 为以下内容自动创建统计信息：

- 含有数据的索引列。
- 在 join 谓词或者 where 语句中不带索引的列。

当优化查询时，优化查询触发统计信息的自动创建。如果查询优化器确定的统计信息丢失，那么该丢失将是一个不利因素，因为这时的执行计划要包括创建统计的操作，这在处理查询时将需要额外的时间。

（2）手动创建统计信息。

可以执行 CREATE STATISTICS 语句来为指定的列创建柱状图和相关的密度组。可以在下面的列上创建统计信息：

- 没有索引的列。
- 除了组合索引的第一列以外的所有列。
- 能在其上创建索引的计算列。
- 类型不为 image、text 和 ntext 的列。

当有些列不能从创建索引中得到益处，但在这些列上创建统计有利于执行计划的优化时，为这些列手工创建统计就变得很有用了。对这些列所做的统计消除了索引的开销，允许查询优化器在优化查询的时候使用这些列。

部分语法如下：

```
CREATE STATISTICS statistics_name ON {table|view}(column[,…n])
```

2．更新统计信息

经过一段时间后，统计信息可能会过时，这将影响查询优化器的性能。

（1）更新统计信息的频率。

当信息过时的时候，SQL Server 会自动更新统计信息。统计信息更新的频率取决于列中的数据量与更改的数据量的相对值。例如：

- 对于一个包含 10 000 行的表，当 1000 个索引值发生更改时，该表的统计信息便可能需要更新，因为 1000 个索引值在该表中占有很大的比例。
- 对于包含 10 000 000 个索引条目的表来说，该表的统计信息便可能不需要更新，因为 1000 个索引值在该表中占有很小的比例。

但是，SQL Server 总是确保对最少的行进行抽样。对小于 8M 字节的表搜集统计信息时，总是进行完全扫描。

（2）自动更新统计信息。

可以让 SQL Server 自动更新统计信息。当把 auto Update statistics 选项设置为 ON（默认值）时，如果当前统计信息已过时，SQL Server 自动更新现有的统计信息。

例如，如果表在统计的创建后或是最后一次更新后又有了大量的更新，则 SQL Server 就会自动更新统计信息以优化使用了该表的查询。

当优化查询时，查询优化器触发统计信息的自动更新。如果查询优化器发现统计过时了,将带来不利影响:执行计划将包含统计信息更新的操作,这个操作在执行查询时需要额外的时间。

(3) 手动更新统计信息。

可以执行 UPDATE STATISTICS 语句来为指定表中的一个或多个统计更新关于键值分布的信息。在以下情况下可为表或列手动更新统计信息。

- 在任何数据放进表之前创建了索引。
- 表被截断了。
- 在有很少数据或者没有数据的表中添加很多行,并且打算立即对它进行查询。

部分语法如下:

```
UPDATE STATISTICS table|view [index|(statistics_name[,…n])]
```

6.3.2 统计信息的查看与删除

通过执行 DBCC SHOW_STATISTICS 语句,可以查看索引或列的分布页中的统计信息。表 6.3 描述了 DBCC SHOW_STATISTICS 语句的返回信息。

表 6.3　DBCC SHOW_STATISTICS 语句的返回信息

列　　名	描　　述
Updated	上一次更新统计的日期和时间
Rows	表中的行数
Rows sampled	统计信息的抽样行数
Steps	分类步长数
Density	第一个索引列前缀的选择性(不频繁)
Average key length	第一个索引列前缀的平均长度
All density	索引列前缀集的选择性(频繁)
Average length	索引列前缀集的平均长度
Columns	为其显示 All density 和 Average length 的索引列前缀的名称
RANGE_HI_KEY	柱状图步骤的上界值
RANGE_ROWS	位于柱状图步骤内的示例的行数,上界除外
EQ_ROWS	采样值与柱状图步骤的上界值相等的行的数目
DISTINCT_RANGE_ROWS	柱状图步骤内非重复值的数目,上界除外
AVG_RANGE_ROWS	柱状图步骤内重复值的平均数目,上界除外

语法:

```
DBCC SHOW_STATISTICS (table,target)
```

当为一个查询进行高级优化时,一般来说查看统计信息是有用的。大多数应用程序中,不必查看统计信息。

6.4　查看与删除索引

查看与删除索引均有两种方法：使用管理平台和使用 SQL 语言。

6.4.1　使用管理平台

使用管理平台查看和删除索引的操作步骤如下：

（1）打开管理平台，并展开相应的服务器和数据库，选择要查看或者删除的索引所在的表并展开，就能看到索引一项，打开索引，能看到该表中的所有索引，如图 6.8 所示。

（2）选择要查看或删除的索引右击，从弹出的快捷菜单中选择"属性"命令，弹出图 6.9 所示对话框。

图 6.8　使用管理平台打开 teacher 表的索引

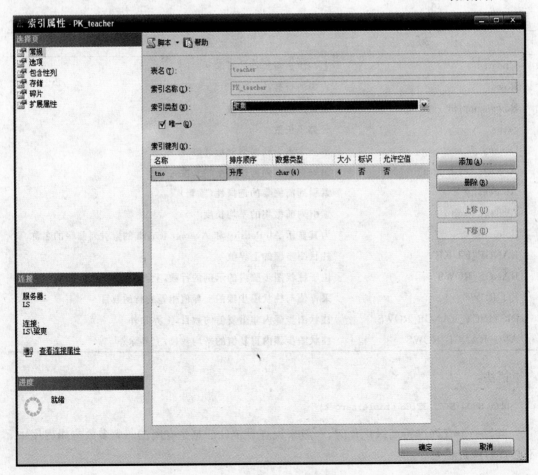

图 6.9　查看索引的对话框

可以在这里看到该索引的所有相关信息,如果要删除该索引,可以直接在该索引名称上右击,从弹出的快捷菜单中选择"删除"命令就可以了。

6.4.2 使用 SQL 语言

要查看索引信息,可以使用存储过程 sp_helpindex。

【例 6.7】 显示 student 表上的所有索引信息。

```
use studentmanager
go
sp_helpindex student
go
```

执行结果如图 6.10 所示。

	index_name	index_description	index_keys
1	pk_ID	clustered, unique, primary key located on PRIMARY	sno
2	s_t_ind	nonclustered located on PRIMARY	responsibleteacher
3	un_sno	nonclustered, unique, unique key located on PRIMA...	sno

图 6.10 显示 student 表上索引信息的结果

删除索引使用 DROP INDEX 语句,其语法格式如下:

```
DROP INDEX 'table.index | view.index'[,…n]
```

其中,table 和 view 是索引列所在的表或索引视图。index 是要除去的索引名称。索引名必须符合标识符的规则。n 表示可以指定多个索引的占位符。

【例 6.8】 如果 student 表中存在索引名为 s_t_ind 的索引,就将其删除掉。

```
if exists(select name from sysindexes where name = 's_t_ind')
drop index student.s_t_ind
go
```

本章小结

本章主要介绍了索引的基本概念、分类、统计和分析。索引基本上可以分为两类:聚集索引和非聚集索引,分别就这两类索引进行了比较和分析,归纳了应如何选择使用这两类索引。在此基础上,分别介绍了使用管理平台和 SQL 语句实现索引的创建、修改、删除,以及使用索引进行数据的统计分析方法。

习题 6

1. 什么是索引? 其主要作用是什么?
2. 索引分几种类型? 各自有什么特点?

3. 如何使用 SQL 命令创建索引？

4. 简介聚集索引和非聚集索引的区别。

5. 表中的索引是不是越多越好？为什么？

6. 在已有表中创建唯一索引。

7. 在已有表中创建聚集索引。

8. 在已有表中创建非聚集索引。

第7章 Transact-SQL语言

SQL(Structured Query Language,结构化查询语言)的功能包括查询、操作、定义和控制 4 个方面。它是一种综合的、通用的、功能强大的关系数据库语言。现在,SQL 语言是国际标准化组织(ISO)采纳的标准数据库语言。许多数据库供应商把 SQL 语言作为自己数据库的操作语言,并且在标准的基础上进行了扩展。Transact-SQL 语言是微软公司在关系型数据库管理系统 Microsoft SQL Server 中 ISO SQL 的实现。通过使用各种 Transact-SQL 语句,可以完成 SQL Server 数据库中的各种操作,本章将全面地介绍 Transact-SQL 语言的功能和作用。

7.1 Transact-SQL 语言概述

7.1.1 Transact-SQL 的特点

Transact-SQL 语言有 4 个特点:
- 一体化的特点,集数据定义语言、数据操纵语言、数据控制语言和附加语言元素为一体。
- 有两种使用方式,即交互使用方式和嵌入到高级语言中的使用方式。
- 非过程化语言,只需要提出"干什么",不需要指出"如何干",语句的操作过程由系统自动完成。
- 类似于人的思维习惯,容易理解和掌握。

7.1.2 Transact-SQL 语言的分类

Transact-SQL 语言按照用途主要分为以下三类:
- 数据定义语言(Data Definition Language,DDL) 用于创建数据库中的对象。
- 数据操纵语言(Data Manipulation Language,DML) 用于查询和更改数据。
- 数据控制语言(Data Control Language,DCL) 用于确定谁可以查看或更改数据。

1. 数据定义语言

数据定义语言是最基础的 Transact-SQL 语言类型,用来执行数据库的任务,包括创建、修改和删除数据库以及数据库中的各种对象。只有在创建了数据库和数据库中的各种对象之后,数据库中的各种其他操作才有意义。数据库及其对象包括数据库、表、缺省、索引、视图、触发器和存储过程等。主要语句是 CREATE、ALTER 和 DROP。

- CREATE　创建一个对象。
- ALTER　修改一个对象。
- DROP　删除一个对象。

需要注意,并不是所有的数据库用户都能执行 DDL 语句,缺省情况下,只有 sysadmin、dbcreator、db_owner 或 db_ddladmin 成员才能执行 DDL 语句。

【例 7.1】　创建一个数据库 db,并在该数据库中创建一个表 table1,包括 id,name 两列。

```
create database db ---- 创建数据库 db
use db ----- 使用数据库 db
create table table1 ----- 在数据库 db 中创建表 table1
(
    id int,
    name char(8)
)
```

2. 数据操纵语言

数据操纵语言是在编程过程中使用最多的语言。主要用来处理数据库中的数据,可以获取和更改数据。主要的语句是 INSERT、UPDATE、SELECT 和 DELETE。

- INSERT　向数据库表中添加新数据行。
- UPDATE　更新数据库表中的数据。
- SELECT　从数据库表中检索数据行和列。
- DELETE　从数据库表中删除数据行。

【例 7.2】　向上述 table1 表中插入两行数据,并检索全部记录。

```
insert into table1 values(1,'aa')
insert into table1 values(2,'bb')
```

检索全部记录:

```
select * from table1
```

3. 数据控制语言

安全性管理是数据库系统的重要特征。安全性管理就是确保数据库中的数据和操作不能被未授权的用户使用。数据控制语言语句就是用来进行安全性管理的,它可以控制对数据库对象的访问和执行某些语言的能力。主要包括的语句有 GRANT、DENY 和 REVOKE。

- GRANT　授予用户访问权限。
- DENY　拒绝用户访问权限。
- REVOKE　解除用户访问权限。

【**例 7.3**】 授予角色 public 查询表 table1 的权限。

```
use db
grant select on table1 to public
```

4．其他语言元素

SQL 语言的构成除了上述三种语言之外，还包括一些其他语言元素，如局部变量和全局变量、运算符、函数、流控制语言和注释等。

局部变量在一个批处理过程中使用 DECLARE 语句声明，并使用 SELECT 语句给其赋值。

全局变量是系统提供的预先声明的变量，由名字前面的两个@来区分。

运算符包括算术运算符、比较运算符、字符串运算符和逻辑运算符，是执行数学计算、字符串连接、常量和变量之间比较的符号。

函数是返回系统信息。包括聚集函数、数据类型函数、日期时间函数、数学函数、原数据函数、字符串函数和系统函数。

流控制语言用于设计应用程序的语句。如 IF ELSE、WHILE、CASE 和 BEGIN END。

注释是放在语句中的非执行字符串，用于标注该语句。

7.2 Transact-SQL 程序设计基础

7.2.1 标识符

在 Transact-SQL 语言中，数据库对象的名称就是其标识符。在 SQL Server 系统中，大多数对象的标识符是必须的，例如创建表时必须为其指定标识符。但是，也有一些对象的标识符是可选的，例如创建约束时用户可以不提供标识符，其标识符由系统自动生成。

按照标识符的使用方式，可以分为常规标识符和分割标识符两种。不用分割的标识符称为常规标识符，在使用时需要分割的标识符称为分割标识符。

在 Microsoft SQL Server 2005 系统中，常规标识符的格式规则如下。

规则一：第一个字符必须是下列字符之一。

- Unicode 标准定义的字母　这些字母包括 a～z、A～Z 以及其他语言的字母字符。
- 下划线(_)、符号(@)或数字符号(♯)　其中，以@开头的标识符表示局部变量；以@@开头的标识符表示系统内置函数；以♯开头的标识符表示临时表或临时存储过程；以♯♯开头的标识符表示全局临时对象。

规则二：后续字符可以包括：

- Unicode 标准定义的字母。
- 基本拉丁字符或十进制数字。
- 下划线(_)、符号(@)、数字符号(♯)或美元符号($)。

规则三：标识符不能为保留字，包括大写和小写形式。

规则四：不允许嵌套空格或其他特殊字符。

例如,my_row、com123 和_com 等标识符都是常规标识符,但是如 my sql、123com 等则不是常规标识符。

包含在双引号("")或方括号([])内的标识符被称为分割标识符。使用双引号分割的标识符称为引用标识符,使用方括号分割的标识符称为括号标识符。默认情况下,只能使用括号标识符。当 QUOTED_IDENTIFIER 选项设置为 ON 时,才能使用引用的标识符。

有两种情况需要使用分割标识符:一是对象名称中包含了 Microsoft SQL Server 保留字时,需要使用分割标识符,如[where]分割标识符;二是对象名称中使用了未列入限定字符的字符,如[order detail],因为包含空格符,所以加[]作为分割标识符。

7.2.2 数据类型

数据类型是指列、存储过程参数、表达式和局部变量的数据特征,它决定了数据的存储格式,代表了不同的信息类型。在 Microsoft SQL Server 2005 系统中,包含数据的对象都有一个数据类型,定义对象所能包含的数据种类。

在 Microsoft SQL Server 2005 系统中,以下对象可以具有数据类型:

* 表和视图中的列。
* 存储过程参数。
* 变量。
* 返回一个或多个特定数据类型数据值的 Transact-SQL 函数。
* 具有一个返回代码的存储过程。

指定对象的数据类型定义了该对象的 4 个特性:

* 对象所含的数据类型,如字符或整数。
* 所存储值的长度或大小。
* 数字精度。精度是数字可以包含的数字个数。
* 数值小数位数。小数位数是能够存储在小数点右边的数字个数。

该部分内容在第 4 章的 4.1 节有详细叙述,请参考。

7.2.3 变量

在 Microsoft SQL Server 2005 中,变量分为局部变量和全局变量。全局变量名称前面有两个@符号,由系统定义和维护;局部变量前面有一个@符号,由用户定义和使用,用来保存单个特定类型数据值的对象。通常所说的变量即指局部变量。

局部变量经常在批处理和脚本中使用,可以作为计数器计算循环执行的次数或控制循环执行的次数;保存数据值以供控制流语句测试;保存存储过程返回代码要返回的数据值或函数返回值。

局部变量的定义使用 declare 语句,其语法格式如下:

```
declare {@local_variable data_type } [, … n]
```

其中:

* @local_variable 局部变量的名称。变量名必须以@开头,且须符合标识符命名规则。

- data_type 任何由系统提供的或用户定义的数据类型。变量不能是 text、ntext 或 image 数据类型。

例如:

```
declare @id int
```

一次还可以定义多个变量,中间用逗号分开。

例如:

```
declare @f float, @ch char(8)
```

给变量赋值可以使用 SET 语句或 SELECT 语句。其语法格式如下:

```
set @local_variable = expression
select { @local_variable = expression } [, … n]
```

其中,@local_variable 为定义的局部变量名称,expression 为一表达式。

例如,定义两个变量,并分别使用 SET 和 SELECT 为其赋值,然后使用这两个变量查询 s_c 表中选修课程号为 0001 且成绩高于 90 的记录。

```
declare @f float, @cn char(4)
set @f = 90
select @cn = '0001'
select * from s_c where cno = @cn and grade >@f
执行结果如下:
sno              cno          grade
------           -----        -----
05331101         0001         95
05331102         0001         93
```

7.2.4 运算符

运算符是一种符号,用来指定要在一个或多个表达式中执行的操作。Microsoft SQL Server 2005 系统提供以下几类运算符:

- 算术运算符
- 赋值运算符
- 位运算符
- 比较运算符
- 逻辑运算符
- 字符串连接运算符
- 一元运算符

1. 算术运算符

可用于对两个表达式进行数学运算,这两个表达式可以是数字数据类型分类的任何数据类型。包括+(加)、-(减)、*(乘)、/(除)和%(取模)。

+和-运算符也可用于对 datetime 及 smalldatetime 值执行算术运算,格式为:

日期 ± 整数

表示在日期上加上或减去整数天数的日期。

例如,执行语句:

```
select cast('2009 - 01 - 01' as datetime) + 100
```

结果为:

```
2009 - 04 - 11 00:00:00
```

/运算需要注意除数和被除数的数据类型,如果是整数,则结果取整;如果是浮点数,则结果要保留小数部分。例如,12/5 的结果为 2,而 12.0/5.0 的结果为 2.400000。

％运算返回一个除法的整数余数。例如,16％3 的结果为 1。

2. 赋值运算符

赋值运算符即等号(＝)。它将表达式的值赋予另一个变量。赋值运算符主要有两个用途:第一,可以给变量赋值,这是主要用途。第二,可以为表中的列改变列标题。

【例 7.4】 声明一个变量,赋值并显示变量值。

```
declare @count int
set @count = 22 % 4
select @count
```

【例 7.5】 将 student 表中的 sno 列值均以"学生"显示。

```
select sno = '学生', sname from student
```

执行结果如下:

```
sno        sname
----       ----
学生        王菲
学生        李丽
学生        孙权
学生        张燕
```

3. 位运算符

位运算符可以在两个表达式之间执行位操作,这两个表达式可以是整型数据或者二进制数据。包括 &(按位与)、|(按位或)和^(按位异或)。具体使用如表 7.1 所示。

表 7.1　位运算符

运算符	描　　述
&	位与运算。当且仅当两个位都为 1 时,结果位为 1;否则,结果位为 0
|	位或运算。当且仅当两个位都为 0 时,结果位为 0;否则,结果位为 1
^	位异或运算。当两个位值不同时,结果位为 1;相同时,结果位为 0

例如,下面程序分别对 3(二进制数为 00000011)和 8(二进制数为 00001000)进行位运算。

```
declare @a int,@b int
set @a = 3
```

```
set @b = 8
select @a&@b as 'a&b',@a|@b as 'a|b',@a^@b as 'a^b'
```

执行结果如下：

```
a&b          a|b          a^b
----         ----         ----
0            11           11
```

4. 比较运算符

用来比较两个表达式,表达式可以是字符、数字或日期数据,并可用在查询的 WHERE 或 HAVING 子句中。比较运算符的计算结果为布尔数据类型,它们根据测试条件的输出结果返回 TRUE 或 FALSE。

比较运算符有以下几种：

- ＞(大于)和＜(小于)
- ＞＝(大于等于)和＜＝(小于等于)
- ＜＞(不等于)和！＝(不等于)
- ！＞(不大于)和！＜(不小于)

5. 逻辑运算符

逻辑运算符用来判断条件是为 TRUE 或者是 FALSE。SQL Server 提供了以下 10 个逻辑运算符,如表 7.2 所示。

表 7.2 逻辑运算符

逻辑运算符	描　述
ALL	当一组比较关系的值都为 TRUE 时,才返回 TRUE
AND	当要比较的两个布尔表达式的值都为 TRUE,才返回 TRUE
ANY	只要一组比较关系中有一个值为 TRUE,就返回 TRUE
BETWEEN	只有操作数在定义的范围内,才返回 TRUE
EXISTS	如果在子查询中存在,就返回 TRUE
IN	如果操作数在所给的列表表达式中,则返回 TRUE
LIKE	如果操作数与模式相匹配,则返回 TRUE
NOT	对所有其他的布尔运算取反
OR	只要比较的两个表达式有一个为 TRUE,就返回 TRUE
SOME	如果一组比较关系中有一些为 TRUE,则返回 TRUE

6. 字符串连接运算符

字符串连接运算符为加号(＋)。可以将两个或多个字符串合并或连接成一个字符串,还可以连接二进制字符串。

7. 一元运算符

指只有一个操作数的运算符。包括＋(正)、－(负)和～(位反)。其中,正和负运算符表示数据的正和负,可以对所有的数据类型进行操作。位反运算符返回一个数的补数,只能对整数进行操作。

当一个复杂的表达式有多个运算符时,运算符优先级决定运算的先后次序。当运算符的级别相同时,按照它们在表达式中的位置从左到右进行运算。注意,括号可以改变运算符的运算顺序,运算时先计算括号中表达式的值。运算符的优先级别如下:

- ＋(正)、－(负)、～(位反)
- ＊(乘)、/(除)、％(取模)
- ＋(加)、＋(连接)、－(减)
- ＝、＜、＞、＞＝、＜＝、＜＞、!＝、!＞、!＜
- ^(按位异或)、&(按位与)、|(按位或)
- NOT
- AND
- ALL、ANY、BETWEEN、IN、LIKE、OR、SOME
- ＝(赋值)

7.2.5　控制流语句

控制流语句是用来控制程序执行流程的语句。一般地,结构化程序设计语言的基本结构是顺序结构、条件分支结构和循环结构。SQL Server 2005 提供的控制流语句如表 7.3 所示。

表 7.3　控制流语句

控制流语句	描　述
BEGIN…END	定义语句块,将多个语句组合为一个逻辑块,作为一个整体执行。可以嵌套使用
IF…ELSE	条件处理语句,如果条件成立,执行 IF 语句;否则,执行 ELSE 语句
CASE	分支语句,进行多分支选择
WHILE	循环语句
BREAK	跳出循环语句。退出 WHILE 或 IF…ELSE 语句中最里面的循环。如果 END 关键字作为循环结束标记,则执行 BREAK 语句后将执行 END 之后的语句
CONTINUE	重新开始循环语句
GOTO	无条件跳转语句
RETURN	无条件退出语句
WAITFOR	延迟语句

【例 7.6】　使用 IF…ELSE 语句完成 0001 课程成绩评价,如果平均成绩大于 80,则打印出"成绩不错";否则,打印"成绩一般"。

```
if (select avg(grade) from s_c where cno = '0001')> 80
begin
    print '课程: 0001'
    print '成绩不错'
end
else
begin
```

```
        print '课程: 0001'
        print '成绩一般'
    end
```

执行结果为：

课程: 0001
成绩一般

【**例 7.7**】 使用 CASE 语句完成 05331101 学生的成绩评估,按照平均成绩,打印信息如下:

平均成绩>= 90,打印"优"
平均成绩>= 80,打印"良"
平均成绩>= 70,打印"中"
平均成绩>= 60,打印"及格"
否则,打印"不及格"

代码如下:

```
select sno as '学号',
    case
        when avg(grade)>= 90 then '优'
        when avg(grade)>= 80 then '良'
        when avg(grade)>= 70 then '中'
        when avg(grade)>= 60 then '及格'
        when avg(grade)<60 then '不及格'
    end as '成绩'
from s_c
where sno = '05331101'
group by sno
```

执行结果如下:

学号	成绩
05331101	良

【**例 7.8**】 计算 1 到 100 的和。

```
declare @ sum int, @ i int
set @ i = 0
set @ sum = 0
while (@ i<= 100)
    begin
        set @ sum = @ sum + @ i
        set @ i = @ i + 1
    end
print '1 到 100 的和是: ' + cast(@ sum as char(5))
```

执行结果为:

1 到 100 的和是: 5050

7.2.6　函数

编程语言中的函数是用于封装经常执行的逻辑的子例程。任何代码若必须执行函数所包含的逻辑，都可以调用该函数，而不必重复所有的函数逻辑。SQL Server 支持两种函数类型：内置函数和用户定义函数。

1. 内置函数

SQL Server 2005 提供了 12 类功能丰富的内置函数，具体如表 7.4 所示。

表 7.4　系统内置函数

函数类型	描　　述
聚合函数	返回一组数据的合计值，例如 COUNT、SUM、MIN、MAX 和 AVG
数据转换函数	把一种数据类型强制转换为另一种数据类型，例如 CONVERT 和 CAST
配置函数	返回有关当前配置的信息
游标函数	返回有关游标的信息
日期和时间函数	执行有关日期和时间的操作
数学函数	执行数学运算
元数据函数	返回数据库和数据库对象的特性信息
行集函数	返回行集，可以替代 SQL 语句中参考的表
安全性函数	返回有关用户和角色的信息
字符串函数	对字符串进行操作
系统函数	对系统级别的各种选项和对象进行操作或报告
系统统计函数	返回有关系统的统计信息
文本和图像函数	执行有关文本和图像的操作

注意：函数使用时总是带有圆括号，即使没有参数也是如此。函数分为确定性函数和非确定性函数。如果任何时候使用特定的输入值集调用函数时总是返回相同的结果，则称该函数为确定性函数。如果每次使用特定的输入值集调用函数时返回不同的结果，则该函数是非确定性函数。

2. 用户定义函数

SQL Server 2005 允许用户创建自己的函数，将一个或多个 SQL 语句组成子程序，封装代码以便重新使用。支持三种用户定义函数：

- 标量函数
- 内嵌表值函数
- 多语句表值函数

使用 CREATE FUNCTION 语句创建函数，使用 ALTER FUNCTION 语句修改，使用 DROP FUNCTION 语句删除函数。

7.2.7　注释

在程序中，可以使用行注释和块注释。

- 行注释：--(两个短横)。
- 块注释：/ * … * /。

本章小结

本章主要介绍了什么是 Transact-SQL 语言,即结构化查询语言。接着介绍其特点、分类及程序设计基础。

第一节中重点介绍了 Transact-SQL 语言的分类,即包含数据定义语言、数据操纵语言和数据控制语言。其中,数据定义语言,主要包括的语句是 CREATE、ALTER 和 DROP；数据操纵语言,主要包括的语句是 INSERT、UPDATE、SELECT 和 DELETE；数据控制语言主要包括的语句是 GRANT、DENY 和 REVOKE。

第二节重点介绍了 Transact-SQL 程序设计基础,包括标识符的命名规则、数据类型、变量、运算符、控制流语句、函数和注释。

习题 7

1. SQL 的中文意思是_____。
2. Transact-SQL 语言按照用途主要分为_____、_____和_____。
3. Transact-SQL 语言中数据定义语言的主要语句是_____、_____和_____。
4. Transact-SQL 语言中数据操纵语言的主要语句是_____、_____、_____和_____。
5. Transact-SQL 语言中数据控制语言的主要语句是_____、_____和_____。
6. 以下标识符正确的是( )。
    A. SELECT   B. ABC   C. my sql   D. [where]
7. 以下( )数据类型不属于 Transact-SQL 语言整数型。
    A. bigint   B. int   C. smallint   D. long
8. 定义局部变量时,需要在局部变量名称前加字符( )。
    A. @   B. @@   C. #   D. &
9. SQL Server 2005 中,下列( )函数不属于用户定义函数。
    A. 内嵌表值函数   B. 标量函数
    C. 数学函数   D. 多语句表值函数
10. Transact-SQL 语言行注释的标识符是( )。
    A. ——   B. //   C. /*   D. / * … * /
11. 简述 Transact-SQL 语言的特点。
12. 简述 Transact-SQL 语言的功能。

第8章

查询技术

创建数据库的目的是为了有效地存储管理数据,更重要的是对数据进行整理加工以获得所需要的重要信息。"查询"的含义就是用来描述从数据库中获取数据和操纵数据的过程。查询操作正是从数据库中获取信息最简单、最常用、最主要的操作,是数据库使用频率最高的操作。本章主要介绍简单查询、分组查询、连接查询以及子查询技术。

8.1 简单查询

Transact-SQL 查询中应用最广,也是最基本、最重要的是 SELECT 语句。SELECT 语句的基本作用是让数据库服务器根据客户端的请求搜索出满足用户所需要的数据,并按照规定的格式整理成"结果集"返回给客户端。SELECT 语句除了可以查询一般数据库的表和视图的数据外,还可以查询系统的一些信息。可以说 SELECT 语句就是整个 Transact-SQL 语言的灵魂。

SELECT 语句的语法结构如下:

```
SELECT [ALL | DISTINCT][TOP n] <选择列表>
[FROM] {<表或视图名>} [, … n]
[WHERE] <搜索条件>
[GROUP BY] {<分组表达式>}[, … n]
[HAVING] <分组选择条件>
[ORDER BY] {<字段名[ASC|DESC]>} [, … n]
```

- 用[ ]括起来的是可选项,SELECT 是必需的。
- 选择列表指定了要返回的列。
- WHERE 子句指定限制查询的条件。

在搜索条件中,可以使用比较操作符、字符串、逻辑操作符来限制返回的行数。

- FROM 子句指定了返回的行和列所属的表。
- DISTINCT 选项从结果集中消除了重复的行,TOP n 选项限定了要返回的行数。
- GROUP BY 子句是对结果集进行分组。
- HAVING 子句是在分组的时候对字段或表达式指定搜索条件。
- ORDER BY 子句对结果集按某种条件进行排序,ASC 为升序(默认),DESC 为降序。

8.1.1 选择列

使用 SELECT 语句可以选择查询表中的任意列,其中<选择列表>指出要检索的列的名称,可以为一个或多个列。当为多个列时,中间要用","分隔。FROM 子句指出从什么表或视图中提取数据,如果从多个表中取数据,则每个表的表名都要写出,且表名之间用","分隔。

1. 选择所有列

在 select 语句中,可以使用星号(*)指代表或视图中的所有列。

【例 8.1】 检索 s_c 表中所有学生成绩信息。

```
select * from s_c
```

执行结果如下:

2. 选择特定列

若要选择表中的特定列,应在选择列表中明确地列出要选择的列名。

【例 8.2】 仅列出 s_c 表中的学号和成绩。

```
select sno,grade
from s_c
```

执行结果如下:

	sno	grade
1	05331101	95
2	05331101	98
3	05331101	89
4	05331102	93
5	05331102	99
6	05331102	95
7	05331103	84
8	05331103	80
9	05331103	94

同样的方法,如果想显示所有的列,可以将所有列名选中。

```
select sno,cno,grade
from s_c
```

结果同例 8.1。

8.1.2 使用 WHERE 子句

在检索的过程中,经常需要根据一定的条件对数据进行过滤,可以使用 WHERE 子句指定检索条件,从表中提取或显示满足该查询条件的记录。

1. 使用比较运算符

使用"="比较运算符,只选择一条记录。

【例 8.3】 检索学号为 05331101 的学生信息。

```
select *
from student
where sno = '05331101'
```

执行结果如下:

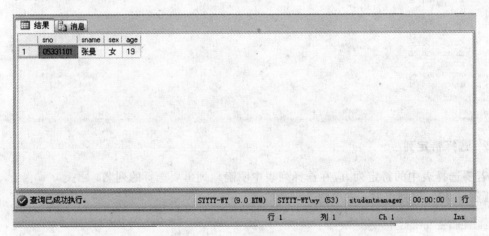

还可以通过">"、"<"、">="、"<="等比较运算符选出多条记录。

【例 8.4】 检索年龄小于 20 岁的所有学生信息。

```
select *
from student
where age < 20
```

执行结果为:

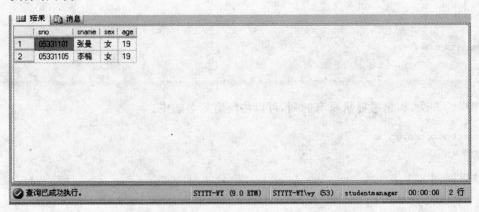

2. 使用字符串比较符 LIKE

LIKE 只可用于下列数据类型：char、nchar、varchar、nvarchar 和 datetime。常用的通配符如表 8.1 所示。

表 8.1　常用通配符表

通　配　符	描　　述
％	0 或多个字符串
_	任何单个的字符
[]	在指定区域或集合内的任何单个字符
[^]	不在指定区域或集合内的任何单个字符

【例 8.5】　检索所有姓刘的学生信息。

```
select *
from student
where sname like '刘 % '
```

执行结果为：

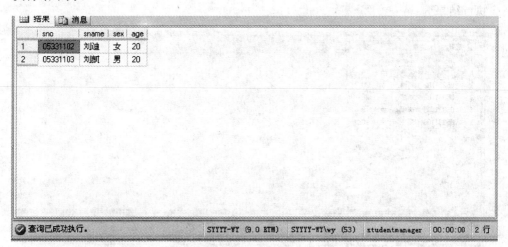

3. 使用逻辑运算符

使用逻辑运算符 AND、OR 和 NOT 来连接一系列表达式并且简化查询处理。当有两个或更多的表达式作为搜索条件时，可以使用括号。

（1）使用 AND 检索满足所有搜索条件的行。

【例 8.6】　检索性别为"女"且年龄为 20 的学生信息。

```
select *
from student
where sex = '女 ' and age = 20
```

执行结果为：

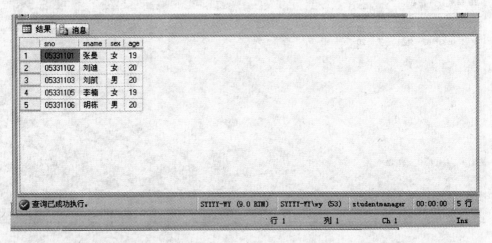

（2）使用 OR 运算符检索满足任一搜索条件的行。

【例 8.7】 检索性别为"女"或者年龄为 20 的学生信息。

```
select *
from student
where sex = '女' or age = 20
```

执行结果为：

4．检索一定范围内的值（BETWEEN…AND）

在 WHERE 子句中，可使用 BETWEEN…AND 搜索条件检索在指定取值范围内的行。当使用 BETWEEN…AND 搜索条件时需要注意，在结果集中将包含边界值。

【例 8.8】 检索学号在 01～04 范围内的所有学生信息。

```
select *
from student
where sno between '05331101' and '05331104'
```

执行结果为：

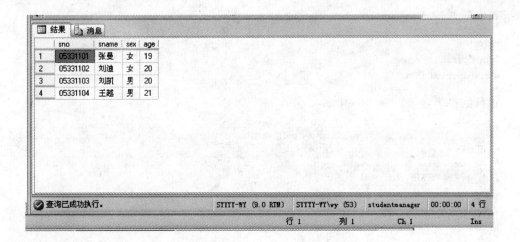

5. 使用值列表作为搜索条件(IN)

在 WHERE 子句中,可使用 IN 搜索条件检索与指定值列表相匹配的行。

【例 8.9】 检索学号为 01、02、04 的学生信息。

```
select *
from student
where sno in('05331101','05331102','05331104')
```

执行结果为:

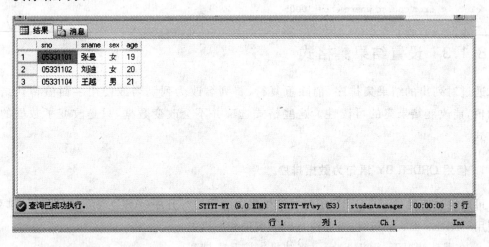

6. 检索未知值

如果在数据输入过程中没有给某列输入值并且该列也没有定义默认值,那么该列就存在一个空值。空值不等同于数值 0 或空字符。使用 IS NULL 搜索条件可检索那些指定列中遗漏信息的行。

【例 8.10】 检索课程表(course)中学时数为 NULL 的记录。

为演示结果,先向 course 表中添加一条记录,使其学时数为 NULL。

```
insert into course values('0005','C语言程序设计',NULL)
```

检索数据：

```
select *
from course
where cperiod is null
```

执行结果为：

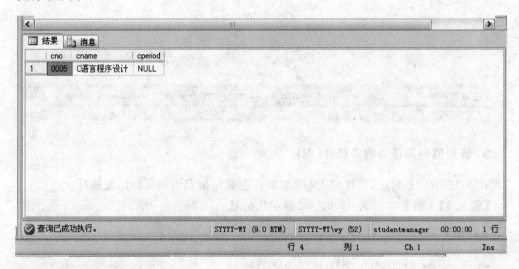

删除上面新插入的记录：

```
delete * from course where cno = '0005'
```

8.1.3　设置结果集格式

通过对列出的结果集排序、消除重复行、将列名改为列别名或使用字面值替代结果集的值，能改变结果集的可读性。这些格式选项并不会改变数据，只是改变了数据的表示方式。

1. 使用 ORDER BY 语句为数据排序

可以通过使用 ORDER BY 子句对结果集中的行进行升序（ASC）或降序（DESC）排列。当使用 ORDER BY 子句时，需要注意以下事项和原则：

- 在默认情况下，SQL Server 将结果集按升序排列。
- ORDER BY 子句包含的列并不一定要出现在选择列表中。
- 可以通过列名、计算的值或表达式进行排序。

【例 8.11】　将成绩表（s_c）中的记录按成绩升序排列显示。

```
select *
from s_c
order by grade asc
```

执行结果为：

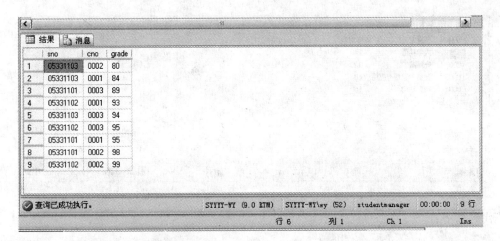

其中 asc 可省略。若将 asc 改为 desc,则可将成绩按降序排列显示。

2. 使用 DISTINCT 消除重复行

如果要去掉重复的显示行,可以在列名前加上 DISTINCT 关键字。

【例 8.12】　只显示成绩表(course)中不同的成绩,并按成绩升序排序。

```
select distinct grade
from s_c
order by grade
```

执行结果为:

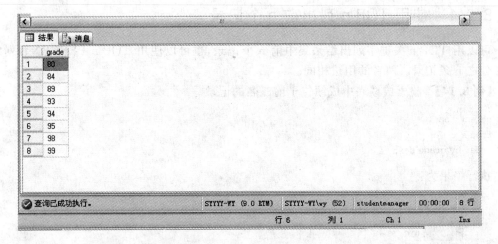

3. 使用 AS 关键字改变字段名

当显示查询结果时,选择列表通常是以原表中的列名作为标题显示。为了改变查询结果中显示的标题,可在列名后使用"AS 标题名"(其中 AS 可省略),创建更具可读性的标题名来取代默认的列名。

【例 8.13】　将课程表的内容按照如下方式显示,字段名分别显示为"课程号"、"课程名"和"学时数"。

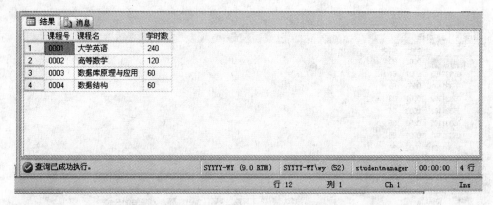

代码如下:

```
select cno as '课程号',cname as   '课程名',cperiod as '学时数'
from course
```

8.2 数据分组与汇总

进行数据检索时,可能需要对数据进行分组或汇总。可使用 GROUP BY 和 HAVING 子句对数据进行分组和汇总,同时使用 ROLLUP 和 CUBE 运算符及 GROUPING 函数对组中的数据进行分组和汇总。另外,可使用 COMPUTE 和 COMPUTE BY 子句生成汇总报表,并列出结果集中的前 n 个记录。

8.2.1 使用 TOP n 列出前 n 个记录

可以用 TOP n 关键字列出结果集中前 n 个记录,也可以使用 TOP n PERCENT 列出前百分之 n 条记录。两者的用法相同。

【例 8.14】 检索成绩表中成绩位于前三名的记录。

```
select top 3 *
from s_c
order by grade desc
```

执行结果为:

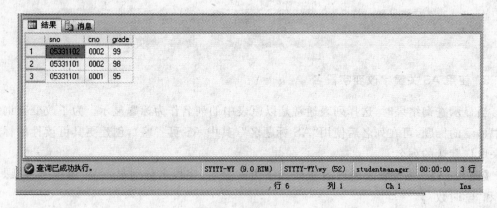

在例 8.14 中,95 分的记录有两条,如何将两条成绩并列的记录都显示出来? 在结果集中使用 WITH TIES 子句包含附加记录。使用 ORDER BY 子句时,当出现两个或多个记录和最后一条记录的值相等时,这些附加记录也将出现在结果集中。

```
select top 3 with ties *
from s_c
order by grade desc
```

执行结果为:

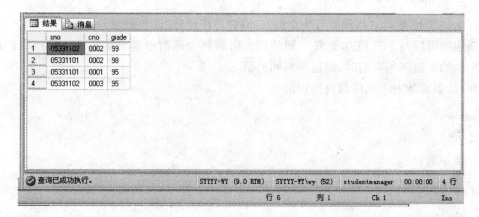

8.2.2 使用聚合函数

数据库的一个最大特点就是将各种分散的数据按照一定规律、条件进行分类组合,最后得出统计结果。SQL Server 中聚合函数的功能就是完成一定的统计功能。当聚合函数执行时,SQL Server 对整个表或表中的列组进行汇总、计算,然后针对指定列的每一个行集返回单个的汇总值。常用的几个聚合函数如表 8.2 所示。

表 8.2　常用聚合函数表

聚 合 函 数	描　　述
AVG	计算表达式中的平均值
COUNT	表达式中值的数目
COUNT（*）	所选择行的数目
MAX	表达式中的最大值
MIN	表达式中的最小值
SUM	计算表达式中所有值的和

除了 COUNT(*)函数之外,如果没有满足 WHERE 子句的行,所有的聚合函数都返回一个空值,而 COUNT(*)函数则返回 0。

【例 8.15】 返回课程表中的记录总数。

```
select count(*) from course
```

执行结果为:

4

执行 COUNT(*)函数,包含空值(NULL)记录。

向课程表中添加一条课程号为空的"C 语言程序设计"课程。

```
insert into course values(null,'C语言程序设计',60)
```

再执行上面的语句,执行结果为 5。

除了 COUNT(*)函数之外,聚合函数忽略空值。

例如:

```
select count(cno) from course
```

执行的结果就为 4,忽略课程号为空的"C 语言程序设计"课程记录。

聚合函数可以与 SELECT 语句一同使用。所有聚合函数都具有确定性。任何时候用一组给定的输入值调用它们时,都返回相同的值。

例如,检索成绩表中成绩最高的记录。

```
select max(grade)
from s_c
```

执行结果为:

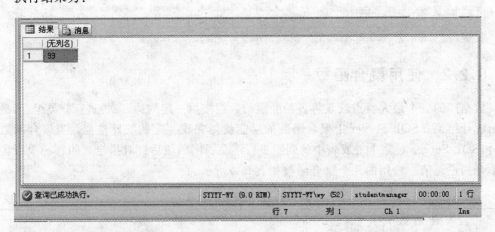

8.2.3　使用 GROUP BY 子句

在某列中,聚合函数只会产生一个所有行的汇总值。如果想在一列中生成多个汇总值,可以使用聚合函数与 GROUP BY 子句。使用 HAVING 子句和 GROUP BY 子句在结果集中返回满足限制条件的记录。

1. 简单的 GROUP BY 子句

在某些列或表达式中使用 GROUP BY 子句,可以把表分成组,并对组进行汇总。

【例 8.16】　显示成绩表中每个学生的平均分。

```
select sno as '学号',avg(grade) as '平均分'
from s_c
group by sno
```

执行结果为:

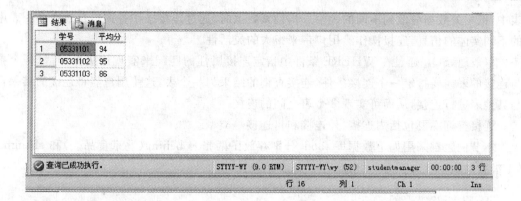

2．使用 GROUP BY 子句和 HAVING 子句

对列或表达式使用 HAVING 子句为结果集中的组设置条件。

使用 HAVING 子句时应注意：

- HAVING 子句只有与 GROUP BY 子句联合使用才能对分组进行约束。只使用 HAVING 子句而不使用 GROUP BY 子句是没有意义的。
- 可以引用任何出现在选择列表中的列。

【例 8.17】 显示成绩表中学生的平均分大于 90 的记录。

```
select sno as '学号',avg(grade) as '平均分'
from s_c
group by sno
having avg(grade)> 90
```

执行结果为：

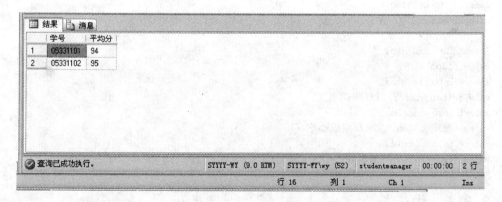

8.3 连接查询

前面介绍的查询都是针对一个表进行的，而实际中回答一个查询的相关数据往往存储在多个表中，那么查询就同时涉及两个或两个以上的表，这种查询称为连接查询。连接查询是关系数据库模型的主要特点，也是它区别于其他类型数据库管理系统的一个标志。

在关系数据库管理系统中，设计及创建关系表时，常把一个实体的所有信息存放在一个表中,把相关数据分散到不同的表中。当检索数据时,通过连接操作查询出存放在多个表中的不同实体的信息,连接操作给用户带来很大的灵活性。

一般地,SQL 通过在 WHERE 条件中指定连接属性的匹配来实现连接操作,每两个参与连接的表需要指定一个连接条件,连接查询的结果为一个表,这使用户能将连接的结果再与其他表进行连接,从而可实现多个表之间的连接。

连接查询主要包括内连接、外连接和自连接等类型。

本节例题都采用如下数据库 food,分别存放了两张表 beijing(北京食品表)和 shanghai(上海食品表)

```
create database food
use food
create table beijing
(
    productname char(10),
    unitprice int
)
create table shanghai
(
    productname char(10),
    unitprice int
)
insert into beijing
values('apple',10)
insert into beijing
values('guopu',50)//果脯
insert into beijing
values('kaoya',78)//烤鸭
insert into beijing
values('mifan',7)//米饭

insert into shanghai
values('apple',8)
insert into shanghai
values('tangyuan',15)//汤圆
insert into shanghai
values('chenghuang',88)//城隍小吃
insert into shanghai
values('mifan',10)//米饭
```

8.3.1　内连接

内连接把两个表中的数据连接生成第 3 个表,在这个表中仅包含那些满足连接条件的数据行。在内连接中,使用 INNER JOIN 连接运算符和 ON 关键字指定连接条件。内连接是一种常用的连接方式,如果在 JOIN 关键字前面没有明确指定连接类型,那么默认为内连接。

一般格式为:

```
FROM <左表> (INNER) JOIN <右表>
ON <连接条件>
```

【例 8.18】 列出北京和上海共有的食品信息。

```
select bj.productname as '北京店里的产品名称',bj.unitprice as '北京店里的产品价格',
sh.productname as '上海店里的产品名称',sh.unitprice as '上海店里的产品价格'
from beijing as bj inner join shanghai as sh
on bj.productname = sh.productname
```

执行结果如下：

	北京店里的产品名称	北京店里的产品价格	上海店里的产品名称	上海店里的产品价格
1	apple	10	apple	8
2	mifan	7	mifan	10

查询已成功执行。　　　　　SYYYY-WY (9.0 RTM)　SYYYY-WY\wy (52)　food　00:00:00　2 行

行 21　　列 1　　Ch 1　　Inx

由于命名规则的限制以及为了防止重名，有些数据库表名称会非常长并且复杂。为了增加脚本查询的可读性和可维护性，可以使用 AS 给表起别名。如上例中，为 beijing 表起别名为 bj，为 shanghai 表起别名为 sh。

8.3.2　外连接

内连接是保证两个表中所有的行都要满足连接条件，但是外连接则不然。在外连接中，不仅包括那些满足条件的数据，而且某些表不满足条件的数据也会显示在结果集中。即外连接只限制其中一个表的数据行，而不限制另外一个表中的数据。需要注意，外连接只能用于两个表中。

在 SQL Server 2005 中，可以使用三种外连接，即左外连接、右外连接和全外连接。

1. 左外连接

左外连接，简称左连接，关键词是 LEFT OUTER JOIN，可以从两个表中返回符合连接条件的记录，同时也将返回左表（指 FROM 子句中的一个表）不符合连接条件的记录，对应另一表中的数据为 NULL。

一般格式为：

```
FROM <左表> LEFT (OUTER) JOIN <右表>
ON <连接条件>
```

【例 8.19】 列出北京和上海共有的食品信息，同时将北京有而上海没有的食品信息也显示出来。

```
select bj.productname as '北京店里的产品名称',bj.unitprice as '北京店里的产品价格',
sh.productname as '上海店里的产品名称',sh.unitprice as '上海店里的产品价格'
```

```
from beijing as bj left outer join shanghai as sh
on bj.productname = sh.productname
```

其中 outer 可省略。执行结果如下：

	北京店里的产品名称	北京店里的产品价格	上海店里的产品名称	上海店里的产品价格
1	apple	10	apple	8
2	guopu	50	NULL	NULL
3	kaoya	78	NULL	NULL
4	mifan	7	mifan	10

结果　消息

查询已成功执行。　SYYYY-WY (9.0 RTM)　SYYYY-WY\wy (52)　food　00:00:00　4 行

行 25　列 1　Ch 1　Ins

2. 右外连接

右外连接，简称右连接，关键词是 RIGHT OUTER JOIN，可以从两个表中返回符合连接条件的记录，同时也将返回右表（指 FROM 子句中的两个表）不符合连接条件的记录，对应另一表中的数据为 NULL。实际上，左连接与右连接时对应的，只是表在 FROM 子句中的先后顺序不同。

一般格式为：

```
FROM <左表> RIGHT (OUTER) JOIN <右表>
ON <连接条件>
```

【例8.20】 列出北京和上海共有的食品信息，同时将上海有而北京没有的食品信息也显示出来。

```
select bj.productname as '北京店里的产品名称',bj.unitprice as '北京店里的产品价格',
sh.productname as '上海店里的产品名称',sh.unitprice as '上海店里的产品价格'
from beijing as bj right outer join shanghai as sh
on bj.productname = sh.productname
```

执行结果如下：

	北京店里的产品名称	北京店里的产品价格	上海店里的产品名称	上海店里的产品价格
1	apple	10	apple	8
2	NULL	NULL	tangyuan	15
3	NULL	NULL	chenghuang	88
4	mifan	7	mifan	10

结果　消息

查询已成功执行。　SYYYY-WY (9.0 RTM)　SYYYY-WY\wy (52)　food　00:00:00　4 行

行 25　列 1　Ch 1　Ins

3. 完全外连接

完全外连接,关键词是 FULL OUTER JOIN,包括了左表和右表中所有不满足条件的数据,这些数据在另外一个表中的对应值是 NULL。实际上,完全外连接综合了左外连接和右外连接的特点,可以把左右两个表中不满足连接条件的数据集中起来显示在结果集中。

一般格式为:

```
FROM <左表> FULL (OUTER) JOIN <右表>
ON <连接条件>
```

【例 8.21】 列出北京和上海两地的所有食品信息。

```
select bj.productname as '北京店里的产品名称',bj.unitprice as '北京店里的产品价格',
sh.productname as '上海店里的产品名称',sh.unitprice as '上海店里的产品价格'
from beijing as bj full outer join shanghai as sh
on bj.productname = sh.productname
```

执行结果如下:

	北京店里的产品名称	北京店里的产品价格	上海店里的产品名称	上海店里的产品价格
1	apple	10	apple	8
2	guopu	50	NULL	NULL
3	kaoya	78	NULL	NULL
4	mifan	7	mifan	10
5	NULL	NULL	tangyuan	15
6	NULL	NULL	chenghuang	88

查询已成功执行。 SYYYY-WY (9.0 RTM) SYYYY-WY\wy (52) food 00:00:00 6 行
行 25   列 1   Ch 1   Ins

8.3.3 自连接

使用自连接,可以查询一个表中各记录之间的关系。

使用自连接时应注意:

- 引用表的两份副本时,必须使用表的别名。
- 生成自连接时,表中每一行都和自身比较一下,并生成重复的记录,使用 WHERE 子句来消除这些重复记录。

例如有员工表 emp 如下:

```
create table emp
(     employeeid int,
      employeename char(10),
      leaderid int
)
```

其中 employeeid 字段是员工编号,employeename 字段是员工姓名,leaderid 字段是员工所属领导的编号,表中包含记录如下:

```
insert into emp values(1,'mary',NULL)
```

```
insert into emp values(2,'tom',1)
insert into emp values(3,'jack',1)
```

即员工 mary 上面没有领导,而员工 tom 和 jack 的领导都是 mary。如果想查询 tom 的领导是谁? 这个时候就要表与自身连接,使用的就是自连接。

```
select e.employeeid,e.employeename,m.employeename as '领导名字'
from emp as e join emp as m
on e.leaderid = m.employeeid
where e.employeename = 'tom'
```

执行结果为:

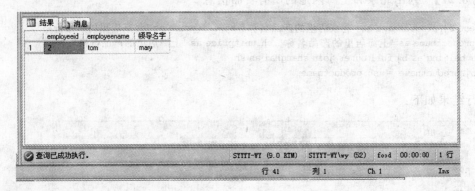

8.4 子查询

SELECT 语句可以嵌套在 SELECT、INSERT、UPDATE 或 DELETE 语句中,这些嵌套的 SELECT 语句被称为子查询。使用子查询可以把一个复杂的查询分解成几个简单的查询。当一个查询依赖于另一个查询的结果时,子查询会很有用。子查询可以嵌套,嵌套查询的过程是: 首先执行内部查询,它查询出来的数据并不被显示出来,而是传递给外层语句,并作为外层语句的查询条件来使用。

【例 8.22】 显示成绩表中成绩最高的记录。

```
select * from s_c
where grade = (select max(grade) from s_c)
```

执行结果为:

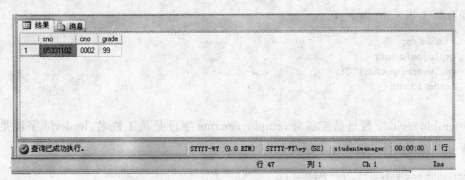

任何使用表达式的地方都可以使用子查询。子查询必须使用圆括号括起来。除了在表达式中使用之外,包含子查询的语句主要按照下列一些方式使用:

```
WHERE expression IN(subquery)
WHERE expression NOT IN(subquery)
WHERE expression comparison_operator(subquery)
WHERE expression comparison_operator ANY(subquery)
WHERE expression comparison_operator ALL(subquery)
WHERE EXISTS(subquery)
WHERE NOT EXISTS(subquery)
```

需要指出的是,只有使用了关键字 EXISTS,才能在子查询的列项中使用星号(*)代替所有的列名。这是因为当使用关键字 EXISTS 时,子查询不返回数据,而是判断子查询是否存在数据。如果子查询返回数据,那么条件为真;如果子查询没有返回数据,那么条件为假。

本章小结

在数据库使用中,使用频率最高的就是查询。本章主要介绍了数据库查询技术,包括简单查询、分组查询、连接查询和子查询。其中,简单查询介绍了如何查询指定列及所有列;如何查询满足指定条件的行集数据,包含使用比较运算符、字符串比较符 LIKE、逻辑运算符、检索一定范围内的值(BETWEEN…AND)、值列表作为搜索条件(IN)、检索未知值;如何设置结果集格式,包括使用 ORDER BY 语句为数据排序、使用 DISTINCT 消除重复行、使用 AS 关键字改变字段名。数据分组与汇总,介绍了使用 TOP n 列出前 n 个记录、使用聚合函数、使用 GROUP BY 子句。连接查询,介绍了内连接、外连接和自连接。最后介绍了子查询。

习题 8

1. SELECT 语句必须有的关键词是_____。
2. 在 SELECT 子句中,用_____指代查询所有列。
3. 在 WHERE 子句中,检索一定范围使用_____子句。
4. 在 SELECT 子句中,如果希望结果中不出现重复记录,应使用_____关键字。
5. 在 SELECT 子句中,需要对数据进行分组时,应使用_____。
6. 在 SQL 语句中,以下( )操作不能更新数据。
   A. INSERT　　　　B. DELETE　　C. UPDATE　　　D. SELECT
7. 若用如下 SQL 语句创建一个表 student:

```
CREATE TABLE student
(
    no char(4) not null,
    name char(8) not null,
```

```
    sex char(2),
    age int
)
```

可以插入到表中的是(   )。

A. ('0121','王平',女,23)   B. (NULL,'王平',女,23)

C. ('0121','王平',NULL,NULL)   D. ('0121',NULL,女,23)

8. 在 SQL 中使用 UPDATE 语句对表中数据进行修改时,应使用的语句是(   )。

A. WHERE   B. FROM   C. SET   D. VALUES

9. 查询姓名中第二个字是"红"的所有学生,下列描述正确的是(   )。

A. _红   B. _红%   C. %红   D. %红%

10. 下列(   )连接不是外连接。

A. 左连接   B. 右连接   C. 自连接   D. 全连接

11. 应用题

有学生成绩管理数据库,包含学生表 student、课程表 course 和选课表 sc,数据表如下:

student(学生表)

sno	sname	ssex	sage	sdept	sclass
s001	刘洋	男	19	电子信息	083321
s002	刘岩	女	20	电子信息	083321
s003	李阳	女	19	计算机科学与技术	083342
s004	刘洋	男	19	计算机科学与技术	083341
s005	王立	女	21	计算机科学与技术	083342
s006	郑云林	男	23	电子信息	083322

course(课程表)

cno	cname	ccredit	cpno	ctch
c01	高等数学	6		基础教研室
c02	大学英语	8		英语教研室
c03	C 语言程序设计	5	c01	计算机科学与技术教研室
c04	数字电子技术	5	c01	通信教研室
c05	模拟电子技术	5		通信教研室
c06	数据库技术	5		计算机网络教研室
c07	计算机网络技术	6		计算机网络教研室
c08	DSP	4		自动化教研室
c09	单片机	6		自动化教研室

sc(选课表)

sno	cno	score
s001	c01	96
s001	c02	56
s001	c04	60
s001	c05	56

续表

sno	cno	score
s003	c01	90
s003	c02	68
s003	c06	89
s003	c03	76
s004	c07	null
s005	c07	null
s006	c05	70

试用 SQL 语句完成下列查询：

（1）查询计算机网络教研室承担的课程的课程号和课程名。

（2）查询 c05 课程的选课人数。

（3）查询每个学生的学号、姓名和选课数目。

（4）查询选择了 2～4 门课程的学生的学号和选课数目。

（5）查询没有成绩的学生的学号和姓名。

（6）将选择了三门以上课程的学生的记录删除。

第9章

视图

视图作为一种数据库对象，为用户提供了一种检索数据表数据的方式。用户通过视图来浏览数据表中感兴趣的部分或者全部数据，而数据的物理存放位置仍然在表中。本章将介绍视图的概念，以及创建、修改和删除视图的方法。

9.1 视图简介

9.1.1 视图的概念

关系数据库中的视图由概念数据库发展而来，是有若干基于映像语句而构筑成的表，因而是一种导出的表。这种表本身不存在于数据库中，在库中只是保留其构造定义（即映像语句）。只有在实际操作时，才将它与操作语句结合转化为对基本表的操作，因此视图是一个虚拟表，并不表示任何物理数据，只是用来查看数据的窗口而已。视图与真正的表很类似，也是由一组命名的列和数据行所组成，其内容由查询所定义。

但是视图并不是以一组数据的形式存储在数据库中，数据库中只存放视图的定义，而不存放视图对应的数据，这些数据仍存放在导出视图的基本表中。当基本表中的数据发生变化时，从视图中查询出来的数据也随之改变。

视图中的数据行和列都来自于基本表中，是在视图被引用时动态生成的。使用视图可以集中、简化和定制用户的数据库显示，用户可以通过视图来访问数据，而不必直接去访问该视图的基本表。

视图由视图名和视图定义两部分组成。视图是从一个或几个表导出的表，它实际上是一个查询结果，视图的名字和视图对应的查询存放在数据字典中。例如，学生管理数据库中的学生表，用于存储学生的基本信息，现在想知道有关学生的学号、姓名、专业的信息，可以在学生表基础上定义一个"表"，在数据库中只保存该"表"的定义，数据仍然保存在学生表中。这个"表"就是视图。在用户看来，视图就是从用户关心的数据的角度去看一个实际的基本表。

9.1.2 视图的类型

在 SQL Server 2005 中，可创建三种类型的视图：

1．标准视图

标准视图将来自一个或多个基表的数据合并到一个新的虚拟表中。但是，创建过程只存储标准视图的定义，而不会存储视图引用的数据行。每当引用视图时，数据库引擎为视图动态创建数据。

标准视图的常见示例有：

（1）基表的行或列的一个子集。

（2）两个或多个基表的联合。

（3）两个或多个基表的联接。

（4）基表的统计汇总。

（5）另一个视图的一个子集，或者多个视图和基表的某种组合。

2．索引视图

索引视图是已经具体化的视图，它已经过计算并已存储。对视图进行索引的方法是对视图创建一个唯一聚集索引，索引视图可以提高某些类型的查询性能。索引视图最适合于聚集多行的查询，但是不适合于更新操作频繁的基表。

3．分区视图

分区视图将来自一个或多个服务器上的一个或多个基表的已分区数据进行横向联接，这样使得来自多个基表的数据表现为好像来自一个表。联接同一个 SQL Server 实例的多个成员表的视图称为本地分区视图。如果视图联接来自多个服务器上的表中的数据，则称为分布式分区视图。

9.1.3 视图的作用

为了使用户能够更方便地从数据库中查询数据，大多数数据库实现都包含视图。视图的作用如下：

（1）可以满足不同用户的需求，使用户可以从多角度看待同一数据。不同的用户对数据库中的数据有不同的需求。一张基本表可能有很多属性列，利用视图可以把用户感兴趣的属性列集中起来放在一个视图中，此后用户可以将视图作为一张表来查询其数据。

（2）可以简化用户的数据读取操作。查询数据时，通常要用查询语句编写复杂的连接条件，统计函数，自定义函数等，以查询出用户期待的结果。使用视图可以将这种复杂性"透明化"。可以将经常用到的复杂查询的语句定义为视图，不必每次查询都写上复杂的查询条件，简化了查询的操作。

（3）保证了基本表数据和应用程序的逻辑独立性。当应用程序通过视图访问数据时，视图实际上成为应用程序和基本表数据之间的桥梁。如果应用程序直接调用基本表，则一旦基本表的结构发生变化时，应用程序必须随之改动。而通过视图访问数据，则可以通过改变视图来适应基本表的变化，使应用程序不必做改变，从而保证了基本表数据和应用程序的逻辑独立性。例如，查询只依赖于视图的定义。当构成视图的基本表要修改时，只需修改视图定义中的子查询部分,而基于视图的查询不用改变。

(4)可以对数据提供安全保护。利用视图可以限制数据访问。如果某用户需要访问表中的某些列,而另一些属性列必须对该用户保密,则可以利用视图达到此目的,视图建立在该用户需要访问的那些列上。例如,某系教师只能访问本系的教师视图,无法访问其他系教师的数据。

9.2　视图的创建与维护

9.2.1　视图创建的要求

创建视图时应注意以下几个问题:

(1)只能在当前数据库中创建视图。

(2)视图名称必须遵循标识符规则,并且必须与数据库中的任何其他视图名或表名不同。

(3)可基于其他视图构建视图。嵌套不能超过 32 层,但是也可能受到可用内存的限制。

(4)视图最多可包含 1024 列。

(5)以下情况必须指定列名:

- 视图的任何一列是从算术表达式、内置函数或常量派生的。
- 将进行联接的表中有同名的列。

(6)不能创建临时视图,也不能基于临时表创建视图。

(7)不能在定义视图的查询中包含 COMPUTER、COMPUTER BY 子句或 INTO 关键字。

(8)不能在定义视图的查询中包含 ORDER BY 子句。

9.2.2　视图的创建

SQL Server 2005 中提供了几种创建视图的方法:使用管理平台,使用 Transact-SQL 语句,使用视图创建向导程序,下面介绍使用管理平台和使用 Transact-SQL 语句创建视图的方法。

1. 使用管理平台创建视图

使用管理平台创建视图的方法如下:

(1)在"对象资源管理器"中依次展开"服务器"→"数据库"→"视图"节点,如图 9.1 所示。

(2)右击"视图"节点,在弹出的快捷菜单中选择"新建视图"命令,打开一个名为"添加表"的对话框,选择创建视图的基表或另外的视图,单击"添加"按钮。在空白处出现了添加的内容后,单击"关闭"按钮,如图 9.2 所示。

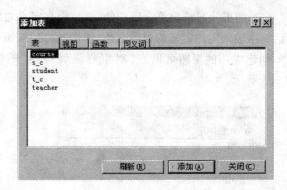

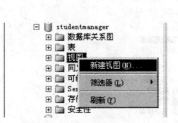

图 9.1 新建视图　　　　　　　　　　图 9.2 "添加表"对话框

（3）返回到"视图"窗口中，如果基表或者另外的视图选择完成，则基表的结构出现在视图创建/修改窗口的数据表显示区。在表中选择需要在视图中显示的列，此时在窗口下边的视图定义列显示表格中和 T-SQL 语句区中也会相应地出现所选择的列和相应的语句。如需加入限制条件、统计函数或者计算列，可以手动在 T-SQL 语句区输入，如图 9.3 所示。

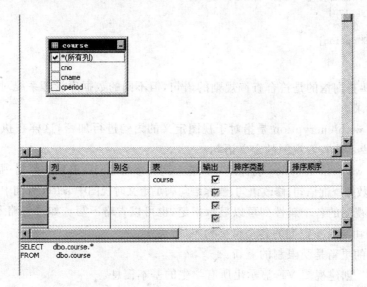

图 9.3 添加列

（4）单击"执行"按钮，运行所定义的视图，则 T-SQL 语句的执行结果将显示出该视图的查询结果，如图 9.4 所示。

cno	cname	cperiod
0001	大学英语	240
0002	高等数学	120
0003	数据库原理与…	60
0004	数据结构	60
*	NULL	NULL

图 9.4 执行结果

（5）如果执行结果符合用户的需求，则在定义之后单击"保存"按钮，在出现的"选择名称"对话框中输入用户定义的视图名称，单击"确定"按钮，完成视图的定义操作，如图 9.5 所示。

创建成功的视图可以在"对象资源管理器"的视图目录下看到新定义的视图名称，如图 9.6 所示。

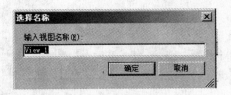

图 9.5　保存视图　　　　　　　　　　图 9.6　视图查看

2. 使用 T-SQL 语句创建视图

创建视图可以使用 T-SQL 语句来实现，其语法格式如下：

```
Create view <视图名>[(<列名> [,<列名>]…)]
[with encryption]
As < select 查询>
[with check option]
```

说明：

（1）select 查询指的是符合查询规则的语句，但不同的数据库管理系统对于查询的格式会有不同的要求。

（2）选项 with encryption 是指对于视图定义的语句进行加密，这样在执行了创建视图的语句后，用户不能查看视图的定义语句。

（3）选项 with check option 确保用户只能查询和修改他们所看到的数据，强制所有在视图基础上使用的数据查询语句、修改语句、删除语句满足定义时视图中 select 查询中的查询条件。

（4）组成视图的各个属性列可以显示指定，也可以省略不写。如果省略不写，则组成视图的各属性列由 select 查询的各个目标列组成。

（5）视图的更新是受限制的更新。

【例 9.1】　创建视图 V1，显示出所有学生的基本信息。

语句：

```
Create view v1
As
Select sno,sname,sex,age
From student
```

结果：

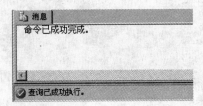

查看视图内容：

方法一：

```
Select * from v1
```

结果：

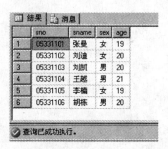

方法二：

```
Create view v1
As
Select * from student
```

方法三：

```
Create view v1(学号,姓名,性别,年龄)
As
Select sno,sname,sex,age
From student
```

说明：视图 V1 为基于单个基本表的视图的创建。

【例 9.2】 创建视图 V2,显示出学生的选课信息,包括学生的学号,姓名,选择课程的课程名,选择课程的成绩。

语句：

```
Create view v2(学号,姓名,课程名,成绩)
As
Select student.sno,sname,cname,grade
From student join s_c on(student.sno = s_c.sno)
    Join course on(course.cno = s_c.cno)
```

查看视图内容：

```
Select * from v2
```

结果：

	学号	姓名	课程名	成绩
1	05331101	张曼	大学英语	95
2	05331101	张曼	高等数学	98
3	05331101	张曼	数据库原理与应用	89
4	05331102	刘迪	大学英语	93
5	05331102	刘迪	高等数学	99
6	05331102	刘迪	数据库原理与应用	95
7	05331103	刘凯	大学英语	84
8	05331103	刘凯	高等数学	80
9	05331103	刘凯	数据库原理与应用	94

查询已成功执行。

说明：视图 V2 是基于多个基本表的视图的创建。

【例 9.3】　创建视图 V3，显示所有女同学的基本信息。

语句：

```
Create view v3
As
Select sex ,sno,sname,age
From v1
Where sex = '女'
```

查看视图内容：

```
Select * from v3
```

结果：

说明：视图 V3 是在视图的基础上创建的一个新的视图。

【例 9.4】　创建视图 V4，显示出学生的选课信息，包括学生的学号、姓名，选择课程的课程名，该门课程的授课教师名，选择课程的成绩。

语句：

```
Create view v4
As
Select 学号,姓名,课程名,tname '教师名',成绩
From v2,teacher,s_c,t_c
Where s_c.cno = t_c.cno and teacher.tno = t_c.tno and v2.学号 = s_c.sno
```

查看视图内容：

```
Select * from v4
```

结果：

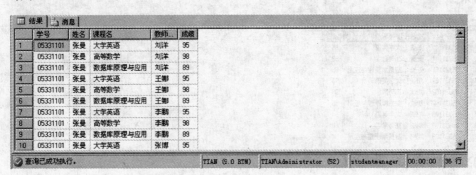

说明：视图 V4 是在基本表和视图的基础上创建的视图。

【例 9.5】　创建视图 V5，显示每个学生的平均成绩。

语句：

```
Create view v5
As
Select student. sno, sname, avg(grade)
From student, s_c
Where student. sno = s_c. sno
Group by student. sno, sname
```

注意：以上语句创建的时候出现了问题：

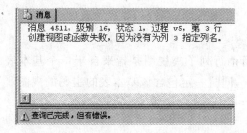

问题出现在加粗的部分，因为平均值计算是通过统计计算的值，所以需要给这样的列定义别名。可以做如下修改：

```
Create view v5(学号,姓名,平均成绩)
As
Select student. sno, sname, avg(grade)
From student, s_c
Where student. sno = s_c. sno
Group by student. sno, sname
```

查看视图内容：

```
Select * from v5
```

结果：

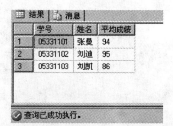

说明：视图 V5 是包含分组的视图的创建。

【例 9.6】　创建视图 V6，显示课程的课程号，课程名，课时。

语句：

```
Create view v6
As
```

```
Select cno,cname,cperiod
From course
```

查看视图内容：

```
Select * from v6
```

结果：

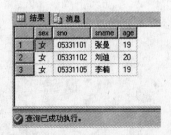

说明：视图 V6 是行列子集视图的创建。所谓行列子集视图是指来自于单个基本表的内容，且选择显示的是基本表内的全部或部分列，同时一定包含该基本表的主码的视图。

9.2.3 视图的使用

视图定义以后，用户便可以像查询基本表一样查询视图。视图的查询总是转换为对它所依赖的基本表的等价查询。

【例 9.7】 查询年龄在 19～20 岁之间所有女同学的基本信息。

语句：

```
Select * from v3
Where age between 19 and 20
```

结果：

说明：该查询等价于对于基本表 student 的查询。

```
Select * from v3
Where age between 19 and 20
      and sex = '女'
```

【例 9.8】 查询平均成绩在 80 分以上的学生的学号、姓名和平均成绩。

语句：

```
Select * from v5
Where 平均成绩> 80
```

结果：

	学号	姓名	平均成绩
1	05331101	张曼	94
2	05331102	刘迪	95
3	05331103	刘凯	86

查询已成功执行。

9.2.4 视图的修改

如果需要修改视图，可以使用"SQL Server 管理平台"或者执行 T-SQL 语句进行。

1. 使用"SQL Server 管理平台"修改视图

打开"对象资源管理器"中的视图设计器工具或使用 alter view 语句可以更改视图的定义。可以修改视图中包括的表和列、更改列关系、限制视图返回哪些行，以及修改用于生成视图的列别名和排序顺序之类的选项。

2. 使用 T-SQL 语句修改视图

可以使用 Alter view 语句修改视图的定义，但不会影响相关的存储过程或触发器，这允许保留对视图的权限。

Alter view 语句的语法如下：

```
Alter view <视图名>[(<列名> [,<列名>]…)]
[with encryption]
As < select 查询>
[with check option]
```

【例 9.9】 修改视图 V4，为其增加一列教师号。

语句：

```
Alter view v4
As
Select 学号,姓名,课程名,teacher.tno '教师号',tname '教师名',成绩
From v2,teacher,s_c,t_c
Where s_c.cno = t_c.cno and teacher.tno = t_c.tno and v2.学号 = s_c.sno
```

查看视图内容：

```
Select * from v4
```

结果：

	学号	姓名	课程名	教师号	教师名	成绩
1	05331101	张曼	大学英语	0001	刘洋	95
2	05331101	张曼	高等数学	0001	刘洋	98
3	05331101	张曼	数据库原理与应用	0001	刘洋	89
4	05331101	张曼	大学英语	0002	王卿	95
5	05331101	张曼	高等数学	0002	王卿	98
6	05331101	张曼	数据库原理与应用	0002	王卿	89
7	05331101	张曼	大学英语	0003	李鹏	95
8	05331101	张曼	高等数学	0003	李鹏	98
9	05331101	张曼	数据库原理与应用	0003	李鹏	89
10	05331101	张曼	大学英语	0004	张博	95

查询已成功执行。　　　　　TIAN (9.0 RTM)　TIAN\Administrator (52)　studentmanager　00:00:00　36 行

说明：请注意与例 9.4 的结果相比较，多了一个修改后的列——教师号。

9.2.5　视图的删除

如果需要删除视图，可以使用"SQL Server 管理平台"或者执行 T-SQL 语句进行。

1. 使用"SQL Server 管理平台"删除视图

删除视图将同时删除视图定义以及分配给它的所有权限。而且，如果用户查询任何引用已删除视图的视图，则他们将收到错误消息。但是，删除视图所依赖的基础表不会自动删除视图，必须单独地手动删除视图。

可在"对象资源管理器"中选择要删除的视图名称右击，从弹出的快捷菜单中选择"删除"命令，出现"删除对象"窗口。单击"确定"按钮，完成视图的删除操作。

同时，在"删除对象"窗口中单击"显示依赖关系"按钮显示对象的相关性。如果某视图在另一视图定义中被引用，当删除该视图后，如果调用另一个视图，则会出现错误提示。

2. 使用 T-SQL 语句删除视图

使用数据定义语句删除视图，其语法如下：

Drop view <视图名>

【例 9.10】　删除视图 V1。

语句：

Drop view v1

结果：

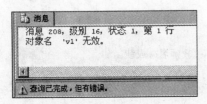

说明：视图 V1 的定义结构将从当前数据库中删除，当对视图再次执行查询之后，将显示上图所示的结果。

9.2.6　视图的加密

要保护定义视图的逻辑，可在创建视图或修改视图语句中指定 with emcryption 选项，该定义文本加密存储于 sys. syscomments 系统表中，因此无法读取。

注意，创建加密视图之前，应总是在某个安全位置存储创建视图或修改视图语句的副本；否则，如果以后需要修改该视图的定义，则无法访问到该定义。

【例 9.11】　重新创建视图 V1，显示出所有学生的基本信息，同时给定义过程加密。

语句：

```
Create view v1
with encryption
As
Select sno,sname,sex,age
From student
```

结果：

说明：已经加密的视图创建过程，对于创建者也是加密的，再次执行对于视图定义内容的查询，将显示上图所示的结果。

9.3 通过视图修改表数据

视图并不保留单独的数据副本，它显示的是对一个或多个基表的查询的结果集。因此，每当在视图中修改数据的时候，实际上是在修改相应基表的数据内容。在某些限制下，可以通过视图任意录入、更新或删除表数据。

1. 在视图中修改数据的限制

（1）任何修改必须只引用一个基表中的列（修改包括 update、insert 和 delete 语句）。

（2）被修改的任何列必须直接引用表列中的底层数据。这些数据不能以任何其他方式派生，必须从聚合函数或使用其他列的计算派生。

（3）被修改的任何列不能受到 group by、having 或 distinct 子句的影响。

【例 9.12】 将一个学生的记录删除。

语句：

```
Delete from v1
Where sno = '05331101'
```

结果：

【例 9.13】 将每个学生的平均成绩都修改为 85 分。

语句：

```
Update V5
Set 平均成绩 = 85
```

结果：

说明：因为这是平均成绩经过统计计算的值，数据库管理系统不知道这样的修改是针对哪个表的哪个数据的更新，所以无法执行该更新操作。

2. 使用 with check option 将更新限制在视图范围

如果在视图定义中使用了 with check option 子句，则对视图执行的所有数据修改语句必须符合在定义该视图的 select 语句中设置的条件。如果使用了该子句，则对行的修改不能成功。造成这种情况出现的任何修改都将被取消，并且显示错误。

【例 9.14】 创建视图 V7，显示出所有职称为"讲师"的教师的基本信息；同时加以检查约束，当更新视图内容时，进行检查。

语句：

```
Create view v7
As
Select titleposition,tno,tname
From teacher
Where titleposition = '讲师'
With check option
```

查看视图内容：

```
Select * from v7
```

结果：

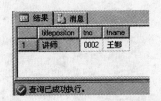

验证：当更新视图 V7，录入一条教师的记录时，将同时为这个教师增加上职称的级别。

```
Insert into V7(tno,tname) values ('0005','杨丽')
```

结果：

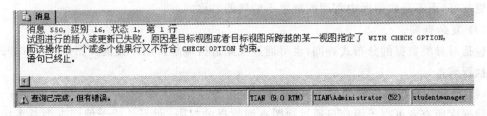

Insert into V7(tno,tname,titleposition) values ('0005','杨丽',' 讲师')

结果：

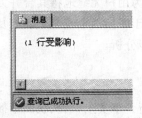

Select * from v7

结果：

说明：视图 V7 是带有 with check option 视图的创建。主要实现了对于视图执行录入数据，更新数据，删除数据时的检查约束，约束的条件就是子查询中的选择条件。在上例中，条件即为"职称为讲师"。

9.4 使用视图的优点和缺点

1. 视图的优点

视图提供了以下优点：

（1）为用户集中数据。

视图创建了一个受控环境，它允许对特定数据的访问，同时又隐藏其他数据。非必要的、敏感的或不合适的数据可以从视图中排除。用户可以像处理表中的数据一样处理视图中的数据的显示。此外，通过恰当的权限和多种限制，用户可修改视图所生成的数据。

（2）掩盖数据库复杂性。

视图对用户隐藏了数据库设计的复杂性，这使开发人员能够更改设计但又不影响用户与数据库的交互。此外,因为可以用更易于理解的名称来创建视图,因此呈现给用户的数据名称更友好,而不是数据库中常用的意思不精确的名称。

（3）复杂查询。

包括对异类数据的分布式查询,也可通过视图进行掩蔽。用户查询视图,而不是编写查询或执行脚本。

（4）简化用户权限的管理。

数据库所有者可授予用户只通过视图查询数据的权限,而不是授予他们查询基表中特定列的权限,这也可防止对底层基表的设计进行更改。用户可继续查询视图,而不会被中断,从而提高性能。视图允许存储复杂查询的结果,其他查询可使用这些汇总结果。视图还允许对数据进行分区,可将各个分区放置在不同的计算机上,并为用户无缝地将其合并为一体。视图组织数据以便于能够导出到其他应用程序。可创建基于联接两个或多个表的复杂查询的视图,然后将数据导出到另一个应用程序以便进行进一步分析。

2. 使用视图的缺点

当更新视图中的数据时,实际上是对基本表的数据进行更新。事实上,当从视图中插入或者删除时,情况也是这样。然而,某些视图是不能更新数据的,这些视图有如下的特征:

- 有集合操作符的视图。
- 有分组子句的视图。
- 有集合函数的视图。
- 连接表的视图。

3. 视图的性能注意事项

每次访问视图时,SQL Server 都会对一个或多个表执行查询语句为视图检索到数据,因此创建标准视图时,存在固有的性能开销,而且如果视图是嵌套的,此开销还将增加。

通过查看视图定义以了解该视图是否依赖于表或视图可轻松确定视图是否嵌套。嵌套视图时必须小心,不要意外引入较长的嵌套视图链,长嵌套视图链将明显影响查询性能。

要评估视图性能以及识别加密嵌套视图所执行的操作,可以使用 SQL Server Profiler。

本章小结

本章主要介绍了一种虚拟表的相关内容,这个虚拟表就是视图。学习本章内容,读者应该深入理解视图的含义及优点,掌握创建、修改和维护视图的各种方法,了解并掌握如何对用户自定义的视图执行简单的创建加密过程。综合以上内容,学会在得知用户的需求时,分析在哪些数据表的基础上创建视图,以优化查询操作。

本章重点内容是要掌握视图跟基本表之间的联系,通过对于视图的操作对基本表数据有哪些影响,如何具体实现这种影响。

习题 9

1．视图和基本表的区别与联系是什么？

2．是否所有的视图都可以更新？请举例说明。

3．说明视图的优点和缺点。

4．是否可以在视图 1 的基础上创建视图 2？删除视图 1 的时候对视图 2 有什么影响？

第10章

存储过程

10.1 存储过程的概述

在数据库的开发中,可能会遇到这样的情况:

(1) 编好的 SQL 查询代码可以被其他开发人员或者程序调用以提高开发效率。

(2) 出于安全考虑,需要对用户隐藏表的细节,但又要让用户可以操作数据。

(3) 客户端程序中冗长的 SQL 查询代码运行的时候占用带宽,效率低下,希望把这些代码转移到 SQL Server 服务器上去存储和执行,并且预先编译好以提高执行效率。

SQL Server 中提供的存储过程可以很好地解决上面这些问题。

10.1.1 存储过程的概念

存储过程是一组可编译为单个执行计划的 Transact-SQL 语句集合,它提供了一种封装任务的方法,并具有强大的编程功能,可帮助开发人员实现跨应用程序的逻辑一致性。

存储过程的主体是标准的 SQL 命令,同时包括 T-SQL 的语句块、结构控制命令、变量、常量、运算符、表达式和流程控制语句等内容。

10.1.2 存储过程的分类

存储过程有以下几种类型:系统存储过程、用户自定义的存储过程、临时存储过程和远程存储过程。

系统存储过程是由 SQL Server 提供的过程,可以作为命令直接执行。系统存储过程还可以作为模板存储过程,指导用户如果编写有效的存储过程。系统存储过程的前缀为 sp_。系统存储过程可以在任意一个数据库中执行。

用户自定义的存储过程是用户创建的存储过程,一般存放在用户建立的数据库中。其名称前面一般不加 sp_前缀,可以在管理平台和应用程序中调用,以完成特定的任务。

临时存储过程属于用户存储过程,如果用户存储过程前面加上符号♯,则该存储过程称为局部临时存储过程,只能在一个用户会话中使用。如果用户存储过程前面加上符号♯♯,则该过程称为全局存储过程,可以在所有用户会话中使用。

远程存储过程是指从远程服务器上调用的存储过程,或者是从连接到另外一个服务器上的客户端上调用的存储过程,是非本地服务器上的存储过程。

10.1.3　存储过程的优点

存储过程具有很多优点,这些优点是仅仅使用 T-SQL 代码查询所不能比拟的。这些优点包括:

(1) 允许模块化程序设计,封装业务功能并创建可重用的应用程序逻辑。封装在存储过程中的业务规则或策略可在单点位置上更改。所有客户端可使用相同的存储过程,以确保一致的数据访问和修改。

(2) 防止用户暴露数据库中表的细节。如果一组存储过程支持用户需要执行的所有业务功能,则用户再也无需直接访问表。

(3) 提供安全特性和所有权链接。即使用户无权访问存储过程所引用的表或视图,仍可以授予他们执行存储过程的权限。

(4) 提高性能。存储过程将多个任务实现为一系列 T-SQL 语句。条件逻辑可应用于第一条 T-SQL 语句的结果,以确定随后执行哪条 T-SQL 语句。所有这些语句和条件逻辑成为服务器上单个执行计划的一部分。

(5) 减少网络通信流量。用户只需发送单条语句即可执行复杂操作,而不是通过网络发送数百条 T-SQL 语句,从而减少了客户端和服务器之间传递的请求数。

(6) 可以强制应用程序的安全性,降低受到 SQL 注入式攻击的危险。在 SQL 代码中使用显式定义的参数避免了黑客可能在参数值中提交嵌入式 SQL 语句的可能性。

10.2　存储过程的实现

10.2.1　存储过程的创建规范

创建存储过程时应考虑以下规范:

(1) 用相应的架构名称限定存储过程所引用的对象名称,从而确保从存储过程中访问来自不同架构的表、视图或其他对象。如果被引用的对象名称未加限定,则默认情况下将搜索存储过程的架构。

(2) 设计每个存储过程以完成单项任务。

(3) 在服务器上创建、测试存储过程,并对其进行故障诊断,然后在客户端上进行测试。

(4) 命名本地存储过程时应避免使用 sp_前缀,以便易于区分系统存储过程。在本地数据库中避免对存储过程使用 sp_前缀的另一个原因是避免对 master 数据库进行不必要的搜索。当调用名称以 sp_开头的存储过程时,SQL Server 先搜索 master 数据库,然后再搜索本地数据库。

(5) 尽量减少临时存储过程的使用,以避免对 tempdb 中系统表的争用,这种情况可能对性能有不利的影响。

10.2.2　存储过程的创建

在 SQL Server 2005 中创建存储过程主要有两种方法:使用管理平台或 T-SQL 命令。

1. 使用管理平台中的菜单命令创建存储过程

(1) 启动管理平台，在“对象资源管理器”中展开“服务器”→“数据库”节点。

(2) 选择要创建存储过程的数据库，展开“可编程性”节点，右击“存储过程”节点，在弹出的快捷菜单中选择“新建存储过程”命令，如图 10.1 所示。

studentmanager
数据库关系图
表
视图
同义词
可编程性
新建存储过程(N)...
筛选器(L)
刷新(F)
规则
默认值
Service Broker
存储
安全性

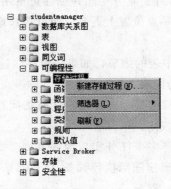

图 10.1 新建存储过程

(3) 可打开新建存储过程模板，如图 10.2 所示。

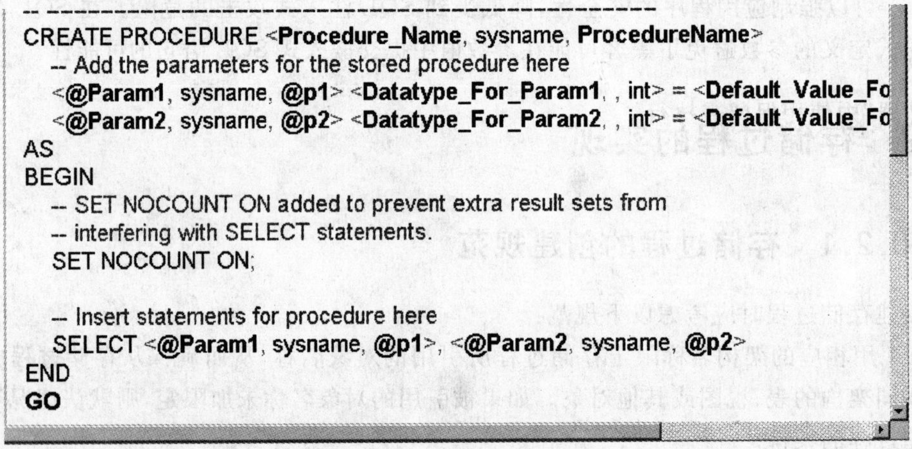

CREATE PROCEDURE <Procedure_Name, sysname, ProcedureName>
-- Add the parameters for the stored procedure here
<@Param1, sysname, @p1> <Datatype_For_Param1, , int> = <Default_Value_Fo
<@Param2, sysname, @p2> <Datatype_For_Param2, , int> = <Default_Value_Fo
AS
BEGIN
-- SET NOCOUNT ON added to prevent extra result sets from
-- interfering with SELECT statements.
SET NOCOUNT ON;
-- Insert statements for procedure here
SELECT <@Param1, sysname, @p1>, <@Param2, sysname, @p2>
END
GO

图 10.2 新建存储过程模板

2. 使用 T-SQL 命令创建存储过程

利用 T-SQL 命令创建存储过程的语法结构如下：

```
Create procedure/proc 存储过程名
    [@参数 1  数据类型 1 [ = 默认值数值 1] [output],]
    [@参数 2  数据类型 2 [ = 默认值数值 2] [output],][,…]
    [with recompile | encryption | recompile, encryption]
    As < SQL 语句块>
```

其中部分参数含义如下：

- 每个存储过程最多可有 1024 个参数。

- 参数的默认值可以为常量、NULL 或包含通配符的字符串。
- output 表明该参数为一个输出参数，当执行存储过程的时候作为返回值，但是该参数不能是 TEXT 类型。
- 选项 with recompile 使得每次执行存储过程时重新编译，产生新的执行计划。
- 选项 with encryption 将 syscomments 表中的存储过程文本进行加密，使用户不能利用 sp_helptext 查看存储过程内容。

10.2.3　存储过程的执行

1. 存储过程的编译

首次运行存储过程时，SQL Server 编译并检验其中的程序，如果发现错误，系统将拒绝运行此存储过程。编译成功将创建一份执行计划，执行计划包括存储过程所需的表的索引，执行计划保留在缓存中，用于后续执行时完成存储过程的查询任务，提高执行速度。

当出现下面两种情况时，存储过程被重新编译：

（1）当 SQL Server 服务重新启动，或存储过程第一次被执行时。

（2）当存储过程被修改，或其引用的表索引被删除，或执行计划被重新创建。

2. 存储过程的执行

可以在 SQL 编译器中使用 T-SQL 命令 execute/exec 执行存储过程，也可以在"对象资源管理器"中使用保留来执行。

（1）使用管理平台执行存储过程。

① 在"对象资源管理器"中展开"服务器"→"数据库"节点。

② 选择要执行存储过程的数据库，展开"可编程性"→"存储过程"节点，选择需执行的存储过程右击，从弹出的快捷菜单中选择"执行存储过程"命令，如图 10.3 所示。

③ 选择"执行存储过程"命令后出现参数指定的窗口，为每个输入参数指定实际值，输出参数可以不指定值。当被执行的存储过程无参数时，该窗口中的参数项均为空。单击"确定"按钮后，在SQL 编辑器中自动生成执行代码，显示执行结果。如果存储过程正常执行，则存储过程返回值为 0，如图 10.4 所示。

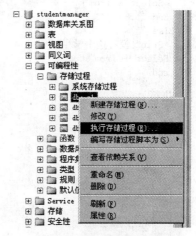

图 10.3　执行存储过程

（2）使用 T-SQL 命令执行存储过程。

Execute/exec 存储过程名[@参数 1 = 默认值数值 1] [output],]
　　　　　　　　　　[@参数 2 = 默认值数值 2] [output],][, …]

【例 10.1】　创建存储过程 P1，其功能为如果存在学号为"05331103"的学生的记录的话，就将这个学生的基本信息及其选课信息删除。如果这个学生不存在，则显示出"没有这个学生！"。

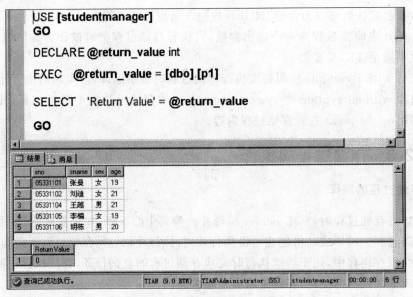

图 10.4　执行存储过程结果

语句：

```
Create proc p1
As
begin
If exists(select * from student where sno = '05331103')
 Begin
  Delete from student where sno = '05331103'
  Delete from s_c where sno = '05331103'
  Select * from s_c
End
Else
  Print'没有这个学生！'
 Select * from student
 end
```

执行：

```
Exec p1
```

结果：

说明：不带参数的存储过程的创建过程。

10.2.4 存储过程的参数

如果将参数作为过程定义的一部分包含在存储过程内，则存储过程将更为灵活，因此可创建更通用的应用程序逻辑。

SQL Server 2005 中存储过程的参数包括输入参数和输出参数。

1. 输入参数

用来在调用存储过程时，将实际参数的值传给对应的形式参数，并以此值参与存储过程中的数据处理。输入参数是在过程名之后、AS 关键字之前定义的。

【例 10.2】 根据用户输入的教师的教师号，检查这个教师是否存在，如果存在，显示出这个教师的基本信息；如果不存在，则向系统录入这个教师的信息，同时录入这个教师的授课信息。

语句：

```
Create proc P2 @tno varchar(4),@tname varchar(10),
            @titleposition varchar(10),@cno varchar(4)
As
Begin
If exists(select * from teacher where tno = @tno)
   Select * from teacher where tno = @tno
Else
  Begin
   Insert into teacher values(@tno,@tname,@titleposition)
   begin
   Select tno '教师号',tname '教师名',
       case titleposition
       when '教授' then '高级职称'
       when '副教授' then '高级职称'
       when '讲师' then '中级职称'
       when '助教' then '初级职称'
       end   as '职称类型'
   From teacher
   end
  Insert into t_c values(@tno,@cno)
  End
  Select * from t_c
end
```

将实参值传给存储过程的形参有以下几种方法：

（1）执行存储过程时直接传值。

【例 10.3】 直接传值。

执行：

```
exec p2 '0006','张林丽','讲师','0003'
```

结果：

	tno	tname	titleposition
1	0006	张林丽	讲师

	tno	cno
1	0001	0001
2	0002	0002
3	0003	0003
4	0004	0003
5	0006	0003

查询已成功执行。

（2）利用局部变量传值。

【例 10.4】 利用局部变量传值。

执行：

```
Declare @tno varchar(4),@tname varchar(10)
Declare @titleposition varchar(10),@cno varchar(4)
Set @tno = '0007'
Set @tname = '刘洋'
Set @titleposition = '副教授'
Set @cno = '0004'
Exec p2 @tno,@tname,@titleposition,@cno
```

结果：

	教师号	教师...	职称类型
1	0001	刘洋	初级职称
2	0002	王娜	中级职称
3	0003	李鹏	高级职称
4	0004	张博	高级职称
5	0005	杨丽	中级职称
6	0006	张林...	中级职称
7	0007	刘洋	高级职称

	tno	cno
1	0001	0001
2	0002	0002
3	0003	0003
4	0004	0003
5	0006	0003
6	0007	0004

查询已成功执行。

（3）使用形参名进行传值。

【例 10.5】 利用形参名传值。

执行：

```
Exec p2 @tno = '0008',@tname = '杨林',
        @titleposition = '助教',@cno = '0003'
```

结果：

（4）提供参数默认值的方式传值。

【例10.6】 根据用户录入的学生的学号进行判断，如果这个学生存在，将学生的年龄更新为21岁；如果不存在，则显示"更新无法实现"，其中学号默认为"05331102"。

语句：

```
Create proc P3@sno varchar(10) = '05331102'
As
Begin
If exists(select * from student where sno = @sno)
 begin
   Update student
     Set age = 21   where sno = @sno
   select * from student where sno = @sno
   end
Else
   Print '更新无法实现'
end
```

执行：

```
Exec p3
```

结果：

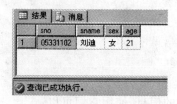

2. 输出参数和返回值

通过使用输出参数和返回值，存储过程可将信息返回给进行调用的存储过程或客户端。

要在 T-SQL 中使用输出参数，必须在创建存储过程和执行存储过程的语句中同时指定 output 关键字。如果在执行存储过程时省略了 output 关键字，则存储过程仍将执行，但是不会返回修改的值。

【例 10.7】 根据用户输入的课程的课程号，将该门课程的学时增加 1 分，并将修改后的学时输出。

语句：

```
Create proc p4 @cno varchar(4),@cperiod int output
As
Begin
  If exists(select * from course where cno = @cno)
   Update course
    Set cperiod = cperiod + 1
    Where cno = @cno
    select @cperiod = cperiod from course
         Where cno = @cno
   print @cno + '课程的学时为:'
   print @cperiod
end
```

执行：

```
Declare @cno varchar(4),@cperiod int
Set @cno = '0003'
Exec p4 @cno,@cperiod output
```

结果：

```
(1 行受影响)
0003课程的学时为:
61
```
查询已成功执行.

说明：还可以使用 RETURN 语句从存储过程中返回信息。此方法的限制性比使用输出参数更强，因为它仅返回单个整数值。RETURN 参数常用于从过程中返回状态结果或错误代码。

10.3　存储过程的查看

有几种系统存储过程和目录视图可提供有关存储过程的信息，使用它们可以：

（1）查看存储过程的定义。即查看用于创建存储过程的 T-SQL 语句。这对于没有用于创建存储过程的 T-SQL 脚本文件的用户是很有用的。

（2）获得有关存储过程的信息（如存储过程的架构、创建时间及其参数）。

（3）列出指定存储过程所使用的对象及使用指定存储过程的过程。此信息可用来识别那些受数据库中某个对象的更改或删除影响的过程。

10.3.1　查看存储过程的定义

可以使用 sys. sql_modules、object_definition 和 sp_helptext。

【例 10.8】　查看存储过程 P1 的定义。

语句：

```
Exec sp_helptext p1
```

结果：

10.3.2　查看存储过程的信息

可以使用 sys. objects、sys. procedures、sys. parameters、sys. numbered_procedures、sys. numbered_procedure_parameters 和 sp_help。

【例 10.9】　查看存储过程的基本信息。

语句：

```
select * from sys.procedures
   where name = 'p1'
```

结果：

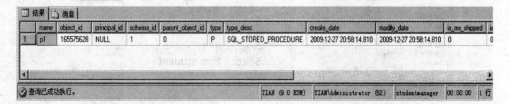

10.3.3 查看存储过程的依赖关系

可以使用 sys. sql_dependencies、sp_depends。

【例 10.10】 查看存储过程 P3 的依赖关系。

语句：

Exec sp_depends p3

结果：

	name	type	updated	selected	column
1	dbo.student	user table	no	yes	sno
2	dbo.student	user table	no	yes	sname
3	dbo.student	user table	no	yes	sex
4	dbo.student	user table	yes	yes	age

查询已成功执行。

说明：该存储过程依赖于表 student，执行什么样的操作都可以在结果的细节窗格中体现出来。

10.4 存储过程的修改

存储过程通常为了响应客户请求或者适应基础表定义中的更改而进行修改。

1. 使用管理平台修改存储过程

（1）在"对象资源管理器"中展开"服务器"→"数据库"节点。

（2）选择要修改存储过程的数据库，展开"可编程性"→"存储过程"节点，选择需要修改的存储过程右击，从弹出的快捷菜单中选择"修改"命令，如图 10.5 所示。

（3）用户可以在 SQL 编辑器中修改该存储过程，如图 10.6 所示。

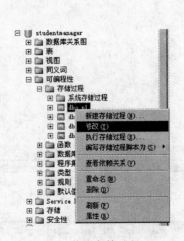

```
set ANSI_NULLS ON
set QUOTED_IDENTIFIER ON
go

ALTER proc [dbo].[p1]
  As
  begin
  If exists(select * from student where sno='05331110')
   Begin
    Delete from student where sno='05331110'
    Delete from s_c where sno=05331110
   Select * from s_c
  End
  Else
   Print'没有这个学生！'
  Select * from student
  end
```

图 10.5 修改存储过程　　　　　　图 10.6 修改存储过程界面

（4）修改完成后，单击工具栏上的"执行"按钮，如果没有出现错误，则存储过程修改完毕并保存，否则继续修改。

2. 使用 T-SQL 语句修改存储过程

若要修改现有存储过程并保留权限分配，应使用 alter procedure 语句。使用 alter procedure 修改存储过程时，SQL Server 将替换该存储过程以前的定义。

使用 alter procedure 语句时应注意以下问题：

（1）如果要修改使用选项创建的存储过程，则必须在 alter procedure 语句中包含该选项，以保留该选项所提供的功能。

（2）alter procedure 只更改单个过程。如果还要调用其他存储过程，则嵌套的存储过程不受影响。

10.5 存储过程的删除

若要从当前数据库中删除用户定义的存储过程，应使用 drop procedure 语句。

1. 使用管理平台删除存储过程

（1）在"对象资源管理器"中展开"服务器"→"数据库"节点。

（2）选择要删除存储过程的数据库，展开"可编程性"→"存储过程"节点，选择需删除的存储过程右击，在弹出的快捷菜单中选择"删除"命令，如图 10.7 所示。

（3）出现"删除对象"窗口，单击"确定"按钮，完成删除。

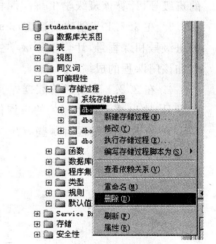

图 10.7 删除存储过程

2. 使用 T-SQL 语句删除存储过程

利用 drop procedure 命令删除存储过程，其语法结构如下：

drop procedure <存储过程名>

【例 10.11】 删除存储过程 p3。
语句：

Drop proc p3

说明：存储过程被删除后，其存储在 sysobjects 和 syscomments 视图中的定义也将被删除。

3. 注意事项

需要注意的是，在删除存储过程之前，应先执行 sp_depends 存储过程以确定是否有对象依赖于该存储过程。

本章小结

本章主要介绍了存储过程的创建和使用方法。存储过程是以后工程实践中使用非常频繁的一个知识点,所以本章是应用实践的重点。读者学习本章后,可以掌握如下技能:

(1) 存储过程的含义及分类。

(2) 存储过程的不同创建方法。在创建过程中应该熟练掌握没有任何参数的创建方法,带有输入参数的创建方法,带有输入和输出参数的创建方法,尤其可以深入理解输入参数和输出参数的具体使用方法。

(3) 熟练掌握存储过程的不同执行方法及维护方法。

习题 10

1. 什么是存储过程?存储过程分为哪几类?

2. 在 3.2.1 节创建的数据库 studentmanage 里,设计一个存储过程 P1,根据用户输入的班级号,计算该班级学生每门课程的平均分数。

3. 在 3.2.1 节创建的数据库 studentmanage 里,设计一个存储过程 P2,根据用户输入的班级号和课程号,计算该班级学生该门课程中获得最高成绩,最低成绩的学生的学号,姓名和该门课程的成绩。

4. 在 3.2.1 节创建的数据库 studentmanage 里,设计一个存储过程 P3,根据用户输入的学号,输出这个学生相关的选课信息。

5. 修改存储过程有哪些方法?

第11章

函数

Microsoft SQL Server 2005 系统支持两种函数类型：内置函数和用户定义函数。
系统内置函数包括如下几类：

- 聚合函数
- 数学函数
- 字符串函数
- 日期和时间函数
- 配置函数
- 游标函数
- 元数据函数
- 行集函数
- 安全性函数
- 系统函数

用户定义函数包括如下三种：

- 标量函数
- 内联表值函数
- 多语句表值函数

本章主要介绍上述各种内置函数和用户定义函数。

11.1 系统内置函数

在 SQL Server 2005 系统中，根据函数得到的结果是否确定，可以把内置函数分为确定
性函数和非确定性函数。所有的配置函数、游标函数、元数据函数、安全函数和系统统计函
数等都是非确定性函数。

如果对于一组特定的输入值，函数始终可以返回相同的结果，则这种函数就是确定性
的。例如，求平方根函数 SQRT(9)的结果始终是 3，因此该函数是确定性函数。但是，如果
对于一组特定的输入值，函数的结果可能会不同，则此种函数就是非确定性函数。例如，
GETDATE 函数用于返回当前系统的日期和时间，不同时间运行该函数都有不同的结果，
因此该函数是一种非确定性函数。只有确定性函数才可以在索引视图、索引计算列、持久化
计算列、用户定义的函数中调用。

下面介绍几种常用的内置函数。

11.1.1 聚合函数

聚合函数对一组值执行计算并返回单一的值。除 COUNT 函数之外,聚合函数忽略空值。聚合函数经常与 SELECT 语句的 GROUP BY 子句一同使用。所有聚合函数都具有确定性。任何时候用一组给定的输入值调用它们时,都返回相同的值。

仅在下列项中聚合函数允许作为表达式使用:

- SELECT 语句的选择列表(子查询或者外部查询)。
- COMPUTE 或 COMPUTE DY 子句。
- HAVING 子句。

聚合函数如表 11.1 所示。

表 11.1　聚合函数

聚 合 函 数	描　　述
COUNT（＊）	计算行的总数
COUNT()	表达式中值的数目
AVG	计算表达式中的平均值
SUM	计算表达式中所有值的和
MAX	表达式中的最大值
MIN	表达式中的最小值
STDEV	计算总体的偏差
STDEVP	计算样本的偏差
VAR	计算总体的方差
VARP	计算样本的方差

1. COUNT（＊）

返回组中项目的数量,包含空值。

【例 11.1】　统计作者(authors)表中记录的个数。

```
use pubs
select count( * ) from authors
```

2. COUNT()

返回所选中行的个数,不包含空值。

【例 11.2】　查询作者表中有多少个城市。

```
use pubs
select count(city) from authors
```

在例 11.2 中包含重复的城市,如果要去除重复的城市,则要使用 distinct。如要查询作

者表中有多少个不同的城市,代码如下:

```
use pubs
select count(distinct city) from authors
```

3. avg

返回组中值的平均值,空值将被忽略。

【例 11.3】 计算所有商业类书籍的平均预付款。

对检索到的所有行,每个聚合函数都生成一个单独的汇总值。

```
use pubs
select avg(advance)
from titles
where type = 'business'
```

4. sum

返回组中值的求和值,空值将被忽略。

【例 11.4】 计算所有商业类书籍的平均预付款和本年度迄今为止的销售额。

```
use pubs
select avg(advance) ,sum(ytd_sales)
from titles
where type = 'business'
```

【例 11.5】 统计每一类书的平均预付款和每一类书本年度迄今为止的销售额。此时,需要使用 group by 子句,当聚合函数与 group by 一起使用时,为每组生成一个值,而不是对整个表生成一个汇总值。

```
use pubs
select avg(advance) ,sum(ytd_sales)
from titles
group by type
order by type
```

5. max 和 min

分别求表达式的最大值和最小值。

【例 11.6】 返回年度销售额最高的书。

```
use pubs
select max(ytd_sales)
from titles
```

min 求最小值的方法与 max 一样。

6. stdev

返回给定表达式中所有值的统计标准偏差。

【例 11.7】 返回 titles 表中所有版税费用的标准偏差。

```
use pubs
select stdev(royalty)
from titles
```

7. stdevp

返回给定表达式中所有值的填充统计标准偏差。

【例 11.8】 返回 titles 表中所有版税值的填充标准偏差。

```
use pubs
select stdevp(royalty)
from titles
```

8. var

返回给定表达式中所有值的统计方差。

【例 11.9】 返回 titles 表中所有 royalty 值的方差。

```
use pubs
select var(royalty)
from titles
```

9. varp

返回给定表达式中所有值的填充的统计方差。

【例 11.10】 返回 titles 表中所有 royalty 值的填充的方差。

```
use pubs
select varp(royalty)
from titles
```

11.1.2 数学函数

在使用数据库中的数据时,经常需要对数字数据进行数学运算,得到一个数值。系统常见的数学函数及其功能描述如表 11.2 所示。

表 11.2 数学函数

数 学 函 数	描　　　述
abs	绝对值函数,返回指定数值表达式的绝对值
acos	反余弦函数,返回其余弦值是指定表达式的角(弧度)
asin	反正弦函数,返回其正弦值是指定表达式的角(弧度)
atan	反正切函数,返回其正切值是指定表达式的角(弧度)
atn2	反正切函数,返回其正切值是两个表达式之商的角(弧度)
ceiling	返回大于或等于指定数值表达式的最小整数,与 FLOOR 函数对应
cos	余弦函数,返回指定表达式中以弧度表示的指定角的余弦值
cot	余切函数,返回指定表达式中以弧度表示的指定角的余切值
degrees	弧度至角度转换函数,返回以弧度指定的角的相应角度,与 RADIANS 函数对应
exp	指数函数,返回指定表达式的指数值

数 学 函 数	描　　述
floor	返回小于或等于指定数值表达式的最大整数,与 CEILING 函数对应
log	自然对数函数,返回指定表达式的自然对数值
log10	以 10 为底的常用对数,返回指定表达式的常用对数值
pi	圆周率函数,返回 14 位小数的圆周率常量值
power	幂函数,返回指定表达式的指定幂的值
randians	角度至弧度转换函数,返回指定角度的弧度值,与 DEGREES 函数对应
rand	随机函数,随机返回 0~1 之间的 float 数值
round	圆整函数,返回一个数值表达式,并且舍入到指定的长度或精度
sign	符号函数,返回指定表达式的正号、0 或负号
sin	正弦函数,返回指定表达式中以弧度表示的指定角的正弦值
sqrt	平方根函数,返回指定表达式的平方根
squart	平方函数,返回指定表达式的平方
tan	正切函数,返回指定表达式中以弧度表示的指定角的正切值

1. abs

返回指定数值表达式的绝对值(正值)。

语法:

abs(数值表达式)

例如:

select abs(− 23.4)

结果为:

23.4

2. pi

返回 π 的值。

select pi()

结果为:

3.14159265358979

3. cos

返回指定弧度的余弦值。

语法:

cos(浮点表达式)

例如:

select　cos(pi()/3)

结果为：

0.5

sin、tan 和 cot 函数与此函数类似，分别求正弦、正切和余切。

例如：

```
select sin(pi()/6)   结果为：0.5
select tan(pi()/4)   结果为：1
select cot(pi()/4)   结果为：1
```

4. acos

返回其余弦是所指定的数值表达式的弧度，求反余弦。

语法：

acos(浮点表达式)

例如：

```
select acos(0.5)
```

结果为：

1.0471975511966

asin、atan 函数功能类似，分别求反正弦、反正切。

例如：

```
select asin(0.5)
```

结果为：

```
0.523598775598299
select atan(1)
```

结果为：

0.785398163397448

5. ceiling

返回大于或等于指定数值表达式的最小整数。

语法：

ceiling(数值表达式)

例如：

```
select ceiling(5.44)
```

结果为：

```
select ceiling( - 8.44)
```

结果为：

```
- 8
```

floor 函数与此类似，返回小于或等于指定数值表达式的最大整数。
例如：

```
select floor(5.44)
```

结果为：

```
5
select floor( - 8.44)
```

结果为：

```
- 9
```

6. degrees

返回以弧度指定的角的相应角度。
语法：

```
degrees(数值表达式)
```

例如：

```
select degrees(pi()/4)
```

结果为：

```
45
```

7. randians

返回指定度数的弧度值。注意，如果传入整数值，则返回的结果将会省略小数部分。
语法：

```
randians(数值表达式)
```

例如：

```
select radians(180.0)
```

结果为：

```
3.1415926535897931
```

8. exp

返回求 e 的指定次幂，e＝2.718281…。

语法：

exp(浮点表达式)

例如：

select exp(4)

结果为：

54.5981500331442

9. log

返回以 e 为底的对数,求自然对数。

语法：

log(浮点表达式)

例如：

select log(6)

结果为：

1.79175946922805

10. log10

返回以 10 为底的对数。

语法：

log10(浮点表达式)

例如：

select log10(100)

结果为：

2

11. power

返回数值表达式 1 的数值表达式 2 次幂。

语法：

power(数值表达式 1,数值表达式 2)

例如：

select power(5,2)

结果为：

25

12. sqrt

返回数值表达式的平方根。

语法：

sqrt(数值表达式)

例如：

select sqrt(25)

结果为：

5

13. rand

返回 0～1 之间的随机 float 值。

例如：

select rand()

结果为：

0.28463380767982

11.1.3 字符串函数

对输入的字符串进行各种操作的函数被称为字符串函数。字符串函数也是经常使用的一类函数，Microsoft SQL Server 2005 系统提供了 23 个字符串函数，具体如表 11.3 所示。

表 11.3 字符串函数

字符串函数	描 述
ASCII	ASCII 函数，返回字符串表达式中最左端字符的 ASCII 代码值
char	ASCII 代码转换函数，返回指定 ASCII 代码的字符
charindex	用于确定字符位置函数，返回指定字符串中指定表达式的开始位置
difference	字符串差异函数，返回两个字符表达式的 SOUNDEX 值之间的差别
left	左子串函数，返回指定字符串中左边开始指定个数的字符
len	字符串长度函数，返回指定字符串表达式中字符的个数
lower	小写字母函数，返回指定字符串表达式的小写字母，将大写字母转换为小写字母
ltrim	删除前导空格函数，返回删除了前导空格的字符表达式
nchar	Unicode 字符函数，返回指定整数代码的 Unicode 字符
patindex	模式定位函数，返回指定表达式中指定模式第一次出现的起始位置。0 表示没有找到指定的模式
quotename	返回带有分隔符的 Unicode 字符串
replace	替换函数，用第三个表达式替换第一个字符串表达式中出现的所有第二个指定字符串表达式的匹配项

字符串函数	描　述
replicate	复制函数,以指定的次数重复字符表达式
reverse	逆向函数,返回指定字符串的逆向表达式
right	右子串函数,返回字符串表达式中从右边开始指定个数的字符
rtrim	删除尾随空格函数,返回删除所有尾随空格组成的字符串
soundex	相似函数,返回一个由 4 个字符组成的代码,用于评估两个字符串的相似性
space	空格函数,返回由重复的空格组成的字符串
str	数字向字符转换函数,返回由数字转换过来的字符串
stuff	插入替代函数,删除指定长度的字符,并在指定的起点处插入另外一组字符
substring	子串函数,返回字符表达式、二进制表达式等的指定部分
unicode	UNICODE 函数,返回指定表达式中第一个字符的整数代码
upper	大写函数,返回指定表达式的大写字母形式

下面介绍几个常用的字符串函数。

1. ASCII

ASCII 函数返回字符表达式最左端字符的 ASCII 代码值。

语法:

ASCII(字符串表达式)

例如:

select ASCII('A')

结果为:

65

select ASCII('american')

结果为:

97

2. char

char 函数将 ACSII 码转换为字符,介于 0～255 之间的整数。如果该整数表达式不在此范围内,将返回 null 值。

语法:

char(整数表达式)

例如:

select char(65)

结果为:

A

3. charindex

返回字符串中指定表达式的起始位置。在字符串 2 中查找字符串 1,如果存在,返回第一个匹配的位置;如果不存在,返回 0。如果字符串 1 和字符串 2 中有一个是 null,则返回 null。可以指定在字符串 2 中查找的起始位置。

语法:

charindex(字符串表达式 1,字符串表达式 2[,起始位置])

例如:

```
select charindex('abc','abcd')
```

结果为:

```
1
select charindex('abc','werabcd')
```

结果为:

```
4
select charindex('abc','werab')
```

结果为:

```
0
```

4. difference

返回一个 0～4 的整数值,指示两个字符表达式之间的相似程度。0 表示几乎不同或完全不同,4 表示几乎相同或完全相同。注意相似并不代表相等。

语法:

difference(字符串表达式 1,字符串表达式 2)

例如:

```
select difference('Green','Greene')
```

结果为:

```
4
```

5. left

返回字符串中从左边开始指定个数的字符。

语法:

left(字符串表达式,整数表达式)

例如:

```
select left('abcdefg',2)
```

结果为：

```
ab
```

right 函数与此函数相似,返回字符串中从右边开始指定个数的字符。

例如：

```
select right('abcdefg',2)
```

结果为：

```
fg
```

6. len

返回指定字符串表达式的字符数,其中不包含尾随空格。

语法：

```
len(字符串表达式)
```

例如：

```
select len('abcdefg')
```

结果为：

```
7
```

```
select len('abcdefg    ')
```

结果为：

```
7
```

7. lower

返回大写字符数据转换为小写的字符表达式。

语法：

```
lower(字符串表达式)
```

例如：

```
select lower('ABCDEF')
```

结果为：

```
abcdef
```

UPPER 函数与此函数相似,返回小写字符数据转换为大写的字符表达式。

例如：

```
select upper('abcdef')
```

结果为：

ABCDEF

8. ltrim

返回删除了前导空格之后的字符表达式。

语法：

ltrim(字符串表达式)

例如：

select ltrim('   abc')

结果为：

abc

rtrim 函数与此函数相似，返回删除了尾随空格之后的字符表达式。

例如：

select rtrim('abc   ')

结果为：

abc

9. patindex

在字符串表达式 1 中可以使用通配符，此字符串的第一个字符和最后一个字符通常是％。％表示任意多个字符，_表示任意字符。

返回字符串表达式 2 中字符串表达式 1 所指定模式第一次出现的起始位置。没有找到，则返回 0。

语法：

patindex(字符串表达式 1, 字符串表达式 2)

例如：

select patindex('％ab％','123ab456')

结果为：

4

select patindex('ab％','123ab456')

结果为：

0

select patindex('_____ab％','123ab456')

结果为：

1

select patindex('_____ ab_','123ab456')

结果为:

0

10. replace

用字符串表达式 3 替换字符串表达式 1 中出现的所有字符串表达式 2 的匹配项。返回新的字符串。

语法:

replace(字符串表达式 1,字符串表达式 2,字符串表达式 3)

例如:

select replace('abcttabchhabc','abc','123')

结果为:

123tt123hh123

11. reverse

返回指定字符串反转后的新字符串。

语法:

reverse(字符串表达式)

例如:

select reverse('abcde')

结果为:

edcba

12. space

返回由指定数目的空格组成的字符串。

语法:

space(整数表达式)

例如:

select 'a' + space(2) + 'b'

结果为:

a b

13. stuff

在字符串表达式 1 中指定的开始位置删除指定长度的字符,并在指定的开始位置处插入字符串表达式 2。返回新字符串。

语法:

stuff(字符串表达式 1,开始位置,长度,字符串表达式 2)

例如:

select stuff('abcdef',2,2,'123')

结果为:

a123def

14. substring

返回子字符串。

语法:

substring(字符串表达式,开始位置,长度)

例如:

select substring('abcdef',2,2)

结果为:

bc

11.1.4 日期和时间函数

日期和时间函数可以对日期和时间输入值执行操作,并返回一个字符串、数字、日期或时间值。

SQL Server 2005 系统提供了 9 个日期及时间函数,具体名称及功能如表 11.4 所示。

表 11.4 日期和时间函数

日期和时间函数	描 述
dateadd	返回给定日期加上一个时间间隔后的新 DATETIME 值
datediff	返回两个指定日期的日期边界数和时间边界数
datename	返回表示指定日期的指定日期部分的字符串
datepart	返回表示指定日期的指定日期部分的整数
getdate	以标准格式返回当前系统的日期和时间
getutcdate	返回当前 UTC 日期和时间
year	返回指定日期"年"部分的整数
month	返回指定日期"月"部分的整数
day	返回指定日期"天"部分的整数

下面分别对日期和时间函数进行介绍。

1．dateadd

在向指定日期加上一段时间的基础上，返回新的 datetime 值。

语法：

```
dateadd(datepart,number,date)
```

其中 datepart 参数指定要返回新值的日期的组成部分，包括 year、quarter、month、dayofyear、day、week、weekday、hour、minute、second 和 millisecond。number 参数用于增加 datepart 的值。date 参数是指定的时间。

例如：显示当前日期的基础上，分别增加一定的年、月、日。

```
select getdate()
```

结果为：

```
2009-08-25 09:50:18.570
select dateadd(year,10,getdate())
```

结果为：

```
2019-08-25 09:50:18.570
select dateadd(month,1,getdate())
```

结果为：

```
2009-09-25 09:50:18.570
select dateadd(day,10,getdate())
```

结果为：

```
2009-09-04 09:50:18.570
```

2．datediff

返回跨两个指定日期的日期和时间边界数。

语法：

```
datediff(datepart,startdate,enddate)
```

计算指定的两个日期中第二个日期 enddate 与第一个日期 startdate 的时间差的日期部分。

例如：计算当前日期到 2008 年奥运会的时间间隔。

```
select datediff(year,'2008-8-8',getdate())
```

结果为：

```
1
select datediff(month,'2008-8-8',getdate())
```

结果为：

12
```
select datediff(day,'2008 - 8 - 8',getdate())
```

结果为：

382

3. datename

返回代表指定日期的指定日期部分的字符串。
语法：

```
datepart(datepart,date)
```

例如：提取当前日期的月份名。

```
select datename(month, getdate())
```

结果为：

08

4. datepart

返回代表指定日期的指定日期部分的整数。
语法：

```
datepart(datepart,date)
```

例如：返回当前日期的月份数。

```
select datepart(month, getdate())
```

结果为：

8

5. getdate

返回当前系统的日期和时间，时间精确到毫秒。示例同 dateadd 函数。

6. getutcdate

返回表示当前 UTC 时间（世界时间坐标或格林尼治标准时间）的 datetime 值。当前的 UTC 时间取自当前的本地时间和运行 SQL Server 的计算机操作系统中的时区设置。
语法：

```
getutcdate()
```

例如：

```
select getutcdate()
```

结果为：

2009-09-28 10:57:24.153

7. year

返回表示指定日期中年份的整数。

语法：

year(date)

例如：返回当前系统日期的年份。

select year(getdate())

结果为：

2009

MONTH 与 DAY 函数同 YEAR 函数用法一样。

11.1.5 配置函数

这些标量函数返回当前配置选项设置的信息，所有配置函数都是非确定性函数。每次用一组特定输入值调用它们时，返回的结果不总是相同的。

配置函数（在 SQL Server 2005 系统中，全局变量作为函数形式，并以函数的形式被引用）共有 15 个：@@DATEFIRST、@@DBTS、@@LANGID、@@LANGUAGE、@@LOCK_TIMEOUT、@@MAX_CONNECTIONS、@@MAX_PRECISION、@@NESTLEVEL、@@OPTIONS、@@REMSERVER、@@SERVERNAME、@@SERVICENAME、@@SPID、@@TEXTSIZE 和@@VERSION 如表 11.5 所示。

表 11.5　配置函数

配 置 函 数	描　　　述
@@DATEFIRST	返回 SET DATEFIRST 参数的当前值。SET DATEFIRST 参数指明所规定的每周第一天：1 对应星期一，2 对应星期二，依此类推，7 对应星期日
@@DBTS	为当前数据库返回当前 timestamp 数据类型的值。这一 timestamp 值保证在数据库中是唯一的
@@LANGID	返回当前所使用语言的本地语言标识符(ID)
@@LANGUAGE	返回当前使用的语言名
@@LOCK_TIMEOUT	返回当前会话的当前锁超时设置，单位为毫秒
@@MAX_CONNECTIONS	返回 Microsoft SQL Server 允许的同时用户连接的最大数。返回的数不一定为当前配置的数值
@@MAX_PRECISION	返回 decimal 和 numeric 数据类型所用的精度级别，即该服务器中当前设置的精度
@@NESTLEVEL	返回当前存储过程执行的嵌套层次（初始值为 0）
@@OPTIONS	返回当前 SET 选项的信息
@@REMSERVER	当远程 Microsoft SQL Server 数据库服务器在登录记录中出现时，返回它的名称

配 置 函 数	描 述
@@SERVERNAME	返回运行 Microsoft SQL Server 的本地服务器名称
@@SERVICENAME	返回 Microsoft SQL Server 正在其下运行的注册表键名。若当前实例为默认实例,则@@SERVICENAME 返回 MSSQLServer;若当前实例是命名实例,则该函数返回实例名
@@SPID	返回当前用户进程的服务器进程标识符(ID)
@@TEXTSIZE	返回 SET 语句 TEXTSIZE 选项的当前值,它指定 SELECT 语句返回的 text 或 image 数据的最大长度,以字节为单位
@@VERSION	返回 Microsoft SQL Server 当前安装的日期、版本和处理器类型

11.1.6 游标函数

游标函数返回所定义的有关游标状态信息。所有游标函数都不具有确定性。每次用一组特定输入值调用它们时,返回的结果不是总相同的。

Microsoft SQL Server 2005 系统提供了三个游标函数,即@@CURSOR_ROWS、@@FETCH_STATUS 和 CURSOR_STATUS。具体如表 11.6 所示。

表 11.6 游标函数

游 标 函 数	描 述
@@CURSOR_ROWS	返回连接上最后打开的游标中当前存在的合格行的数量
@@FETCH_STATUS	返回被 FETCH 语句执行的最后游标的状态,而不是任何当前被连接打开的游标的状态
CURSOR_STATUS	它允许存储过程的调用方确定该存储过程是否已为给定的参数返回了游标和结果集

11.1.7 元数据函数

元数据函数返回有关数据库和数据库对象的信息。所有元数据函数都具有不确定性。每次用一组特定的输入值调用它们时,所返回的结果不总是相同。Microsoft SQL Server 2005 系统提供了 20 多个元数据函数,具体如表 11.7 所示。

表 11.7 元数据函数

元 数 据 函 数	描 述
COL_LENGTH	返回列的长度(以字节为单位)
COL_NAME	返回数据库列的名称。该列具有相应的表标识号和列标识号
COLUMNPROPERTY	返回有关列或过程参数的信息
DATABASEPROPERTY	返回给定数据库和属性名的命名数据库属性值
DATABASEPROPERTYEX	返回指定数据库的指定数据库选项或属性的当前设置
DB_ID	返回数据库标识号
DB_NAME	返回数据库名

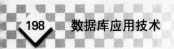

续表

元数据函数	描　　述
FILE_ID	返回当前数据库中给定逻辑文件名的文件标识号
FILE_NAME	返回给定文件标识号的逻辑文件名
FILEGROUP_ID	返回给定文件组名称的文件组标识号
FILEGROUP_NAME	返回给定文件组标识号的文件组名
FILEGROUPPROPERTY	给定文件组和属性名时,返回指定的文件组属性值
FILEPROPERTY	给定文件名和属性名时,返回指定的文件名属性值
fn_listextendedproperty	返回数据库对象的扩展属性值
FULLTEXTCATALOGPROPERTY	返回有关全文目录属性的信息
FULLTEXTSERVICEPROPERTY	返回有关全文服务级别属性的信息
INDEX_COL	返回索引列名称
INDEXKEY_PROPERTY	返回有关索引键的信息
INDEXPROPERTY	在给定表标识号、索引名称及属性名称的前提下,返回指定的索引属性值
OBJECT_ID	返回数据库对象标识号
OBJECT_NAME	返回数据库对象名
OBJECTPROPERTY	返回当前数据库中对象的有关信息
SQL_VARIANT_PROPERTY	返回有 sql_variant 值的基本数据类型和其他信息
TYPEPROPERTY	返回有关数据类型的信息
@@PROCID	返回当前过程的存储过程标识符

11.1.8　行集函数

行集函数的特点是其返回的结果集可以像表一样用在 Transact-SQL 语句中引用表对象的地方。Microsoft SQL Server 2005 系统提供了 6 个行集函数,即 CONTAINSTABLE、FREETEXTTABLE、 OPENDATASOURCE、 OPENQUERY、 OPENROWSET 和 OPENXML。

行集函数具体如表 11.8 所示。

表 11.8　行集函数

行　集　函　数	描　　述
CONTAINSTABLE	返回具有零行、一行或多行的表,这些行的列中包含的基于字符类型的数据是单个词语和短语的完全匹配或模糊匹配(不完全相同)项、某个词在一定范围内的近似词或者加权匹配项。CONTAINSTABLE 可以像一个常规的表名称一样,在 SELECT 语句的 FROM 子句中引用
FREETEXTTABLE	为符合下述条件的列返回行数为零或包含一行或多行的表。这些列包含基于字符的数据类型,其中的值符合指定的 freetext_string 中文本的含义,但不一定具有完全相同的文本语言
OPENDATASOURCE	不使用链接的服务器名,而提供特殊的连接信息,并将其作为 4 部分对象名的一部分

续表

行 集 函 数	描 述
OPENQUERY	对给定的链接服务器执行指定的传递查询。该服务器是 OLE DB 数据源。OPENQUERY 可以在查询的 FROM 子句中引用,就好像它是一个表名。OPENQUERY 也可以作为 INSERT、UPDATE 或 DELETE 语句的目标表进行引用,但这要取决于 OLE DB 访问接口的功能。尽管查询可能返回多个结果集,但是 OPENQUERY 只返回第一个
OPENROWSET	包含访问 OLE DB 数据源中远程数据所需的全部连接信息。当访问链接服务器中的表时,这种方法是一种替代方法,并且是一种使用 OLE DB 连接并访问远程数据的一次性的临时方法。可以在查询的 FROM 子句中像引用表名那样引用 OPENROWSET 函数。依据 OLE DB 访问接口的功能,还可以将 OPENROWSET 函数引用为 INSERT、UPDATE 或 DELETE 语句的目标表。尽管查询可能返回多个结果集,但 OPENROWSET 只返回第一个结果集
OPENXML	OPENXML 通过 XML 文档提供行集视图。由于 OPENXML 是行集提供程序,因此可在会出现行集提供程序(如表、视图或 OPENROWSET 函数)的 Transact-SQL 语句中使用 OPENXML

11.1.9 安全性函数

安全性函数可以返回有关用户、架构和角色等信息。Microsoft SQL Server 2005 系统提供了 17 个安全性函数,具体如表 11.9 所示。

表 11.9 安全性函数

安全性函数	描 述
CURRENT_USER	返回当前用户名称。该函数等价于 USER_NAME 函数
sys. fn_builtin_permissions	返回对服务器内置权限层次的说明
Has_Perms_By_Name	评估当前用户对指定安全对象的有效权限
IS_MEMBER	指示当前用户是否为指定的 Windows 组或 SQL Server 数据库角色的成员
IS_SRVROLEMEMBER	指示 SQL Server 登录名是否为指定的固定服务器角色的成员
PERMISSIONS	指示当前用户的语句、对象或列权限
SCHEMA_ID	返回与指定的架构名称关联的标识符
SCHEMA_NAME	返回与指定的架构标识符关联的架构名称
SESSION_USER	返回当前数据库中当前上下文中的用户名
SETUSER	允许 sysadmin 固定服务器角色的成员或 db_owner 固定数据库角色的成员模拟另一个用户
SUSER_ID	返回用户的登录标识符。建议使用 SUSER_SID
SUSER_SID	返回指定登录名的安全标识符
SUSER_SNAME	返回与安全标识符关联的登录名
SYSTEM_USER	返回当前登录名
SUSER_NAME	返回用户的登录标识符。建议使用 SUSER_SNAME 函数
USER_ID	返回数据库用户的标识符
USER_NAME	返回指定标识符的数据库用户名

11.1.10 系统函数

在 Microsoft SQL Server 2005 系统中,对各种选项或对象进行操作或报告的函数被称为系统函数。通过调用这些系统函数可以获得关于服务器、用户、数据库状态等系统信息。这些信息对一般的用户用处不大,但在管理和维护数据库服务器方面却有价值。大多数系统函数都可以选择参数,但在默认情况下参数取值通常都是当前用户、出前数据库、当前服务器。系统函数包括很多,在这里不再一一列举,感兴趣的话,可以查看系统帮助。

表 11.10 系统函数

系 统 函 数	描　　述
APP_NAME	返回当前会话的应用程序名称
CASE	计算条件列表,返回多个候选结果表达式中的一个表达式
CAST	将一种数据类型的表达式显式转换为另外一种数据类型的表达式,同 CONVERT 函数
CONVERT	将一种数据类型的表达式显式转换为另外一种数据类型的表达式,同 CAST 函数
COALESCE	返回参数中第一个非空表达式
COLLATIONPROPERTY	返回指定规则的属性信息
COLUMNS _UPDATED	返回指示表或视图中插入或更新了哪些列的信息,可以用于触发器中的条件测试或判断
CURRENT _TIMESTAMP	返回系统的当前日期和时间,等价于 GETDATE 函数
CURRENT_USER	返回当前用户的名称,等价于 USER_NAME 函数
DATALENGTH	返回指定表达式的字节数
@@ERROR	返回已经执行的上一个 Transact-SQL 语句的错误号
ERROR_LINE	返回发生错误的代码行号,该错误将导致运行 CATCH 块
ERROR_MESSAGE	返回导致 TRY…CATCH 构造 CATCH 块运行的错误的文本
ERROR_NUMBER	返回导致 TRY…CATCH 构造 CATCH 块运行的错误的错误号
ERROR _PROCEDURE	返回导致 TRY…CATCH 构造 CATCH 块运行的错误所在的存储过程或触发器名称
ERROR _SERVERITY	返回导致 TRY…CATCH 构造 CATCH 块运行的错误的严重级别
ERROR_STATE	返回导致 TRY…CATCH 构造 CATCH 块运行的错误的错误状态号
fn_helpcollations	返回 Microsoft SQL Server 2005 系统支持的所有排序规则的名称列表
fn_sharedshareddrives	返回群集服务器使用的共享驱动器的名称
fn_virtualfilesstats	返回数据库文件的 I/O 统计信息,例如对文件发出的读取次数等
FORMATMESSAGE	根据现有的消息构造一条新消息
GETANSINULL	返回此会话的数据库默认空值性
HOST_ID	返回工作站标识符
HOST_NAME	返回工作站名称
IDENT_CURRENT	返回为某个会话和作用域中指定的表或视图声明的最新标识值
IDENT_INCR	返回标识列的增量值

系 统 函 数	描　　述
IDENT_SEED	返回标识列的初始值
@@IDENTITY	返回最后插入的标识值
IDENTITY	使用 SELECT INTO 语句将标识值插入到新表中
ISDATE	确认输入的表达式是否为有效的日期
ISNULL	使用指定的替换表达式替换空值
ISNUMERIC	确认输入的表达式是否为有效的数值
NEWID	创建 uniqueidentifier 数据类型的唯一值
NULLIF	如果两个指定的表达式相等,则返回空值
PARSENAME	返回对象名称的指定部分
@@ROWCOUNT	返回已执行的上一行 Transact-SQL 语句影响的行数
ROWCOUNT_BIG	返回已执行的上一行 Transact-SQL 语句影响的行数。与 @@ROWCOUNT 函数等价,但是返回的数据类型是 bigint
SCOPE_IDENTITY	返回为某个会话或作用域指定的表或视图声明的最新标识值
SERVERPROPERTY	返回有关服务器示例的属性信息
SESSIONPROPERTY	返回当前会话的 SET 选项设置,共有 7 个选项设置
SESSION_USER	返回当前数据库中当前上下文中的用户名
STATS_DATE	放回上次更新指定索引的统计信息的日期
sys. dm _ db _ index _ physical_stats	返回指定表或视图的数据和索引的大小及碎片信息
SYSTEM_USER	返回当前登录名
@@TRANCOUNT	返回当前连接的活动事务数
UPDATE()	确认是否对表中的指定列进行了 INSERT 或 UPDATE 操作
USER_NAME	返回指定标识符的数据库用户名
XACT_STATE	确认会话是否具有活动事务以及是否可以提交事务

11.2　用户定义函数

在 Microsoft SQL Server 2005 系统中,为了加快开发速度,可以将一个或多个 T-SQL 语句组成的子程序定义成函数,从而实现代码的封装和重用。

用户定义函数采用零个或更多的输入参数并返回标量值或表。函数最多可以有 1024 个输入参数。但函数的参数有默认值时,调用该函数必须指定默认 DEFAULT 关键字才能获取默认值。用户定义函数不支持输出参数。

根据返回值的类型,用户定义函数可以分为以下三种类型:

- 标量函数
- 内联表值函数
- 多语句表值函数

1. 标量函数

标量函数返回单个值,返回值类型在 RETURNS 子句中定义。函数主体在 BEGIN…

END 块中定义,其中包含返回值的一系列 T-SQL 语句。

【例 11.11】 创建标量函数。

(1) 创建标量函数,检查如果是 NULL 值,返回"不知道"。

```
use northwind
        -- 标量函数内的 SQL 语句不能包括任何非确定性系统函数
    create function fn_NewRegion(@input nvarchar(30)) -- 一个函数中最多可有 1024 个参数
        returns nvarchar(30) -- returns 声明返回值的类型
    begin
        if @input is NULL
        set @input = 'Do not Know'
        return @input -- 返回表达式值,函数中可以有多个 return 语句,不一定要放在函数的
                        最后面,但最后一个语句必须是 return 语句
end
```

(2) 使用标量函数要指定所有者的名称。

```
select lastname,city,dbo.fn_newregion(region) as region,country
from employees
```

(3) 删除标量函数。

```
drop function   fn_NewRegion
```

2. 内联表值函数

内联表值函数返回表,可在 FROM 子句中被引用,就像视图一样。

【例 11.12】 创建内联表值函数

(1) 创建嵌入式(内联)表值函数,用函数返回某区域的客户。

```
use northwind
create function fn_customerNamesInRegion(@Region nvarchar(30))
returns table -- 此处 table 是固定写法
as -- 此关键字可有可无
return
(
    select customerID,companyName
    from northwind.dbo.customers
    where region = @Region
)
```

(2) 使用内联表值函数。

```
select * from fn_customerNamesInRegion('WA')
-- 上面的函数与此语句达到同样的效果
select customerID,companyname,region from northwind.dbo.customers where region = 'wa'
```

3. 多语句表值函数

【例 11.13】 创建多语句表值函数。

(1) 创建多语句表值函数,如果输入参数为 shortname,则返回 employeeid 和 lastname;输

入参数为 longname,则返回 employeeid、firstname 和 lastname。

```
use northwind
go
create function fn_employees(@length nvarchar(9))
  returns @fn_employees table          -- 指定 table 作为返回的数据类型
(employeeID int primary key not null,      -- 返回值包含的两列
[employee name] nvarchar(61) not null)
as
/* 对数据库表的更新、全局游标语句、创建对象的语句、事务控制语句等不可以出现在函数体中,是
因为它们改变了函数外的某些永久性状态 */
begin
 if @length = 'shortname'
 insert into @fn_employees select employeeid,lastname from employees
 else if @length = 'longname'
 insert into @fn_employees select employeeid,(firstname + '' + lastname) from employees
 return
end
```

(2) 调用函数。

```
select * from dbo.fn_employees('longname')
select * from dbo.fn_employees('shortname')
select * from employees
```

(3) 删除函数。

```
drop function fn_employees
```

本章小结

本章主要介绍了 SQL Server 2005 数据库系统的函数,包括内置函数和用户定义函数。内置函数共包括 10 种,重点介绍了几种常用的函数,包括聚合函数、数学函数、字符串函数、日期和时间函数。对于配置函数、游标函数、元数据函数、行集函数、安全性函数、系统函数只做简单介绍,若要详细了解,可以查询帮助文档。另外,本章还介绍了三种用户自定义函数,即标量函数、内联表值函数和多语句表值函数。

习题 11

1. 创建一个标量函数,实现两个数的和。

2. 有学生表 student(sno,sname,sex,age),创建一个内联表值函数,根据输入的学号查询学生信息。

3. 有客户表 customer(cid,cname,address,phone,postalcode),订单表 order(orderid,cid,product,quantity,unitprice,ordertime)。创建一个多语句表值函数,根据客户的姓名和购买时间查找客户购买的商品信息(product、quantity、unitprice)。

第12章

触发器

12.1 触发器的概述

触发器可以在数据定义语言,或者数据操纵语言修改指定表中的数据时自动执行。触发器设计过程中可查询其他表,并且可包含复杂的 T-SQL 语句。

触发器是一种特殊的存储过程,是 SQL Server 为保证数据完整性和强制应用系统遵循业务规则而设置的一种高级约束技术。可以通过创建触发器在不同表中的逻辑相关数据之间实施应用完整性或一致性。

12.1.1 触发器的分类

(1) 按照触发事件的不同,触发器可以分成 DML 触发器和 DDL 触发器。

当数据库中发生数据操纵语言(DML)事件时,将调用 DML 触发器。DML 事件包括指定表上或视图上发生修改数据的 INSERT、UPDATE、DELETE 操作。该触发器可以查询其他表,还可以包含复杂的 T-SQL 语句。将触发器和触发它的语句作为可在触发器内回滚的单个事务对待。如果检测到错误,则整个事务即自动回滚。

当数据库中发生数据定义语言(DDL)事件时,将调用 DDL 触发器,这是 SQL Server 2005 的新增功能。DDL 事件包括 CREATE、ALTER 和 DROP 操作。DDL 触发器可用于管理任务,例如控制数据库操作。但是 DDL 触发器只有 ATTER 触发器。

(2) 按照被激活的时机不同,DML 触发器又分为 AFTER 触发器、INSTEAD OF 触发器和 CLR 触发器。

AFTER 触发器在执行 INSERT、UPDATE 或 DELETE 语句的操作之后执行。执行 AFTER 与执行 FOR 相同,后者是 SQL Server 早期版本中唯一可用的选项。只能在表上定义 ATTER 触发器。一个表针对每个触发操作可有多个相应的 AFTER 触发器。

INSTEAD OF 触发器替代常规触发器操作执行。INSTEAD OF 触发器还可以在带有一个或多个基表的视图上定义,在此情况下,还能扩展视图可支持的更新的类型。该触发器将在处理约束前激发,以替代触发操作。如果某基本表有 AFTER 触发器,它们将在处理约束之后激发。如果违反了约束,将回滚 INSTEAD OF 触发器操作并且不执行 AFTER 触发器。每个表或视图可以对应一个 INSTEAD OF 触发器。

CLR 触发器可以是 AFTER 触发器或 INSTEAD OF 触发器。CLR 触发器还可以是 DDL 触发器。CLR 触发器将执行在托管代码中编写的方法，而不执行 T-SQL 存储过程。

注：托管代码是在.NET FRAMEWORK 中创建的，当用户在 SQL Server 创建中触发 CLR 触发器时，该托管代码被自动加载到 SQL Server 的程序集中。

12.1.2　触发器的作用

1. DML 触发器的作用

（1）可以通过数据库中的相关表实现级联更改。不过，通过级联引用完整性约束可以更有效地进行这些更改。

（2）可以防止恶意或错误的 INSERT、UPDATE 或 DELETE 操作，并强制执行比 CHECK 更复杂的其他限制。

（3）可以引用表中改变前后不同的数据，并根据此差异进行相应的操作。

（4）一个表中的多个同类 DML 触发器允许采取多个不同的操作来响应同一个修改语句。

2. DDL 触发器的作用

（1）防止对数据库架构进行某些更改。

（2）记录数据库架构中的更改。

（3）希望数据库中发生某种情况时，以响应数据库架构中的更改。

12.2　触发器的实现

12.2.1　两个特殊的临时表

当使用触发器时，有时需要知道被操作的记录在操作前后的值。SQL Server 中用两个特殊名称的临时表 DELETED 和 INSERTED 来保存录入和删除的记录。这两个表的结构与触发器基表结构相同，且由数据库管理系统自动创建和管理。

当向表中录入数据时，所有数据约束都通过之后，INSERT 触发器就会执行。新的记录不但加到触发器表中，而且还会将副本加入到 INSERTED 表中。当从表中删除数据时，所有数据约束都通过之后，DELETE 触发器就会执行，记录不但从触发器表中被删除，还会将记录移到 DELETED 表中。

利用 UPDATE 修改一条记录时，相当于删除一条记录，然后再增加一条新记录。所以 UPDATE 操作产生 DELETED 和 INSERTED 两个表。当使用 UPDATE 操作时，触发器表中修改前的旧记录被移到 DELETED 表中，修改的新记录录入到 INSERTED 表中。

INSERTED 表与 DELETED 表只有在触发器中才存在，而且是只读的，当触发器执行完毕，系统自动删除这两个表。在触发器中经常通过检查这两个表数据，以便确定应该执行什么样的操作。

12.2.2　DML 触发器与执行

1. 创建触发器

可以使用 T-SQL 语句创建触发器,语法如下:

```
Create trigger <触发器名>
On <基本表名或视图名>
[with encryption]
For | after | instead of
    {[insert][,][update][,][delete]}
As <T-SQL 语句块>
```

其中部分内容说明如下:

(1) after,for,instead of 可以选用其一,after 和 for 两者的作用相同。

(2) insert,update,delete 这三个可选项指定触发器动作,可以写成任何可能的组合,但是如果 T-SQL 语句中使用 IF UPDATE 语句,则不允许建立 DELETE 触发器。

(3) 选项 with encryption 将存入 syscomments 视图中的有关触发器的定义文本加密。

注:触发器定义之后,其名称存储于 sysobjects 视图中,定义语句存放在 syscomments 视图。

2. INSERT 触发器的工作方式

当执行 INSERT 语句将数据插入表或视图时,如果该表或视图配置了 INSERT 触发器,就会激发该 INSERT 触发器来执行特定的操作。

当 INSERT 触发器激发时,新行将插入触发器表和 INSERTED 表。INSERTED 表是一个逻辑表,它保留已插入行的副本。INSERTED 表包含由 INSERT 语句引起的已计入日志的录入操作。

INSERTED 表允许引用从发起录入操作的 insert 语句所产生的已计入日志的数据。触发器可检查 inserted 表以确定是否应执行触发器操作,或者应如何执行。

INSERTED 表中的行总是触发器表中的一行或多行的副本。

【例 11.1】 当向学生表录入一条记录的同时,也录入这个学生的选课信息到学生的选课表中。

语句:

```
Create trigger tr1
On student
For insert
As
Begin
  Declare @sno varchar(10)
  Select @sno = sno from inserted
  Select * from inserted
  Insert into s_c (sno,cno)values(@sno,'0001')
  Select * from s_c
end
```

测试：

Insert into student values('05331225','刘丽娟','女',20)

结果：

3. DELETE 触发器的工作方式

DELETE 触发器是一种特殊的存储过程，它在每次 DELETE 语句从配置了该触发器的表或视图中删除数据时执行。

当 DELETE 触发器激发时，被删除的行将放置在特殊的 DELETED 表中。DELETED 表是一个逻辑表，它保留了已删除行的副本。DELETED 表允许引用从发起删除操作的 DELETE 语句产生的已计入日志的数据。

DELETED 表和数据库表中的数据没有任何行是相同的。DELETED 表总是处在缓存中。

【例 11.2】 当删除一个教师信息的同时，删除这个教师的授课记录。

语句：

```
Create trigger tr2
On teacher
For delete
As
Begin
  If exists(select tno from deleted)
    Begin
      Select * from deleted
      Delete from t_c where tno = (select tno from deleted)
      Select * from t_c
    End
Else
    Print '不存在这个老师的信息'
end
```

测试：

Delete from teacher where tno = '0007'

结果：

4. UPDATE 触发器的工作方式

UPDATE 触发器是在每次 UPDATE 语句对配置了 UPDATE 触发器的表或视图中的数据进行更改时执行的触发器。

UPDATE 触发器的工作过程可以看作如下两个步骤：

（1）捕获数据前的 DELETE 操作。

（2）捕获数据后的 INSERT 操作。

当 UPDATE 语句在已定义了触发器的表上执行时，原始行移入 DELETED 表，而更新的行移入到 INSERTED 表。

【例 11.3】 当更新某个学生学号的同时，更新这个学生的选课信息。

语句：

```
Create trigger tr3
On student
For update
As
Begin
  If exists(select sno from deleted)
    Begin
      Select * from inserted
      Select * from deleted
    update s_c
    set sno = (select sno from inserted)
    where sno = (select sno from deleted)
      select * from s_c
    end
  else
    print '没有这个学生的选课记录'
end
```

测试：

```
update student set sno = '05341101' where sno = '05331101'
```

结果：

5. DML 触发器执行

（1）如果违反了约束，则永远不会执行 AFTER 触发器，因此这些触发器不能用于任何可能防止违反约束的处理。

（2）在创建录入和删除的表之后，在执行其他操作之前执行 INSTEAD OF 触发器，而不执行触发操作。这些触发器在执行任何约束前执行，因此可执行预处理来补充约束操作。

（3）为表定义的 INSTEAD OF 触发器对此表执行一条通常会再次激发该触发器的语句时，不会递归调用该触发器，而是如同表中没有该触发器一样，该语句将启动一系列约束操作和 AFTER 触发器执行。

12.2.3　DDL 触发器

DDL 触发器是 SQL Server 2005 的新增功能，当服务器或数据库中发生数据定义语言事件时将调用这些触发器。

利用 T-SQL 语句创建 DDL 触发器的语法格式为：

```
Create trigger <触发器名>
On {all server|database}
      [with <ddl_trigger_option>[, … n]]
After {event_type|event_group}[, … n]
As {T-SQL 语句块}
```

其中部分内容说明如下：

（1）all server，database 说明 DDL 触发器是建立在服务器或数据库上的。

（2）event_type 包括 create、alter、drop、grant、deny 和 revoke 等语句。

【例 11.4】　使用 DDL 触发器防止对 studengmanager 数据库中任何表的修改或删除操作。

语句：

```
Create trigger tr4
On database
For drop_table,alter_table
```

```
As
 Print '不允许修改或者删除数据库内的表'
 Rollback
```

测试：

```
Drop table student
```

结果：

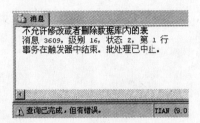

12.3　触发器的维护

12.3.1　触发器的修改

在重命名对象前，首先显示该对象的依赖关系，以确定所建议的更改是否会影响任何触发器，如果有影响，则需要修改触发器以使其文本反映新的名称。

修改触发器使用 alter trigger 语句；重命名触发器使用 sp_rename 语句；查看触发器的依赖关系使用 sp_depends 语句。

重命名触发器并不会更改它在触发器定义文本中的名称。要在定义中更改触发器的名称，应直接修改触发器。

12.3.2　触发器的删除

当不再需要某个触发器时，可将其禁用或删除。

1. 禁用和启用触发器

禁用触发器不会删除该触发器。该触发器仍然作为对象存在于当前数据库中，但是，当执行任意 INSERT、UPDATE、DELETE 语句（针对 DML 触发器）或其他数据定义语句时（针对 DDL 触发器），触发器将不会激发。已禁用的触发器可以被重新启用。启用触发器会以最初创建它时的方式将其激发。

禁用触发器的语句为：

```
disable trigger 触发器名 on table
```

或

```
alter table
```

【**例 11.5**】 禁用触发器 tr1。

语句：

```
disable trigger tr1
        On student
```

结果：

说明：当禁用了触发器 TR1 后，执行语句

```
Insert into student values('05331226','刘娟','女',21)
```

将不会影响到 s_c 表内的数据，仅是将学生信息进行了更新。

启用触发器的语句为：

```
enable trigger 触发器名 on table
```

或

```
alter table
```

【**例 11.6**】 启用触发器 tr1。

语句：

```
enable trigger tr1 On student
```

结果：

说明：当启用了触发器 TR1 后，执行语句

```
Insert into student values('05331227','李岩','男',21)
```

将会同时影响到 s_c 表和学生表内的信息。

2. 删除触发器

删除触发器后，它就从当前数据库中删除了，它所基于的表和数据不会受到影响。删除表将会自动删除其上的所有触发器。删除触发器的权限默认授予在该触发器所在表的所有者。

删除触发器的语句为：

```
Drop trigger <触发器名称>
```

【例 11.7】 删除触发器 tr1。

语句：

```
drop trigger tr1
```

将触发器的定义和功能全部删除。

本章小结

本章主要介绍了一种数据库对象的使用方法——触发器。触发器作为一种特殊的存储过程，是一种应用很广泛的数据库对象，就像我们日常生活中的门铃，当有用户访问数据库中的某些数据并执行相关维护操作的时候，就会调用触发器执行相关数据的维护操作。

学习了本章内容，读者可以更深入地理解触发器的含义及分类，通过实例能对触发器执行过程中产生的两个临时表的用途有更广泛的理解。对于一般使用的读者，可以熟练掌握 DML 触发器的创建、执行和调用的方法，多用于进行数据的相关处理和维护；对于管理类的读者，可以数量掌握 DDL 触发器的各种使用方法。

习题 12

1. 什么是触发器？ 触发器的主要功能是什么？
2. 触发器如何分类？ 请画出表格总结。
3. 设计一个触发器，当学校有教师退休的时候，需要将该教师的基本信息删除，同时自动删除该教师原来所上课程的记录。
4. 设计一个触发器，防止非授权用户修改成绩表中成绩列的内容。
5. 请举例说明两个临时表在触发器执行过程中的作用。

第13章

使用XML

XML(Extensible Markup Language)是可扩展标记语言,标记是指计算机所能理解的信息符号,通过此种标记,计算机之间可以处理包含各种信息的文章等。现已成为一种在不同系统之间交换数据与文档的标准,支持 XML 是当今很多应用程序的常见需求,特别是在 Internet 上,使用 XML 的应用程序可以实现跨平台操作、丰富的数据、强大的可扩展性。因此,在很多情况下,应用程序开发人员必须在 XML 格式与关系型格式之间转换数据,或者在关系型数据库中以本机的方式存储 XML 并处理数据。

SQL Server 2005 中实现了对 XML 数据的存储和处理。本章介绍如何使用 FOR XML 子句以 XML 格式从数据库中检索数据的方法,如何使用 OPENXML 函数碎分 XML 文档以便存储在关系型表中,如何使用 SQL Server 2005 XML 数据类型在数据库中存储 XML 数据,以及如何执行查询和修改 XML 数据,最后介绍一下 XML 架构的使用。

13.1 使用 FOR XML 检索 XML

想从数据库的关系型数据列中查询数据,并得到以 XML 格式表示的输出结果,就可以用到 FOR XML 子句。FOR XML 子句是 SQL Server 2005 中 XML 数据查询的核心,是 SELECT 语句的一个子句。使用该子句可以将关系型数据作为 XML 数据进行检索,而不是作为行和列。

在 FOR XML 子句中可以指定 XML 的格式,通过下列 4 种模式:RAW、AUTO、EXPLICIT 或 PATH 模式。此外,还可以指定用来控制输出的各项选项,如表 13.1 所示。

表 13.1 FOR XML 模式/选项说明

模式/选项	描 述
RAW 模式	将结果集中的每一行转换为一个 XML 元素,并且该 XML 元素以 row 作为元素标记。在使用此指令时,可选择为行元素指定名称
AUTO 模式	以简单嵌套的 XML 树形式返回查询结果。在 FROM 子句内,每个在 SELECT 子句中至少有一列被列出的表都表示为一个 XML 元素
EXPLICIT 模式	查询中以指定的自定义格式设置结果 XML 数据的格式
PATH 模式	提供了一种简单的用于混合元素和属性的方法,并引入额外的嵌套以表示复杂属性
ELEMENTS 选项	对于 RAW、AUTO 和 PATH 模式,将各列作为子元素返回,而不是作为属性返回
ROOT 选项	将顶级元素添加到生成的 XML 中。并可选择为此根元素指定名称

13.1.1　RAW 模式查询

RAW 模式将查询结果中的每一行转换为带有通用标识符＜row＞的 XML 元素。RAW 模式具有以下特性：

- 查询所返回的结果集中的每一行由一个元素表示。
- 查询中的每个列映射为行元素的子元素，如指定了 ELEMENTS 选项例外。

1. 以通用 row 元素检索数据

使用 FOR XML 子句的 RAW 模式查询，生成包含通用 row 元素格式的 XML 片断。

【例 13.1】　使用 RAW 模式，获得学生成绩数据的 XML 片段，并按学号排序，要求 XML 中的数据以属性形式显示。

```
Select s.sno,s.sname,c.cno,c.grade
from student as s join s_c as c
on s.sno = c.sno
order by s.sno
for xml raw
```

此查询检索生成的带有通用 row 元素格式的 XML 片断如下：

```
< row sno = "05331101" sname = "张曼      " cno = "0001" grade = "95" />
< row sno = "05331101" sname = "张曼      " cno = "0002" grade = "98" />
< row sno = "05331101" sname = "张曼      " cno = "0003" grade = "89" />
< row sno = "05331102" sname = "刘迪      " cno = "0001" grade = "93" />
< row sno = "05331102" sname = "刘迪      " cno = "0002" grade = "99" />
< row sno = "05331102" sname = "刘迪      " cno = "0003" grade = "95" />
< row sno = "05331103" sname = "刘凯      " cno = "0001" grade = "84" />
< row sno = "05331103" sname = "刘凯      " cno = "0002" grade = "80" />
< row sno = "05331103" sname = "刘凯      " cno = "0003" grade = "94" />
```

2. 使用 ELEMENTS 选项按元素检索

可以通过设置 ELEMENTS 选项，将指定数据作为元素检索，而不作为属性。

【例 13.2】　使用带 ELEMENTS 选项的 RAW 模式，获得学生成绩数据的 XML 片段，并按学号排序，要求 XML 中的数据以元素形式显示。

```
Select s.sno,s.sname,c.cno,c.grade
from student as s join s_c as c
on s.sno = c.sno
order by s.sno
for xml raw,elements
```

此查询检索生成的以元素格式显示的 XML 片断如下：

```
< row >
  < sno > 05331101 </sno >
  < sname >张曼       </sname >
  < cno > 0001 </cno >
```

```
        < grade > 95 </grade >
   </row >
   < row >
        < sno > 05331101 </sno >
        < sname >张曼        </sname >
        < cno > 0002 </cno >
        < grade > 98 </grade >
   </row >
   < row >
        < sno > 05331101 </sno >
        < sname >张曼        </sname >
        < cno > 0003 </cno >
        < grade > 89 </grade >
   </row >
   < row >
        < sno > 05331102 </sno >
        < sname >刘迪        </sname >
        < cno > 0001 </cno >
        < grade > 93 </grade >
   </row >
   < row >
        < sno > 05331102 </sno >
        < sname >刘迪        </sname >
        < cno > 0002 </cno >
        < grade > 99 </grade >
   </row >
   < row >
        < sno > 05331102 </sno >
        < sname >刘迪        </sname >
        < cno > 0003 </cno >
        < grade > 95 </grade >
   </row >
   < row >
        < sno > 05331103 </sno >
        < sname >刘凯        </sname >
        < cno > 0001 </cno >
        < grade > 84 </grade >
   </row >
   < row >
        < sno > 05331103 </sno >
        < sname >刘凯        </sname >
        < cno > 0002 </cno >
        < grade > 80 </grade >
   </row >
   < row >
        < sno > 05331103 </sno >
        < sname >刘凯        </sname >
        < cno > 0003 </cno >
        < grade > 94 </grade >
   </row >
```

3．使用根元素和自定义的行元素名检索数据

可以通过使用 ROOT 选项来指定 XML 文档的根元素，并使用 RAW 模式可选参数修改行元素名。

【例 13.3】　使用带有 ROOT 选项的 RAW 模式，获得学生成绩数据的 XML 片段，并按学号排序，要求 XML 中的数据根元素显示为 StudentGrade，同时行元素显示为 student。

```
select s.sno, s.sname, c.cno, c.grade
from student as s join s_c as c
on s.sno = c.sno
order by s.sno
for xml raw('student'), root('StudentGrade')
```

此查询生成的格式良好的 XML 文档如下：

```
< StudentGrade >
  < student sno = "05331101" sname = "张曼      " cno = "0001" grade = "95" />
  < student sno = "05331101" sname = "张曼      " cno = "0002" grade = "98" />
  < student sno = "05331101" sname = "张曼      " cno = "0003" grade = "89" />
  < student sno = "05331102" sname = "刘迪      " cno = "0001" grade = "93" />
  < student sno = "05331102" sname = "刘迪      " cno = "0002" grade = "99" />
  < student sno = "05331102" sname = "刘迪      " cno = "0003" grade = "95" />
  < student sno = "05331103" sname = "刘凯      " cno = "0001" grade = "84" />
  < student sno = "05331103" sname = "刘凯      " cno = "0002" grade = "80" />
  < student sno = "05331103" sname = "刘凯      " cno = "0003" grade = "94" />
</StudentGrade >
```

13.1.2　AUTO 模式查询

AUTO 模式将查询结果作为嵌套 XML 元素返回。在 FROM 子句内，每个在 SELECT 子句中至少有一列被列出的表都表示为一个 XML 元素。如果在 FOR XML 子句中指定了可选的 ELEMENTS 选项，SELECT 子句中列出的列将映射到属性或子元素。

生成的 XML 中的 XML 层次结构（即元素嵌套）基于由 SELECT 子句中指定的列所标识的表的顺序。因此，在 SELECT 子句中指定列名的顺序非常重要。最左侧第一个被标识的表形成所生成的 XML 文档中的顶级元素。由 SELECT 语句中的列所标识的最左侧第二个表形成顶级元素内的子元素，依此类推。

1．使用 AUTO 模式检索嵌套数据

可以使用 AUTO 模式实现简单的 XML 嵌套结构。

【例 13.4】　使用 AUTO 模式，获得学生成绩数据的 XML 嵌套结构片断。

```
select s.sno, s.sname, c.cno, c.grade
from student as s join s_c as c
on s.sno = c.sno
order by s.sno
for xml auto
```

此查询生成的 XML 片断如下,其中 s 是 student 表的别名,使用别名来确定属性名和元素名。

```
< s sno = "05331101" sname = "张曼        ">
  < c cno = "0001" grade = "95" />
  < c cno = "0002" grade = "98" />
  < c cno = "0003" grade = "89" />
</s>
< s sno = "05331102" sname = "刘迪        ">
  < c cno = "0001" grade = "93" />
  < c cno = "0002" grade = "99" />
  < c cno = "0003" grade = "95" />
</s>
< s sno = "05331103" sname = "刘凯        ">
  < c cno = "0001" grade = "84" />
  < c cno = "0002" grade = "80" />
  < c cno = "0003" grade = "94" />
</s>
```

2. 使用 ELEMENTS 选项按元素检索

可以通过设置 ELEMENTS 选项,将指定数据作为元素检索,而不作为属性。

【例 13.5】 使用带 ELEMENTS 选项的 AUTO 模式,获得学生成绩数据的 XML 片段,并按学号排序。

```
Select s.sno, s.sname, c.cno, c.grade
from student as s join s_c as c
on s.sno = c.sno
order by s.sno
for xml raw, elements
```

此查询检索生成的 XML 片断如下:

```
< s >
  < sno > 05331101 </sno >
  < sname >张曼        </sname >
  < c >
    < cno > 0001 </cno >
    < grade > 95 </grade >
  </c >
  < c >
    < cno > 0002 </cno >
    < grade > 98 </grade >
  </c >
  < c >
    < cno > 0003 </cno >
    < grade > 89 </grade >
  </c >
</s >
< s >
  < sno > 05331102 </sno >
  < sname >刘迪        </sname >
```

```
    < c >
      < cno > 0001 </cno >
      < grade > 93 </grade >
    </c >
    < c >
      < cno > 0002 </cno >
      < grade > 99 </grade >
    </c >
    < c >
      < cno > 0003 </cno >
      < grade > 95 </grade >
    </c >
  </s >
  < s >
    < sno > 05331103 </sno >
    < sname >刘凯        </sname >
    < c >
      < cno > 0001 </cno >
      < grade > 84 </grade >
    </c >
    < c >
      < cno > 0002 </cno >
      < grade > 80 </grade >
    </c >
    < c >
      < cno > 0003 </cno >
      < grade > 94 </grade >
    </c >
  </s >
```

3. 使用根元素名检索数据

可以通过使用 ROOT 选项来指定 XML 文档的根元素,但不能修改行元素名。

【例 13.6】 使用带有 ROOT 选项的 AUTO 模式,获得学生成绩数据的 XML 片段,并按学号排序,要求 XML 中的数据根元素显示为 StudentGrade。

```
select s. sno, s. sname, c. cno, c. grade
from student as s join s_c as c
on s. sno = c. sno
order by s. sno
for xml auto, root('StudentGrade')
```

此查询生成的格式良好的 XML 文档如下:

```
< StudentGrade >
  < s sno = "05331101" sname = "张曼        ">
    < c cno = "0001" grade = "95" />
    < c cno = "0002" grade = "98" />
    < c cno = "0003" grade = "89" />
```

```
  </s>
  < s sno = "05331102" sname = "刘迪         ">
    < c cno = "0001" grade = "93" />
    < c cno = "0002" grade = "99" />
    < c cno = "0003" grade = "95" />
  </s >
  < s sno = "05331103" sname = "刘凯         ">
    < c cno = "0001" grade = "84" />
    < c cno = "0002" grade = "80" />
    < c cno = "0003" grade = "94" />
  </s >
</StudentGrade >
```

13.1.3 EXPLICIT 模式查询

使用 RAW 和 AUTO 模式不能很好地控制从查询结果生成的 XML 的形状。对于要从查询结果生成 XML 元素时，EXPLICIT 模式会提供非常好的灵活性，表中的列可以根据用户的格式需要表示为元素值、属性、子元素。但是必须以特定的方式编写 EXPLICIT 模式查询，以便将有关所需 XML 的附加信息显式指定为查询的一部分，因此该模式使用起来比较复杂。

1. 通用表

EXPLICIT 模式会将由查询执行生成的行集转换为 XML 文档。为使 EXPLICIT 模式生成 XML 文档，行集必须具有特定的格式。这就需要编写 SELECT 查询以生成具有特定格式的行集，这些特定格式的行集就构成了通用表，通用表中的每个行表示将在结果 XML 文档中作为元素表示的数据。

通用表中的前两列定义了包含该行数据的元素在结果 XML 文档中的层次位置。

- Tag   当前元素的标记号，整数类型，为从行集构造的每个元素提供唯一标记号。
- Parent   父元素的标记号，位于 XML 片断顶级的标记，其 Parent 值为 NULL。

Tag 和 Parent 列将提供层次结构信息。

2. 指定通用表中的列名

在编写 EXPLICIT 模式查询时，必须使用以下格式指定所得到的行集中的列名。列名指定数据将表示为元素值、属性还是子元素。常用格式如下：

```
ElementName! TagNumber! AttributeName! Directive
```

列名说明：

- ElementName   所生成元素的通用标识符。例如，如果将 ElementName 指定为 Customers，将生成< Customers >元素。
- TagNumber   分配给元素的唯一标记值。在两个元数据列（Tag 和 Parent）的帮助下，此值将确定所得到的 XML 中元素的嵌套。

- AttributeName　是可选的,属性或子元素的名称,由该属性或子元素表示此列中数据。如果未指定此列名,则数据作为元素值表示。
- Directive　是可选的,可以使用它来提供有关 XML 构造的其他信息。

3. 使用 EXPLICIT 模式检索

先确定检索需要的 XML 文档及其通用表,然后通过使用 EXPLICIT 模式实现所需的查询。

【例 13.7】　要构建表 13.2 所示的通用表及其对应的 XML 文档,试用 EXPLICIT 模式实现所需的查询。

表 13.2　学生信息通用表

Tag	Parent	Student!1!sno	Student!1!sname!element
1	Null	05331101	张曼
1	Null	05331102	刘迪
1	Null	05331103	刘凯

表 13.2 所示的 XML 文档形式如下：

```
< student sno = "05331101">
    < sname >张曼    </sname >
</student >
< student sno = "05331102">
    < sname >刘迪    </sname >
</student >
< student sno = "05331103">
    < sname >刘凯    </sname >
</student >
```

使用 EXPLICIT 模式实现此查询,代码如下：

```
select 1 as tag,
    null as parent,
    s. sno as [student!1!sno],
    s. sname as [student!1!sname!element]
from student as s
for xml explicit
```

13.1.4　PATH 模式查询

PATH 模式提供了一种较简单的方法来混合元素和属性,既能满足用户对 XML 文档格式要求的灵活性,又避开了 EXPLICIT 模式查询的复杂性。在 PATH 模式中,列名或列别名被作为 XPath 表达式来处理。这些表达式指明了如何将值映射到 XML。每个 XPath表达式都是一个相对 XPath,它提供了项类型(例如属性、元素和标量值)以及相对于行元素而生成的节点的名称和层次结构。

XPath 语法内容如下：

- XML 节点表示为路径,由斜杠(/)分隔。
- 属性用"@"前缀表示。
- 相对路径用单点(.)和双点(..)表示,单点表示当前节点,双点表示当前节点的父级节点。

【例 13.8】 使用 PATH 模式查询学生成绩信息的 XML 片断。

```
select sno "student/sno",sname "student/sname"
from student
for xml path
```

此查询生成的 XML 片断形式如下:

```
< row >
  < student >
  < sno > 05331101 </sno >
  < sname >张曼        </sname >
  </student >
</row >
< row >
  < student >
  < sno > 05331102 </sno >
  < sname >刘迪        </sname >
  </student >
</row >
< row >
  < student >
  < sno > 05331103 </sno >
  < sname >刘凯        </sname >
  </student >
</row >
```

13.2 使用 OPENXML 拆分 XML

OPENXML 可以将 XML 数据转换为数据行集,这个过程称为"拆分"XML 数据。这对于将收集到的 XML 数据存放到关系型数据库中是非常有用的。

OPENXML 对内存中的 XML 文档提供与表或视图相似的行集。OPENXML 允许像访问关系行集一样访问 PATH 数据。它通过提供以内部形式表示的 XML 文档的行集视图来实现这一点。行集中的记录可以存储在数据库表中。若要使用 OPENXML 编写对 XML 文档执行的查询,必须先调用 sp_xml_preparedocument。它将解析 XML 文档并返回一个该解析 XML 文档的内部句柄@idoc。已解析文档以文档对象模型(DOM)树的形式说明 XML 文档中的各种节点。该文档句柄传递给 OPENXML,然后 OPENXML 根据传递给它的参数提供一个该文档的行集视图。最后,当不再使用该 XML 文档时,应使用系统存储过程 sp_xml_removedocument 释放文档句柄并销毁内部树。具体过程如图 13.1 所示。

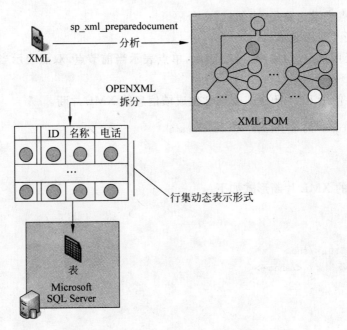

图 13.1   OPENXML 拆分 XML 数据的过程

13.2.1   XML 文档的解析

使用 sp_xml_preparedocument 存储过程解析 XML 文档,并根据该文档生成内部树。

【例 13.9】   使用 sp_xml_preparedocument 存储过程解析学生成绩信息 XML 片断。

```
-- 定义一个 XML 类型的学生成绩信息变量@doc
declare @doc xml
set @doc = '< student sno = "05331101" sname = "张曼        ">
        < course cno = "0001" grade = "95" />
        < course cno = "0002" grade = "98" />
        < course cno = "0003" grade = "89" />
    </ student >'
-- 使用 sp_xml_preparedocument 存储过程解析 XML 数据
-- 获取其内部树的句柄@idoc
declare @idoc int
exec sp_xml_preparedocument @idoc output,@doc
```

13.2.2   使用 OPENXML 检索行集数据

在获得了已解析的 XML 文档内部树句柄@idoc 之后,可根据已解析的树生成行集,使用 OPENXML 函数对已解析的树进行行集检索。

OPENXML 函数的语法如下:

```
OPENXML(idoc, rowpattern, [ flags])
[ WITH (SchemaDeclaration | TableName) ]
```

参数说明:

- idoc XML 文档的内部表示形式的文档句柄。通过调用 sp_xml_preparedocument 创建 XML 文档的内部表示形式。
- rowpattern XPath 模式,用来标识要作为行处理的节点(这些节点在 XML 文档中,该文档的句柄由 idoc 参数传递)。
- flags 确定以属性为中心或以元素为中心进行检索的标志位。flags 为可选输入参数,可以是下列值之一。

   0:使用默认映射(属性)。

   1:检索属性值。

   2:检索元素值。

   3:同时检索属性和元素值。
- SchemaDeclaration 要返回的列的行集架构声明。
- TableName 现有表的名称,其架构应该用于定义放回的列。

【例 13.10】 用 OPENXML 函数返回例 13.9 中由< course >节点中的数据组成的行集。

```
-- 使用 OPENXML 语句从已解析的内部树中提取行集数据
select * from openxml(@idoc,'/student/course')
    with(cno char(4),grade int)
```

其查询的结果如表 13.3 所示,每个<course>节点中的数据将成为表中的一行。

表 13.3 例 13.10 的查询结果

cno	grade
0001	95
0002	98
0003	89

【例 13.11】 使用架构定义从层次结构的 XML 文档中检索数据,要获得表 13.4 所示的查询结果,应如何查询。

表 13.4 查询结果

sno	sname	cno	cname
05331101	张曼	0001	95
05331101	张曼	0002	98
05331101	张曼	0003	89

要实现层次结构检索数据,可使用包含 XPath 模式的列模式,XPath 指定层次结构,列模式确定使用"属性为中心"映射或"元素为中心"映射。

具体代码如下:

```
select * from openxml(@idoc,'/student/course',1)
with(sno char(8) '../@sno',
    sname char(10) '../@sname',
    cno char(4) '@cno',
    grade int  '@grade')
```

上述代码中，1 是 flags 值，表示默认情况下检索的是属性，可省略不写。sno 属性需要从 student 元素中检索，而该元素位于当前 course 元素的上级，所以使用"../"。

13.2.3　XML 文档的释放

当不再需要内存中的 XML 文档时，必须通过调用 sp_xml_removedocument 系统存储过程从内存中删除以内部形式表示的 XML 文档来释放内存。

【例 13.12】 使用 sp_xml_removedocument 存储过程释放学生成绩信息 XML 文档。

```
exec sp_xml_removedocument @idoc
```

13.3　使用 XML 数据类型

SQL Server 2005 中引入了一种用于处理 XML 数据的新数据类型——XML 数据类型。这一类型能够将 XML 文档或片段作为列、参数或局部变量进行存储，可以在关系型数据库中方便地查询、修改 XML 数据。

首先定义一个 XML 类型的变量。

```
declare @stuxml as xml                 -- 指定变量@stuxml 为 XML 数据类型
set @stuxml = '                        -- 为变量赋值
    < student >
        < sno > 05331101 </sno >
        < sname >张曼</sname >
        < sex >女</sex >
        < age > 19 </age >
    </student >'
```

查询变量：

```
select @stuxml
```

显示结果如下：

```
< student >
        < sno > 05331101 </sno >
        < sname >张曼</sname >
        < sex >女</sex >
        < age > 19 </age >
</student >
```

除了与基本数据类型一样可以定义变量外，XML 数据类型还可以用在表中列的定义中。下面就建一个成绩单表(gradereport)，其中包含两列，一列是成绩单编号(reportid)，一列是学生的信息(stuinfo)，学生信息就定义为 XML 数据类型。

```
create table gradereport
(
    reportid int primary key,
    stuinfo xml not null
)
```

XML 数据类型当定义表中一列时，注意不能作为主键、外键，而且不能被声明 UNIQUE 约束。

下面向表中插入数据。就使用如上@stuxml 数据。

```
insert into gradereport(reportid,stuinfo) values(1,@stuxml)
```

上述实现了 XML 数据的存储，而对于 XML 数据的查询和处理，就要使用 XQuery 语言，支持 W3C 标准。XQuery 查询的主体由两部分组成：XPath 表达式和 FLWOR 表达式，XPath 表达式使用路径来识别 XML，描述节点在 XML 文档中的位置。FLWOR 表达式也称选择逻辑表达式，包括 for、let、where、order by 和 return 语句，通常 for 与 let 搭配，为变量赋值，循环遍历；where、order by 和 return 起限制作用，用于确定输出变量的值。SQL Server 2005 提供了 5 种方法支持 XQuery，用以实现 XML 类型数据的处理。

- xml. exist() 确定指定节点是否存在于 XML 文档中。
- xml. value() 接受 XQuery 作为输入，返回一个 SQL Server 标量类型。
- xml. query() 接受 XQuery 作为输入，返回一个 XML 数据类型流作为输出。
- xml. nodes() 接受 XQuery 作为输入，并从该 XML 文档返回一个单列行集，实质是将 XML 分割为多个更小的 XML 结果。
- xml. modify() 允许使用 XQuery 数据操作语言插入、删除或修改 XML 数据类型的节点或节点序列。

1. xml. exist()方法

确定指定节点是否存在于 XML 文档中。如果存在，则返回 1；反之，则返回 0。使用方法如下（仍然使用上述定义的@stuxml 变量）：

```
select @stuxml.exist('/student') ---- 查询有无 student 节点,返回结果为 1,即有
select @stuxml.exist('/student/sno') ---- 返回结果为 1,"/"表示路径
select @stuxml.exist('/student/class') ---- 返回结果为 0,不存在 class 节点
```

2. xml. value()方法

接受一个 Xquery 表达式，返回一个 SQL Server 标量值，可以指定标量值的数据类型。浏览第一个学生的姓名，并将其类型转换为 char(10)，具体代码如下：

```
select @stuxml.value('student[1]/sname[1]','char(10)')
```

3. xml. query()方法

与 xml. value()方法类似，区别在于 query 方法返回一个 XML 数据类型值。

```
select @stuxml.query('student[1]/sname[1]')
```

4. xml. nodes()方法

该方法用于将 XML 数据类型实例拆分为关系数据。接受一个 XQuery 表达式，并从该 XML 文档返回一个行集，行集中由 XQuery 表达式标识的每个节点作为上下文节点返

回,后续查询可从该节点提取数据。下列代码实现以关系型格式从 XML 变量中提取学生数据。

```
select col.value('sno[1]','char(8)') sno,
       col.value('sname[1]','char(10)') sname,
       col.value('sex[1]','char(2)') sex,
       col.value('age[1]','int') age
  from @stuxml.nodes('/student') as student(col)
```

其中 student(col)是返回的表和列的名,结果将在该表和该列中显示。使用 value()方法返回对应列的标量值。上述代码的执行结果如表 13.5 所示。

表 13.5　代码执行结果

sno	sname	sex	age
05331101	张曼	女	19

5. xml.modify()方法

该方法允许使用 XQuery 数据操作语言插入、删除或修改 XML 数据类型的节点或节点序列。分别包括 insert、delete 和 replace,也被称为 XML DML。

(1) xml.modify(insert)方法。

向 XML 数据类型实例中插入一个节点或节点序列。如下示例向@stuxml 变量中插入电话 tel 节点。

```
set @stuxml.modify('insert
                    <tel>13597688901</tel>
                  into(/student[1])')
```

执行查询 select @stuxml,结果如下:

```
<student>
  <sno>05331101</sno>
  <sname>张曼</sname>
  <sex>女</sex>
  <age>19</age>
  <tel>13597688901</tel>
</student>
```

在该方法中还有一些常用的参数,如 at first 将新的 XML 作为第一个同级元素插入,at last 将新的 XML 作为最后一个同级元素插入。

(2) xml.modify(delete)方法。

从 XML 数据类型实例中删除一个节点或节点序列。如下示例从@stuxml 变量中删除电话 tel 节点。

```
set @stuxml.modify('delete /student/sno[1]')
```

执行查询 select @stuxml,结果如下:

```
< student >
    < sname >张曼</ sname >
    < sex >女</ sex >
    < age > 19 </ age >
</ student >
```

（3）xml. modify（replace）方法。

更新 XML 数据类型实例的值。如下示例将@stuxml 变量中的 sname 节点的值改为张蔓。

```
set @stuxml.modify('replace value of (/student/sname[1]/text())[1] with "张蔓"')
```

本章小结

　　XML 由于其数据的通用和适应性强的特点，被广泛应用于 Web 和其他任何地方。本章介绍了在 SQL Server 2005 中如何实现对 XML 数据的存储和处理。重点介绍了如何使用 FOR XML 子句以 XML 格式从数据库中检索数据的方法，包括 4 种模式：RAW、AUTO、EXPLICIT 和 PATH 模式。如何使用 OPENXML 函数碎分 XML 文档，如何在 SQL Server 2005 数据库中存储 XML 类型数据，以及对 XML 类型数据处理的 5 种方法：xml. exist()、xml. value()、xml. query()、xml. nodes()和 xml. modify()。

习题 13

应用题

　　小王是一家公司的数据库开发员。他的数据库中有一张表 contacts 是用来存储联系人信息的，这些联系信息被存储在以下列中：ID、FirstName、LastName 和 Company。现在，小王要返回一个 XML 结构以把数据发布到 Web 页上，这个 XML 结构如下：

```
< ContactList >
< Contact >
< CompanyName > company </ CompanyName >
< NumberOfContacts > 1 </ NumberOfContacts >
< Contacts >
< Contacts FirstName = "fName" LastName = "lName"/>
</ Contacts >
</ Contact >
…
</ ContactList >
```

试写出相应的查询语句。

第14章

数据库的备份与恢复

现代数据库的应用主要面对各类型管理信息系统和网站的后台管理,如果由于误操作、断电、硬件损坏等原因,数据库中的数据往往会面临错误、丢失的危险。因此,每个面向关键任务的数据库系统应当具有足够的灾难恢复能力,同时实现灾难恢复的流程也十分重要。

14.1 数据库备份

备份是在某种介质上存储数据库(或者其中一部分)的复制。

对数据库文件或者事务日志文件进行备份,就是记录在进行备份这一操作时数据库中所有数据的状态,以便在数据库遭到破坏时能够及时地将其还原。执行备份操作必须拥有对数据库备份的权限许可,SQL Server 只允许系统管理员、数据库所有者和数据库备份执行者备份数据库。

数据库备份是维护数据库数据安全最重要的手段。任何数据库系统,如果缺少合适的备份手段,这个数据库系统就存在着缺乏保护数据的措施。

1. 备份内容

备份内容主要包括系统数据库、用户数据库和事务日志。

(1) 系统数据库主要包括 master、msdb 和 model 数据库,它们记录了重要的系统信息,是确保 SQL Server 数据库管理系统正常运行的重要依据,必须完全备份。

(2) 用户数据库是存储用户数据的存储空间集合,通常用户数据库中的数据依其重要性可分为关键数据和非关键数据。关键数据是用户的重要数据,不易甚至不能重新创建,必须进行完全备份。

(3) 事务日志记录了用户对于数据的各种操作,平时系统会自动管理和维护所有的数据库事务日志。相对于数据库文件备份,事务日志备份所需要的时间较少,但恢复需要的时间比较长。

2. 备份设备

数据库备份前,必须选择存放备份数据的备份设备。备份设备是用来存储数据库、事务日志或文件和文件组备份的存储介质。备份设备可以是硬盘、磁带或者命名管道等。

SQL Server 使用物理设备名称或逻辑设备名称来标识备份设备。使用逻辑设备名称标识的备份设备称为永久备份设备,可以多次使用。使用物理设备名称标识的备份设备称为临时备份设备,只能使用一次。

14.1.1 SQL Server 的备份类型

在 SQL Server 2005 中为用户提供了多种数据库备份的方法,以满足各种数据库活动的需求,如图 14.1 所示。

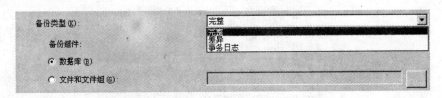

图 14.1 备份类型

1. 完整备份

数据库的完整备份表示完全备份当前整个数据库,包含所有数据文件和部分事务日志文件。此备份在系统发生故障时用作基准数据库。还原后的数据库等同于备份完成时的数据库状态减去所有未提交事务。如果数据库是只读数据库,那么完整数据库备份可能已经足够预防数据丢失。

2. 事务日志备份

事务日志是一个单独文件,它记录了所有数据库的更改。当执行完整数据库备份时,通常都需要进行事务日志备份。备份的时候只复制自上次备份事务日志后对数据库执行的所有事务的一系列记录。

3. 增量备份(又称为差异备份)

数据库增量备份包含了自上次完全数据库备份以来数据库中所有变化的复制。增量备份一般会比完全备份占用更少的空间。

4. 文件和文件组备份

当数据库内容非常大的时候,可执行数据库文件或文件组备份。这种备份策略使用户只恢复已损坏的文件或文件组,而不用恢复数据库的其余部分,所以文件和文件组的备份及恢复是一种相对较完善的备份和恢复过程。

14.1.2 使用 Management Studio 进行数据库备份

1. 数据库完整备份

使用 Management Studio 创建完整备份的过程如下:

(1) 连接到相应的"数据库引擎"实例之后,在"对象资源管理器"中展开"服务器"→"数据库"节点。

（2）根据数据库的不同，选择某用户或系统数据库。

（3）右击数据库，从弹出的快捷菜单中选择"任务"→"备份"命令，如图 14.2 所示。将出现"备份数据库"窗口，如图 14.3 所示。

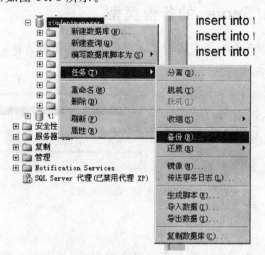

图 14.2　数据库备份

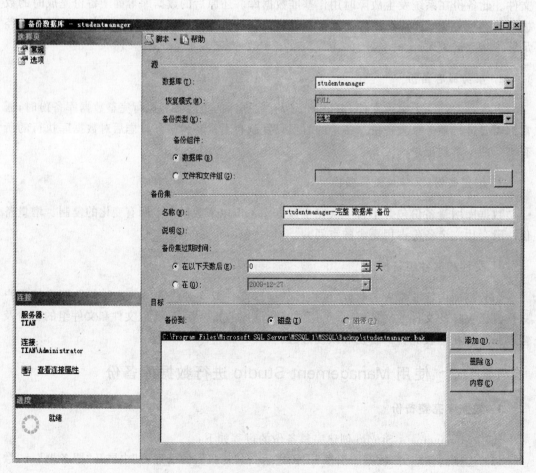

图 14.3　"备份数据库"窗口

（4）在"数据库"下拉列表框中验证数据库名称，也可以从下拉列表中选择其他数据库，如图 14.4 所示。

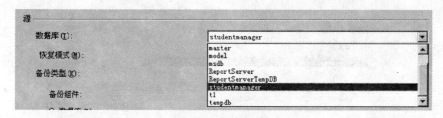

图 14.4　备份源

（5）可以对任意恢复模式执行数据库备份。恢复模式包括完整恢复模式、简单恢复模式和大容量日志恢复模式三种。

（6）在"备份类型"下拉列表中选择"完整"选项。

（7）在"备份组件"下选择"数据库"单选按钮，如图 14.5 所示。

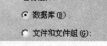

图 14.5　备份组件

（8）可以接受"名称"文本框中建议的默认备份集名称，也可以为备份集输入其他名称。或者在"说明"文本框中输入备份集的说明，如图 14.6 所示。

图 14.6　备份集

（9）指定备份集何时过期以及何时可以覆盖备份集而不用显式跳过过期数据验证。可以在此处设置备份集的过期时间，备份集从创建到过期所需的天数，范围为 0～99999 天，0 天表示备份集永不过期，如图 14.7 所示。

图 14.7　备份集时间

（10）通过选择"磁盘"或"磁带"单选按钮，选择备份目标的类型。若要选择包含单个媒体集的多个磁盘或磁带机的路径，则单击"添加"按钮，选择的路径将显式在"备份到"列表框中。若要删除备份目标，则选择该备份目标并单击"删除"按钮。若要查看备份目标的内容，则选择备份目标并单击"内容"按钮，如图 14.8 和图 14.9 所示。

（11）如果查看或选择高级选项，则在"选择页"窗格中单击"选项"。

（12）通过单击下列选项之一来选择"覆盖媒体"选项。

① 备份到现有媒体集。对于此选项，请单击"追加到现有备份集"或"覆盖所有现有备份集"。

② 备份到新媒体集并清除所有现有备份集。对于此选项，请在"新建媒体集名称"文本框中输入名称，并在"新建媒体集说明"文本框中描述媒体集。

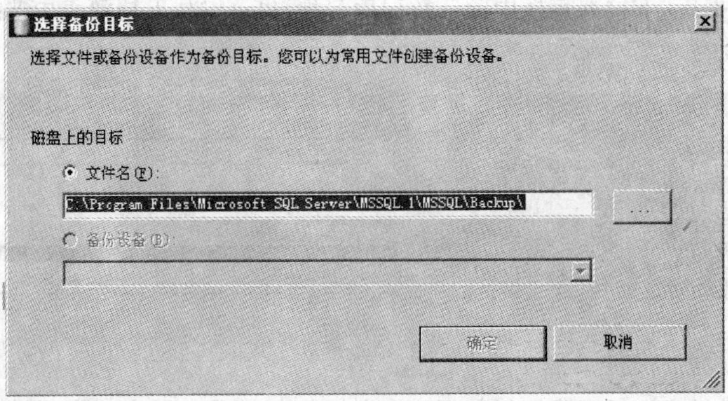

图 14.8　备份目标

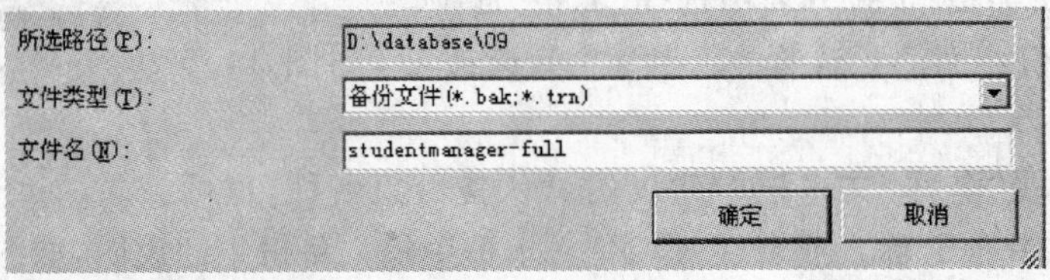

图 14.9　备份路径

(13) 在"可靠性"部分中,根据需要选中下列任意选项。

① 完成后验证备份。

② "写入媒体前检查校验"和"出现校验和错误时继续"。

如图 14.10 所示。

图 14.10　备份结果

2. 数据库完整差异备份

创建完整数据库备份之后,才可以创建差异数据库备份。如果选定的数据库从未进行备份,则必须先执行一次完整备份才能创建差异备份。

此备份的操作过程与完整备份过程一致,主要是备份类型选择"差异"。

3. 数据库事务日志备份

无论数据库采用的是完整恢复模式还是大容量日志恢复模式,都应备份事务日志。创建事务日志备份的操作过程与创建完整备份的操作过程也基本相同,主要的不同是在"备份类型"下拉列表中选择"事务日志"。另外,在"事务日志"区域中还需选定:

（1）对于例行的日志备份，请保留默认选项"通过删除不活动的条目截断驶入日志"。

（2）若要备份日志尾部（即活动的日志），请选中"备份日志尾部，并使数据库处于还原状态"。备份日志尾部失败后执行尾日志备份，以防丢失所做的工作。在失败之后且在开始还原数据库之前，或者在故障转移到辅助数据库时，备份活动日志。

4．数据库文件和文件组备份

文件和文件组完整备份仅适用于包含多个文件组的数据库（在简单恢复模式下，仅适用于包含只读文件组的数据库）。完整文件备份一个或多个完整的文件，相当于完整备份。

文件或文件组备份能够更快地从隔离的媒体故障中恢复，可以迅速还原损坏的文件，可以同时创建文件和事务日志备份。文件备份增加了计划和媒体处理的灵活性，增加了文件或文件组备份的灵活性，对于包含具有不同更新特征的数据的大型数据库也很有用。

创建文件和文件组完整备份的操作过程与创建完整备份的操作过程也基本相同，主要的不同是：

（1）在"备份类型"下拉列表中选择"完整"或"差异"。

（2）对于"备份组件"选项，选择"文件和文件组"单选按钮。可以选择一个或多个单独文件，也可以通过选中文件组复选框来自动选择该文件组中的所有文件。

但是如果某个损坏的文件未备份，那么媒体故障可能会导致无法恢复整个数据库。因此，必须维护完整的文件备份，包括完整恢复模式的文件备份和日志备份。

14.1.3　使用 BACKUP 命令进行数据库备份

1．创建备份设备

```
Sp_addumpdevice '设备类型','设备名','设备路径
```

其中：

- 设备类型　disk，tape。
- 设备路径　该设备在存储空间内的物理路径。

【**例 14.1**】　创建备份设备 bf1。

语句：

```
Exec sp_addumpdevice 'disk','bf1','d:\database\09\bf1.bak'
```

2．BACKUP DATABASE 的语法

（1）备份整个数据库。

```
Backup database <数据库名称>
         To <备份设备名>[,…n]
         With name = <备份的名字>,description = 说明的内容
```

【例 14.2】 对数据库 studentmanage 做一次完全备份，备份设备为创建的 bf1。

语句：

```
Backup database studentmanager
  To disk = 'bf1'
  With name = 'smbackup', description = 'full backup of sm'
```

结果：

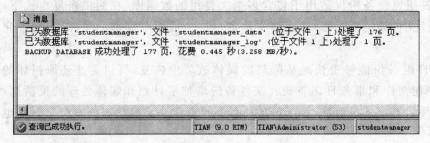

（2）差异备份。

```
Backup database <数据库名称> [,…n]
          To <备份设备名>[,…n]
          With differential,[noinit|init]
```

其中：

- init　代表新备份的数据覆盖当前备份设备上的每一项内容。
- Noinit　代表新备份的数据条件到备份设备上已有内容的后面。

【例 14.3】 创建备份设备 bf2，对数据库 studentmanage 做一次差异备份，备份设备为创建的 bf2。

语句：

创建备份设备：

```
Exec sp_addumpdevice 'disk','bf2','d:\database\09\bf2.bak'
```

执行差异备份：

```
Backup database studentmanager
  To disk = 'bf2'
  With name = 'smbackup', description = 'differential backup of sm',
     Noinit,differential
```

结果：

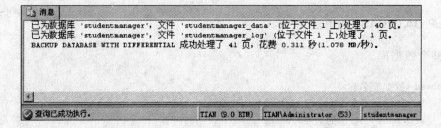

（3）备份日志。

Backup log <数据库名称>
　　　　To <备份设备名>[, … n]

【例 14.4】 对数据库 studentmanage 做一次日志备份，备份设备为创建的 bf1。
语句：

Backup log studentmanager
　　To disk = 'bf1'
　　With name = 'smbackup', description = 'log backup of sm', Noinit

结果：

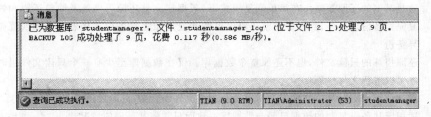

14.2　还原数据库

　　数据库还原要考虑还原方案，还原方案是从一个或多个备份中还原数据并在还原最后一个备份后恢复数据库的过程。使用还原方案可以还原下列某个级别的数据：数据库、数据文件和数据页。每个级别的影响如下。

　　（1）数据库级别。还原和恢复整个数据库，并且数据库在还原和恢复操作期间处于离线状态。

　　（2）数据文件级别。还原和恢复一个数据文件或一组文件。在文件还原过程中，包含相应文件的文件组在还原过程中自动变为离线状态。访问离线文件组的任何尝试都会导致错误。

　　（3）数据页级别。可以对任何数据库进行页面还原，而不管文件组数为多少。还原方案一般分为简单恢复模式下的还原方案与完整恢复模式下的还原方案（适用于完整恢复模式和大容量日志恢复模式）两种。

　　完整日志恢复模式和大容量日志恢复模式支持表 14.1 中介绍的基本还原方案。简单恢复模式支持表 14.2 中所述的基本还原方案。

表 14.1　完整日志恢复模式和大容量日志恢复模式的基本还原方案

还原方案	说　　明
数据库完整还原	这是基本的还原策略。在完整/大容量日志恢复模式下，数据库完整还原涉及还原完整备份和差异备份，然后还原所有后续日志备份。通过恢复并还原上一次日志备份完整数据库完整还原
文件还原	还原一个或多个文件，而不还原整个数据库。可以在数据库处于离线状态或数据库保持在线状态时执行文件还原。在文件还原过程中，包含正在还原的文件的文件组一直处于离线状态。必须具有完整的日志备份链，并且必须应用所有这些日志备份以使文件与当前日志文件保持一致

续表

还原方案	说　明
页面还原	还原损坏的页面。可以在数据库处于离线状态或数据库保持在线状态时执行页面还原。在页面还原过程中,包含正在还原的页面的文件一直处于离线状态。必须具有完整的日志备份链,并且必须应用所有这些日志备份以使页面与当前日志文件保持一致
段落还原	按文件组级别并从主文件组开始,分阶段还原和恢复数据库

表 14.2　简单恢复模式的基本还原方案

还 原 方 案	说　明
数据库完整还原	这是基本的还原策略。在简单恢复模式下,数据库完整还原可能涉及简单还原和恢复完整备份。另外,数据库完整还原也可能涉及还原完整备份并接着还原和恢复差异备份
文件还原	还原损坏的只读文件,但不还原整个数据库。仅在数据库至少有一个只读文件组时才可以进行文件还原
段落还原	按文件组级别并从主文件组和所有读写副主文件组开始,分阶段还原和恢复数据库
仅恢复	适用于从备份复制的数据已经与数据库一致而只需使其可用的情况

14.2.1　还原完整备份

1. 还原完整备份的一般方法

还原完整备份是指用备份完成时数据库中包含的所有文件重新创建数据库。通常,将数据库恢复到故障点分为下列基本步骤:

(1) 备份活动事务日志。此操作将创建尾日志备份,如果活动事务日志不可用,则该日志部分的所有事务都将丢失。

(2) 还原最新的完整备份,但不恢复数据库(with norecovery)。

(3) 如果存在差异备份,则还原最新的差异备份,而不恢复数据库(with norecovery)。

(4) 从还原备份后创建的第一个事务日志备份开始,使用 norecovery 依次还原日志。

(5) 恢复数据库也可与还原上一次日志备份结合使用。

(6) 数据库完整还原通常可以恢复到日志备份中的某一个时间点或标记的事务。但是,在大容量日志恢复模式下,如果日志备份包含大容量更改,则不能进行时点恢复。

2. 使用 Management Studio 还原完整备份

在完整恢复模式或大容量日志恢复模式下,必须先备份活动事务日志,然后才能在 Management Studio 中还原数据库。

活动事务日志是使数据库处于还原状态的一种日志备份。

(1) 连接到相应的"数据库引擎"实例之后,在"对象资源管理器"中展开"服务器"→"数据库"节点。

(2) 根据数据库的不同,选择用户数据库,或展开"系统数据库"节点,再选择系统数据库。

（3）右击数据库，从弹出的快捷菜单中选择"任务"→"还原"→"数据库"命令，如图 14.11 所示。

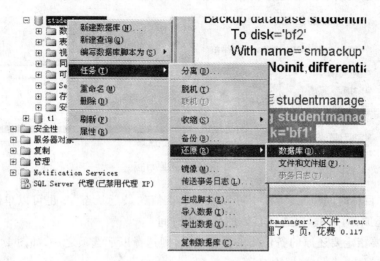

图 14.11　还原数据库

（4）将打开"还原数据库"窗口，如图 14.12 所示。

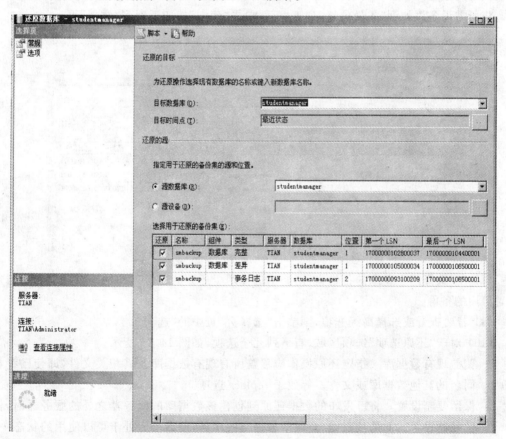

图 14.12　"还原数据库"窗口

（5）在"常规"页上，还原数据库的名称将显示在"目标数据库"下拉列表框中。若要创建新数据库，则在该下拉列表框中输入数据库名，如图14.13所示。

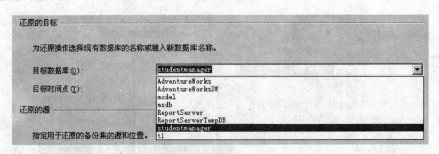

图14.13　还原目标

（6）在"目标时间点"文本框中可以保留默认值（"最近状态"），也可以单击"浏览"按钮打开"时点还原"对话框，以选择具体的日期和时间。

（7）若要指定要还原的备份集的源和位置，则选择以下选项之一，如图14.14所示。

① 源数据库：输入数据库名称。

② 源设备：单击"浏览"按钮，打开"指定备份"对话框。在"备份媒体"列表框中，从列出的设备类型选择一种。若要为"备份位置"列表框选择一个或多个设备，则单击"添加"按钮。将所需设备添加到"备份位置"列表框后，单击"确定"按钮返回到"常规"页。

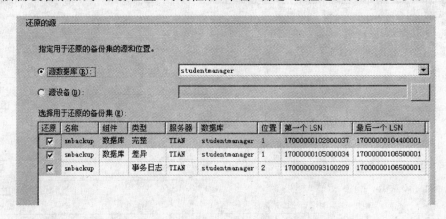

图14.14　还原的源

（8）在"选择用于还原的备份集"网格中选择用于还原的备份。此网格将显示对于指定位置可用的备份。

（9）若要查看或选择高级选项，则单击"选择页"页中的"选项"。

（10）对于"还原选项"选项区域，有下列几个选项，如图14.15所示。

- 覆盖现有数据库　指定还原操作应覆盖所有现有数据库及其相关文件，即使已存在同名的其他数据库或文件。等效于replace选项。
- 保留复制设置　将已发布的数据还原到创建该数据库的服务器之外的服务器时，保留复制设置。此选项只能与"回滚未提交的事务，使数据库处于可以使用的状态…"选项一起使用。等效于keep_replication选项。

- 还原每个备份之前进行提示　还原初始备份之后,此选项会在还原每个附加备份集之前打开"继续还原"对话框,该对话框将要求用户指示是否要继续进行还原。该对话框将显示下一个媒体集的名称,备份集名称以及备份集说明。
- 限制访问还原的数据库　使还原的数据库仅供 db_owner、dbcreator 或 sysadmin 的成员使用。等效于 restricted_user 选项。
- 将数据库文件还原为　以网格格式显示原始数据库文件名称。可以更改要还原到的任意文件的路径及名称。其中,"原始文件名"表示源备份文件的完整路径;"还原为"表示将来还原的数据库文件的完整路径,等效于 move 选项。

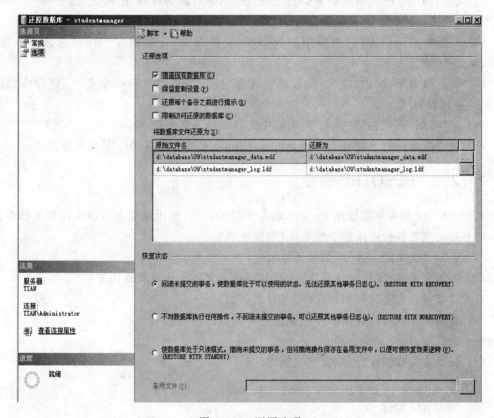

图 14.15　还原选项

(11) 对于"恢复状态"选项,请指定还原操作之后的数据库状态。

- 回滚未提交的事务,使数据库处于可以使用的状态。无法还原其他事务日志:**恢复数据库**。等效于 recovery 选项。仅在没有要还原的日志文件时选择此选项。
- 不对数据库执行任何操作,不回滚未提交的事务。可以还原其他事务日志:**使数据库处于未恢复状态**。等效于 norecovery 选项。
- 使数据库处于只读模式。撤销未提交的事务,但将撤销操作保存在备用文件中,以便可使恢复效果逆转:等效于 standby 选项。

(12) 可以在"备用文件"文本框中指定备用文件名。如果要使数据库处于只读模式,则必须选中此选项。

14.2.2　使用 Management Studio 还原事务日志备份

一般的还原过程需要在"还原数据库"对话框中同时选择日志备份以及数据和差异备份。备份必须按照其创建顺序进行还原。在还原给定的事务日志之前,必须已经还原下列备份,但不用回滚未提交的事务:事务日志备份之前的完整备份和差异备份,在完整备份和现在要还原的事务日志之间所作的全部事务日志备份。

还原事务日志备份过程如下:

(1) 连接到相应的数据库引擎实例之后,在"对象资源管理器"中展开"服务器"→"数据库"节点。

(2) 根据数据库的不同,选择用户数据库,或展开"系统数据库"节点,再选择系统数据库。

(3) 右击数据库,从弹出的快捷菜单中选择"任务"→"还原"→"事务日志"命令,打开"还原事务日志"对话框。

(4) 在"常规"页上的"数据库"列表框中选择或输入数据库名称。

(5) 剩余过程相似于"使用 Management Studio 还原完整备份",因此不再赘述。

14.2.3　RESOTRE 命令

利用 restore 命令还原使用 backup 命令所做的备份,使用此命令可以实现如下操作:

(1) 基于完整备份还原整个数据库(完整还原)。

(2) 还原数据库的一部分(部分还原)。

(3) 将特定文件、文件组或页面还原到数据库(文件还原或页面还原)。

(4) 将事务日志还原到数据库(事务日志还原)。

(5) 将数据库恢复到数据库快照捕获的时间点。

Restore database 的命令语法

(1) 恢复全部数据库、还原完整数据库。

```
Restore database {数据库名|@database_name_var}
From <备份设备 1>[,…n]
[with [norecovery|recovery],[replace],[restart],[file=文件号]]
```

其中:

- recovery　用于最后一个备份的恢复,恢复完成后,SQL Server 回滚被恢复的数据库中所有未完成的事务,以保持数据库的一致性。
- norecovery　用于恢复完全备份和差异备份,最后用 recovery 选项恢复日志备份。
- replace　创建一个新的数据库,并将备份恢复到这个新数据库。如果数据库服务器上已经存在一个同名的数据库,则原来的数据库被删除。
- restart　指明此次恢复从上次 restore 中断的地方重新开始。

【例 14.5】　恢复完全备份。

语句:

```
Restore database studentmanage
```

```
From bf1
With norecovery,file = 1
```

（2）恢复部分数据库。

【例 14.6】 差异备份恢复。

语句：

```
Restore database studentmanage
From bf2
With norecovery,file = 1
```

（3）恢复事务日志。

【例 14.7】 恢复日志备份。

语句：

```
Restore log studentmanage
From bf1
With recovery,file = 2
```

本章小结

本章的主要内容是数据库的维护，重点在于如何有效地保护数据。学习本章内容，读者应该理解在何种情况下进行数据库备份和恢复操作，在不同需求的情况下会选择不同的数据库备份方法，可以进行综合的数据库备份策略的设计。同时掌握不同类型的还原数据库的操作方法。

习题 14

1. 有几种备份类型？简述各种备份类型的特点。
2. 创建一个数据库备份设备 mybake，然后将书中使用的数据库完整备份到这个备份设备，备份名称为 mybake. bak。
3. 恢复第 2 题中的数据库。
4. 删除以上数据库中的一个视图，然后对该数据库执行增量备份。

第15章

管理安全性

维护数据库的安全性是一项重要的管理任务,其要点在于让合适的用户只能访问数据库中需要的部分,避免用户或者恶意攻击者越权访问数据库中的对象。维护安全性需要根据不同用户或者应用程序的工作需求,合理地分配其在数据库中的权限。

15.1 SQL Server 的安全性组件

1. 主体

一个主体是一个已授权的标识,可为其授予访问数据库系统中对象的权限。SQL Server 系统区别单个主体(如用户登录名)和集合主体(如内置服务器角色)。

主体存在于三个级别上,如表 15.1 所示。

表 15.1　主体类型

级　　别	主　　体
Windows 系统级别	Windows 本地用户帐户
	Windows 域用户帐户
	Windows 组
SQL Server 级别	SQL Server 登录名
	SQL Server 角色
数据库级别	数据库用户
	数据库角色
	应用程序角色
	数据库组(仅用于向后兼容性)

2. 安全对象

SQL Server 2005 授权系统会控制对某类对象的访问,这类对象称为"安全对象"。安全对象被安排在称作"作用域"的嵌入式层次结构中。在 SQL Server 中存在三种安全对象作用域:服务器、数据库和架构。

各个作用域包含的安全对象如表 15.2 所示。

表 15.2 安全对象

作 用 域	安 全 对 象
服务器安全对象范围	SQL Server 登录名；端点；数据库
数据库安全对象范围	数据库用户；角色；应用程序角色；证书；
	对称密钥；非对称密钥；程序集；
	全文目录；DDL 事件；架构；远程服务绑定
模式(架构)安全对象范围	表；视图；函数；存储过程；类型；
	同义词；聚合函数；XML 架构集合；约束

注：读者可以依据书中关于主体和安全对象的说明，自行总结出不同级别的主体可以请求的安全对象范围。

在实际生活中，当一个用户需要访问资源的时候需要通过这样的选择，首先需要有第 1 把钥匙要进入存放资源的大楼，由于大楼有很多房间，就需要有第 2 把钥匙进入到大楼内存放这个资源的房间，进入房间后要有第 3 把钥匙打开存放资源的抽屉。这就如同一个最基本的安全性问题，某用户登录数据库系统，操作其中一个数据库内表中的数据一样，那么如何确保只有合法的用户才能登录到系统中呢？也就是怎样才能掌握第 1 把钥匙呢？在 Microsoft SQL Server 2005 系统中，这个问题是通过身份验证模式和主体解决的。

下面介绍登录名和身份验证模式。创建一个登录帐号，进入到 SQL SERVER 2005 系统。

15.2 SQL Server 的身份验证模式

SQL Server 2005 提供了两种身份验证模式，不同的登录方式针对不同的身份验证模式，如图 15.1 所示。

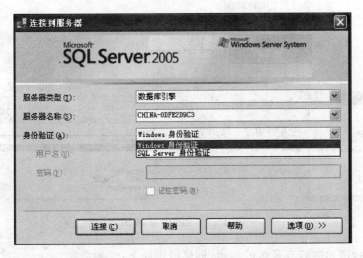

图 15.1 登录服务器

在"对象资源管理器"中右击服务器，然后在服务器属性中选择安全性可以修改身份验证模式。

15.2.1 登录名

管理登录名包括创建登录名、设置密码策略、查看登录名信息、修改和删除登录名。下面讲述登录名管理的内容。

注意，sa 是一个默认的 SQL Server 登录名，拥有操作 SQL Server 系统的所有权限。该登录名不能被删除。当采用混合模式安装 Microsoft SQL Server 系统之后，应该为 sa 指定一个密码。

1. 创建登录名

在"对象资源管理器"中展开"安全性"节点，右击"登录名"，从弹出的快捷菜单中选择"新建登录名"命令，即进入"登录名-新建"窗口，如图 15.2 和图 15.3 所示，也可以在此修改、删除登录名。其中图 15.3 中创建的登录名是属于 SQL SERVER 身份验证方式的。

图 15.2　新建登录名

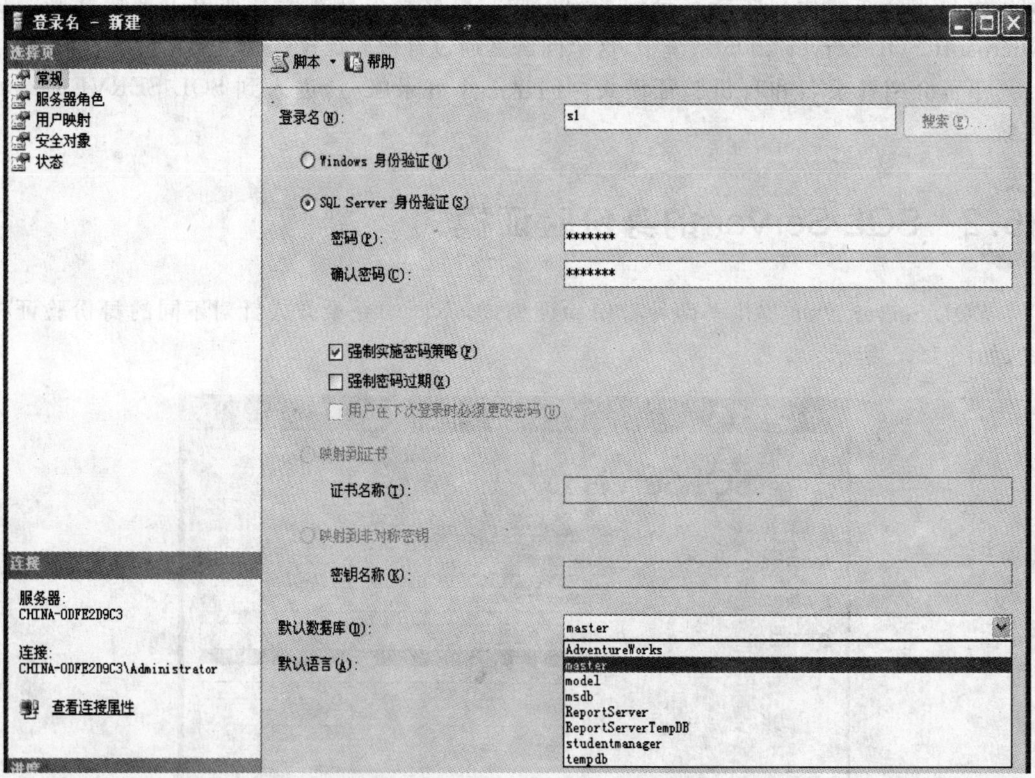

图 15.3　创建登录名 S1

也可以通过语句进行登录名的创建，创建语句如下：

```
CREATE LOGIN <登录名>
    { WITH < PASSWORD = 'password' [ HASHED ] [ MUST_CHANGE ]> [ , < option_list1 > [ , … ] ]
    | FROM < sources > }
```

```
< sources > : : =
    WINDOWS [ WITH < windows_options > [ , … ] ]
    | CERTIFICATE certname

< option_list1 > : : =
    SID = sid
    | DEFAULT_DATABASE = database
    | DEFAULT_LANGUAGE = language
    | CHECK_EXPIRATION = { ON | OFF }
    | CHECK_POLICY = { ON | OFF }
    [ CREDENTIAL = credential_name ]

< windows_options > : : =
    DEFAULT_DATABASE = database
    | DEFAULT_LANGUAGE = language
```

其中,各个参数表示内容如下:

- PASSWORD = 'password' 仅适用于 SQL Server 登录名。指定正在创建的登录名的密码。此值提供时可能已经过哈希运算。
- HASHED 仅适用于 SQL Server 登录名。指定在 PASSWORD 参数后输入的密码已经过哈希运算。如果未选择此选项,则在将作为密码输入的字符串存储到数据库之前,对其进行哈希运算。
- MUST_CHANGE 仅适用于 SQL Server 登录名。如果包括此选项,则 SQL Server 将在首次使用新登录名时提示用户输入新密码。
- CERTIFICATE certname 指定将与此登录名关联的证书名称。此证书必须已存在于 master 数据库中。
- CREDENTIAL = credential_name 将映射到新 SQL Server 登录名的凭据名称。该凭据必须已存在于服务器中。
- SID = sid 仅适用于 SQL Server 登录名。指定新 SQL Server 登录名的 GUID。如果未选择此选项,则 SQL Server 将自动指派 GUID。
- DEFAULT_DATABASE = database 指定将指派给登录名的默认数据库。如果未包括此选项,则默认数据库将设置为 master。
- DEFAULT_LANGUAGE = language 指定将指派给登录名的默认语言。如果未包括此选项,则默认语言将设置为服务器的当前默认语言。即使将来服务器的默认语言发生更改,登录名的默认语言也仍保持不变。
- CHECK_EXPIRATION = { ON | OFF } 仅适用于 SQL Server 登录名。指定是否对此登录名强制实施密码过期策略。默认值为 OFF。
- CHECK_POLICY = { ON | OFF } 仅适用于 SQL Server 登录名。指定应对此登录名强制实施运行 SQL Server 的计算机的 Windows 密码策略。默认值为 ON。

【例 15.1】 创建带密码的登录名 c1。

```
Create login c1
With password = 'pass'
```

【例 15.2】 创建登录名 c2,属于 Windows 身份验证模式,默认数据库是 studentmanager。

```
Create login [test\c2]
From windows
With default_database = 'studentmanager'
```

说明:Windows 登录名需要在有域用户的情况下才能完成创建过程。

2. 维护登录名

登录名的维护包括登录名的名称,密码,密码策略,默认的数据库等信息的修改,登录名的启用和禁用以及登录名的删除操作。

```
    ALTER LOGIN <登录名>
    { <status_option>
    | WITH <set_option> [ , … ]
    }
<status_option> :: =
        ENABLE | DISABLE

<set_option> :: =
    PASSWORD = 'password'
    [ OLD_PASSWORD = 'oldpassword'
      | MUST_CHANGE | UNLOCK
    ]
    | DEFAULT_DATABASE = database
    | DEFAULT_LANGUAGE = language
    | NAME = login_name
    | CHECK_POLICY = { ON | OFF }
    | CHECK_EXPIRATION = { ON | OFF }
    | CREDENTIAL = credential_name
    | NO CREDENTIAL
```

其中,各参数说明内容如下:

- ENABLE | DISABLE 启用或禁用此登录。
- PASSWORD = 'password' 仅适用于 SQL Server 登录帐户。指定正在更改的登录的密码。
- OLD_PASSWORD = 'oldpassword' 仅适用于 SQL Server 登录帐户。要指派新密码的登录的当前密码。
- MUST_CHANGE:仅适用于 SQL Server 登录帐户。如果包括此选项,则 SQL Server 将在首次使用已更改的登录时提示输入更新的密码。
- DEFAULT_DATABASE = database 指定将指派给登录的默认数据库。
- DEFAULT_LANGUAGE = language 指定将指派给登录的默认语言。
- NAME = login_name 正在重命名的登录的新名称。如果是 Windows 登录,则与新名称对应的 Windows 主体的 SID 必须匹配与 SQL Server 中的登录相关联的 SID。SQL Server 登录的新名称不能包含反斜杠字符(\)。
- CHECK_EXPIRATION = { ON | OFF } 仅适用于 SQL Server 登录帐户。指定是否对此登录帐户强制实施密码过期策略。默认值为 OFF。

- CHECK_POLICY ＝ { ON | OFF } 　仅适用于 SQL Server 登录帐户。指定应对此登录帐户强制实施运行 SQL Server 的计算机的 Windows 密码策略。默认值为 ON。
- CREDENTIAL ＝ credential_name 　将映射到 SQL Server 登录的凭据的名称。该凭据必须已存在于服务器中。
- NO CREDENTIAL 　删除登录到服务器凭据的当前所有映射。
- UNLOCK 　仅适用于 SQL Server 登录帐户。指定应解锁被锁定的登录。

【例 15.3】 禁用登录名 c1。

```
alter login c1 disable
```

使用 c1 登录服务器，运行结果如图 15.4 所示。

图 15.4　禁用帐户登录

【例 15.4】 修改登录名 c1 的密码。

```
Alter login c1 password = 'password123'
```

15.2.2　Windows 身份验证模式

该模式使用 Windows 授权的用户，并允许通过身份验证的用户登录到 SQL Server，该登录名将映射到用户的 Windows 帐户。该模式是 SQL Server 的默认登录模式。

在所有用户都必须通过用户帐户验证的网络环境中，可使用 Windows 身份验证模式（Microsoft Windows 98 以及以前的操作系统不支持 Windows 身份验证）。

15.2.3　混合模式

混合模式即"SQL Server 和 Windows 身份验证模式"，SQL Server 可以保存为映射到 Windows 用户的登录名，用户可通过提交一个由独立于 Windows 用户名的 SQL Server 登录名和密码来访问 SQL Server。

当必须允许不具备 Windows 凭据的用户或应用程序也可连接 SQL Server 时,应使用"混合模式"。

不论使用哪种安全模式,要确保系统管理员登录(sa)的密码不能为空。

那么这两种身份验证模式各有什么优点呢?

(1) Windows 身份验证模式使用户得以通过 Microsoft Windows 用户帐户进行连接,提供更高的安全性。

(2) 混合模式使用户得以使用 Windows 身份验证或 SQL Server 身份验证与 SQL Server 实例连接。在 Windows 身份验证模式或混合模式下,通过 Windows NT 4.0 或 Windows 2000/2003 用户帐户连接的用户可以使用信任连接。

15.3　服务器的安全性

固定服务器角色也是服务器级别的主体,它们的作用范围是整个服务器。固定服务器角色已经具备了执行指定操作的权限,可以把其他登录名作为成员添加到固定服务器角色中,这样该登录名可以继承固定服务器角色的权限。Microsoft SQL Server 2005 系统提供了 8 个固定服务器角色,这些固定服务器角色的清单和功能描述如表 15.3 所示。

表 15.3　内置服务器角色

角　　色	描　　述
sysadmin	可执行任何操作
dbcreator	创建和修改数据库
diskadmin	管理磁盘文件
serveradmin	配置服务器级的设置
securityadmin	管理和审核服务器登录
processadmin	管理 SQL Server 进程
bulkadmin	执行 BULK INSERT 语句
setupadmin	配置和复制已链接的服务器

在 Microsoft SQL Server 系统中,可以把登录名添加到固定服务器角色中,使得登录名作为固定服务器角色的成员继承固定服务器角色的权限。对于登录名来说,可以判断其是否是某个固定服务器角色的成员。用户可以使用 sp_addsrvrolemember、sp_helpsrvrolememeber、sp_dropsrvrolemember 等存储过程和 IS_SRVROLEMEMBER 函数来执行有关固定服务器角色和登录名之间关系的操作。

15.4　数据库的安全性

15.4.1　数据库用户

数据库用户是数据库级的主体,是登录名在数据库中的映射,是在数据库中执行操作和活动行动者。在 Microsoft SQL Server 2005 系统中,数据库用户不能直接拥有表、视图等数据库对象,而是通过架构拥有这些对象。

继续前面的资源访问,通过创建登录名取得了第 1 把钥匙,那么如何才能访问指定的数据库,就需要第 2 把钥匙,访问数据库的认证,授予用户帐号。

数据库用户管理包括创建用户、查看用户信息、修改用户和删除用户等操作。

1. 创建用户

可以使用 CREATE USER 语句在指定的数据库中创建用户。由于用户是登录名在数据库中的映射,因此在创建用户时需要指定登录名。

```
CREATE USER <用户名> [ { { FOR | FROM }
   {
      LOGIN login_name
      | CERTIFICATE cert_name
   }
   | WITHOUT LOGIN
]
[ WITH DEFAULT_SCHEMA = schema_name ]
```

其中,各参数内容说明如下:

- LOGIN login_name 指定要创建数据库用户的 SQL Server 登录名。login_name 必须是服务器中有效的登录名。当此 SQL Server 登录名进入数据库时,它将获取正在创建的数据库用户的名称和 ID。
- CERTIFICATE cert_name 指定要创建数据库用户的证书。
- ASYMMETRIC KEY asym_key_name 指定要创建数据库用户的非对称密钥。
- WITH DEFAULT_SCHEMA = schema_name 指定服务器为此数据库用户解析对象名称时将搜索的第一个架构。
- WITHOUT LOGIN 指定不应将用户映射到现有登录名。

【例 15.5】 创建与登录名 C1 相同的用户。

```
create user c1
```

【例 15.6】 创建具有默认架构的数据库用户。

首先创建一个新的带密码登录名:

```
create login c3
   with password = 'pass'
```

其次创建一个用户架构:

```
create schema sch1 authorization c1
```

最后创建使用登录名 C3 的数据库用户:

```
create user peter for login C3
   with default_schema = sch1
```

2. 管理用户

可以使用 ALTER USER 语句修改用户。修改用户包括两个方面:

第一,可以修改用户名。

第二,可以修改用户的默认架构。

如果用户不再需要了,可以使用 DROP USER 语句删除数据库中的用户。

(1) 修改用户的语句如下:

```
ALTER USER <用户名>
WITH < set_item > [ , … n ]

< set_item > : : =
    NAME = new_user_name
    | DEFAULT_SCHEMA = schema_name
```

其中,各参数的内容说明如下:

- NAME = new_user_name　指定此用户的新名称。new_user_name 不能已存在于当前数据库中。
- DEFAULT_SCHEMA = schema_name　指定服务器在解析此用户的对象名称时将搜索的第一个架构。

【例 15.7】 修改用户 c1 的名字为 linda。

```
alter user c1 with name = linda
```

(2) 删除用户的语句如下:

```
Drop user <用户名>
```

3. 特殊用户

(1) dbo 用户。

默认存在于所有数据库中,所有 sysadmin 角色和 sa 登录成员均映射到 dbo 用户,同时任何由系统管理员创建的对象都自动属于 dbo 用户,且该用户不能被删除。

(2) guest 用户。

默认存在于所有数据库中,默认情况下该用户被禁用,允许不使用用户帐户的登录来访问数据库。

15.4.2　架构的管理

架构是形成单个命名空间的数据库实体的集合。架构是数据库级的安全对象,也是 Microsoft SQL Server 2005 系统强调的新特点,是数据库对象的容器。

管理架构包括创建架构、查看架构的信息、修改架构及删除架构等。

1. 创建架构

使用 CREATE SCHEMA 语句不仅可以创建架构,而且在创建架构的同时还可以创建该架构所拥有的表、视图,并且可以对这些对象设置权限。下面讲述如何创建架构。

创建架构的语句如下:

```
CREATE SCHEMA schema_name_clause [ < schema_element > [ , …n ] ]

< schema_name_clause > :: =
      {
      schema_name
  |  AUTHORIZATION owner_name
  |  schema_name AUTHORIZATION owner_name
      }

< schema_element > :: =
      {
          table_definition | view_definition | grant_statement
          revoke_statement | deny_statement
      }
```

其中,各参数的内容说明如下:

- schema _name　在数据库内标识架构的名称。
- AUTHORIZATION owner_name　指定将拥有架构的数据库级主体的名称。此主体还可以拥有其他架构,并且可以不使用当前架构作为其默认架构。
- table_definition　指定在架构内创建表的 CREATE TABLE 语句。执行此语句的主体必须对当前数据库具有 CREATE TABLE 权限。
- view_definition　指定在架构内创建视图的 CREATE VIEW 语句。执行此语句的主体必须对当前数据库具有 CREATE VIEW 权限。
- grant_statement　指定可对除新架构外的任何安全对象授予权限的 GRANT 语句。
- revoke_statement　指定可对除新架构外的任何安全对象撤消权限的 REVOKE 语句。
- deny_statement　指定可对除新架构外的任何安全对象拒绝授予权限的 DENY 语句。

【例 15.8】　创建架构 sch2,在该架构内创建表 sc(sno int, sname char(20))。

```
create schema sch2 authorization peter
    create table sc(sno int, sname char(20))
```

2. 修改和删除架构

(1) 修改架构。

修改架构是指将特定架构中的对象转移到其他架构中。可以使用 ALTER SCHEMA 语句完成对架构的修改。需要注意的是,如果要更改对象本身的结构,那么应该使用针对该对象的 ALTER 语句。

修改架构的语句如下:

```
ALTER SCHEMA schema_name TRANSFER object_name
```

其中,各参数内容说明如下:

- schema_name　当前数据库中的架构名称,会将对象移入其中。其数据类型不能为 SYS 或 INFORMATION_SCHEMA。

- object_name　要移入架构中的架构包含对象的一部分或两部分名称。

（2）删除架构。

如果架构已经没有存在的必要了，可以使用 DROP SCHEMA 语句删除架构。删除架构时需要注意，如果架构中包含有任意的对象，那么删除操作失败。只有当架构中不再包含有对象时才可以被删除。

删除架构的语句如下：

```
DROP SCHEMA schema_name
```

其中，schema_name 是指当前数据库中的架构名称。

15.4.3　数据库角色

数据库角色是数据库级别的主体，也是数据库用户的集合。数据库用户可以作为数据库角色的成员，继承数据库角色的权限。数据库管理人员可以通过管理角色的权限来管理数据库用户的权限。

到这里可以真正地访问到资源了，也就是要获得第 3 把钥匙，访问表、视图、存储过程等数据库对象。这把钥匙主要是将对于这些数据库对象的访问权限授权给一定的角色，这样属于这个角色的用户就可以拥有相应的权限了。

Microsoft SQL Server 2005 系统提供了一些固定数据库角色和 public 特殊角色。下面描述数据库角色的特点和管理方式。

1. 数据库角色分类

（1）固定数据库角色。

授予了管理公共数据库任务的权限。Microsoft SQL Server 2005 系统提供了 9 个固定数据库角色，其角色描述如表 15.4 所示。

表 15.4　固定数据库角色

角　色　名	描　　　述
db_owner	执行所有数据库角色的活动
db_accessadmin	添加或删除数据库用户、组和角色
db_ddladmin	添加、修改或删除数据库中的对象
db_securityadmin	分配语句和对象权限
db_backupoperator	备份数据库
db_datareader	读取任意表的数据
db_datawriter	添加、修改或删除所有表中的数据
db_denydatareader	不能读取任意表的数据
db_denydatawriter	不能更改任意表的数据

（2）用户定义的数据库角色。

相同数据库权限的多个用户。

（3）Public 角色。

包含数据库中所有用户，且初始状态时没有权限。维护数据库中用户的所有默认权限。

2. 管理数据库角色

管理数据库角色包括创建数据库角色、添加和删除数据库角色成员、查看数据库角色信息、修改和删除角色等。

（1）创建数据库角色。

```
CREATE ROLE <角色名> [ AUTHORIZATION owner_name ]
```

其中，AUTHORIZATION owner_name 代表将拥有新角色的数据库用户或角色。如果未指定用户，则执行 CREATE ROLE 的用户将拥有该角色。

【例15.9】 创建由数据库用户拥有的数据库角色。

```
create role r1
```

说明：这个角色的所有者就是当前的数据库用户。

（2）为角色添加成员。

```
sp_addrolemember [ @rolename = ] 'role',[ @membername = ] 'security_account'
```

其中，各参数内容说明如下：

- ［ @rolename = ］'role' 当前数据库中数据库角色的名称。role 的数据类型为 sysname，无默认值。
- ［ @membername = ］'security_account' 添加到该角色的安全帐户。security_account 的数据类型为 sysname，无默认值。security_account 可以是数据库用户、数据库角色、Windows 登录或 Windows 组。

执行添加语句之后的返回结果是 0（代表成功）或者 1（代表失败）。

【例15.10】 将数据库用户"lili"增加到当前用户角色 r1 中。

```
create login c5 with password = 'pass'
create user lili for login c5
sp_addrolemember 'r1','lili'
```

查看是否有这个用户存在，结果如图 15.5 所示。

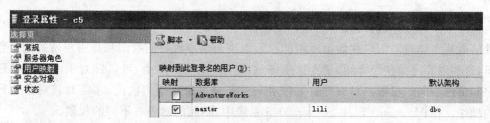

图 15.5 用户映射查看

（3）修改数据库角色。

```
ALTER ROLE <角色名> WITH NAME = new_name
```

其中，WITH NAME = new_name 代表指定角色的新名称。数据库中不能已存在此名称。

（4）删除指定的数据库角色。

```
DROP ROLE <角色名>
```

15.4.4　应用程序角色

应用程序角色是一个数据库主体，它可以使应用程序用其自身的、类似用户的权限来运行。在使用应用程序时，可以仅仅允许那些经过特定应用程序连接的用户来访问数据库中的特定数据，如果不通过这些特定的应用程序连接，那么无法访问这些数据。

与数据库角色相比来说，应用程序角色有三个特点：

（1）在默认情况下该角色不包含任何成员。

（2）在默认情况下该角色是非活动的，必须激活之后才能发挥作用。

（3）该角色有密码，只有拥有应用程序角色正确密码的用户才可以激活该角色。当激活某个应用程序角色之后，用户会失去自己原有的权限，转而拥有应用程序角色的权限。

应用程序与应用程序角色相关，只有当应用程序激活时，一个用户可选的安全上下文才存在。可以使用 SQL Server Management Studio 或 CREATE APPLICATION ROLE 语句进行创建。

使用 CREATE APPLICATION ROLE 语句创建应用程序角色。该语句的语法形式如下所示：

```
CREATE APPLICATION ROLE <应用程序角色名>
WITH PASSWORD = 'password',            -- 密码
DEFAULT_SCHEMA = schema_name           -- 默认架构
```

当用户登录到系统中，可以执行哪些操作？ 使用哪些对象和资源呢？ 在 Microsoft SQL Server 2005 系统中，这个问题是通过安全对象和权限设置来实现的。下面开始讲解权限管理的内容。

15.5　权限管理

权限是执行操作、访问数据的通行证，具体说明了用户可以做什么，不可以做什么，是安全性的最基本体现。用户在数据库内的权限取决于用户帐户的权限和该用户所属的角色的成员，这些内容前面已经介绍，请在这里仔细回顾。在数据库中，可以针对不同的对象赋予用户和角色不同的权限。只有拥有了针对某种安全对象的指定权限，才能对该对象执行相应的操作。在 Microsoft SQL Server 2005 系统中，不同的对象有不同的权限。

为了更好地理解权限管理的内容，下面从权限的类型、常用对象的权限、隐含的权限、授予权限、收回权限、否认权限等几个方面讲述。

1.　权限的类型

在 Microsoft SQL Server 2005 系统中，不同的分类方式可以把权限分成不同的类型。如果依据权限是否预先定义，可以把权限分为预先定义的权限和预先未定义的权限。如果

按照权限是否与特定的对象有关,可以把权限分为针对所有对象的权限和针对特殊对象的权限。

2. 常用对象的权限

现在从对象的角度来看待权限。在使用 GRANT 语句、REVOKE 语句、DENY 语句执行权限管理操作时,经常使用 ALL 关键字表示指定安全对象的常用权限。不同的安全对象往往具有不同的权限。

3. 隐含的权限

通过在安全对象作用域层次结构中的更高级别上授予权限,从而使得 SQL Server 2005 中的某些权限可被继承。

4. 授予权限

在 Microsoft SQL Server 2005 系统中,可以使用 GRANT 语句将安全对象的权限授予指定的安全主体。在执行 GRANT 语句时,授权者必须具有带 GRANT OPTION 的相同权限,或具有隐含所授予权限的最高权限。

授予权限的语句如下:

```
GRANT{ ALL [ PRIVILEGES ] }| permission [ (column [ , …n ]) ] [ , …n ]
  [ ON [ class :: ] securable ]
  TO principal [ , …n ]
  [ WITH GRANT OPTION ] [ AS principal ]
```

其中,各参数的内容说明如下:

- ALL 该选项并不授予全部可能的权限。授予 ALL 参数相当于授予以下权限。
    - 如果安全对象为数据库,则 ALL 表示 BACKUP DATABASE、BACKUP LOG、CREATE DATABASE、CREATE DEFAULT、CREATE FUNCTION、CREATE PROCEDURE、CREATE RULE、CREATE TABLE 和 CREATE VIEW。
    - 如果安全对象为标量函数,则 ALL 表示 EXECUTE 和 REFERENCES。
    - 如果安全对象为表值函数,则 ALL 表示 DELETE、INSERT、REFERENCES、SELECT 和 UPDATE。
    - 如果安全对象为存储过程,则 ALL 表示 DELETE、EXECUTE、INSERT、SELECT 和 UPDATE。
    - 如果安全对象为表,则 ALL 表示 DELETE、INSERT、REFERENCES、SELECT 和 UPDATE。
    - 如果安全对象为视图,则 ALL 表示 DELETE、INSERT、REFERENCES、SELECT 和 UPDATE。
- PRIVILEGES 包含此参数以符合 SQL-92 标准。请不要更改 ALL 的行为。
- permission 权限的名称。下面列出的子主题介绍了不同权限与安全对象之间的有效映射。
- column 指定表中将授予其权限的列的名称。需要使用括号"()"。

- class 指定将授予其权限的安全对象的类。需要范围限定符"::"。
- securable 指定将授予其权限的安全对象。
- TO principal 主体的名称。可为其授予安全对象权限的主体随安全对象而异。有关有效的组合,请参阅下面列出的子主题。
- GRANT OPTION 指示被授权者在获得指定权限的同时还可以将指定权限授予其他主体。
- AS principal 指定一个主体,执行该查询的主体从该主体获得授予该权限的权利。

【例 15.11】 将对于表 student 的选择权限赋予数据库用户角色 R1。

grant select on student to r1

查看 student 表的属性,结果如图 15.6 所示。

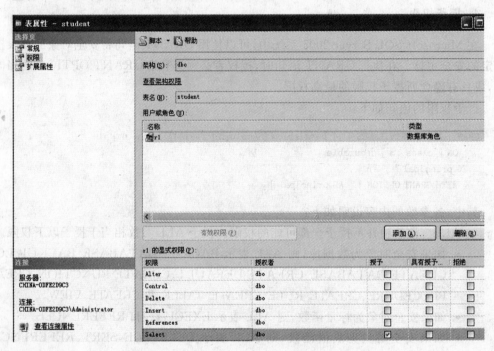

图 15.6 student 表的权限属性

【例 15.12】 将在 Customer 表上的 SELECT 对象权限授予 SalesManager(用户定义的数据库角色)。并且 SalesManager 角色的任何成员都有权将 Customer 表上的 SELECT 对象权限授予其他用户。

GRANT SELECT ON Customer To SalesManager WITH GRANT OPTION

注:如果在把权限授予某个组时使用 WITH GRANT OPTION 子句,那么该组的用户在把此权限授予其他用户、组或角色的时候必须使用 AS。

GRANT SELECT ON Customer To Joe AS SalesManager

【**例 15.13**】 权限的级联授予(读者请自行创建角色 r2)。

(1) 将创建表的权限赋予用户角色 r2。

```
grant create table to r2
with grant option
```

(2) 以用户角色 r2 所属的登录名 C5 登录,将创建表的权限赋予用户 PETER。同时创建表 T1,测试用户 LILI 是否有创建表的权限。

```
grant create table to peter as r2
create table t1(tno int,tna int)
```

(3) 以用户 PETER 所属的登录名 C3 登录,同时创建表 t2,测试用户 PETER 是否有创建表的权限。

```
create table t2(tn int,tna int)
```

5. 收回权限

如果希望从某个安全主体处收回权限,可以使用 REVOKE 语句。REVOKE 语句是与 GRANT 语句相对应的,可以把通过 GRANT 语句授予给安全主体的权限收回。也就是说,使用 REVOKE 语句可以删除通过 GRANT 语句授予给安全主体的权限。

收回权限的语句如下:

```
REVOKE [ GRANT OPTION FOR ]
{
  [ ALL [ PRIVILEGES ] ]
  |permission [ (column [ ,…n ]) ] [ ,…n ]        }
[ ON [ class :: ] securable ]
{ TO | FROM } principal [ ,…n ]        [ CASCADE] [ AS principal ]
```

其中,各参数内容说明如下:

- GRANT OPTION FOR 指示将撤销授予指定权限的能力。在使用 CASCADE 参数时,需要具备该功能。
- ALL 该选项并不撤销全部可能的权限。撤销 ALL 相当于撤销以下权限。
  - 如果安全对象是数据库,则 ALL 对应 BACKUP DATABASE、BACKUP LOG、CREATE DATABASE、CREATE DEFAULT、CREATE FUNCTION、CREATE PROCEDURE、CREATE RULE、CREATE TABLE 和 CREATE VIEW。
  - 如果安全对象是标量函数,则 ALL 对应 EXECUTE 和 REFERENCES。
  - 如果安全对象是表值函数,则 ALL 对应 DELETE、INSERT、REFERENCES、SELECT 和 UPDATE。
  - 如果安全对象是存储过程,则 ALL 对应 DELETE、EXECUTE、INSERT、SELECT 和 UPDATE。
  - 如果安全对象是表,则 ALL 对应 DELETE、INSERT、REFERENCES、SELECT 和 UPDATE。

- ◆ 如果安全对象是视图，则 ALL 对应 DELETE、INSERT、REFERENCES、SELECT 和 UPDATE。
- PRIVILEGES　包含此参数以符合 SQL-92 标准。请不要更改 ALL 的行为。
- permission　权限的名称。
- Column　指定表中将撤销其权限的列的名称。需要使用括号。
- class　指定将撤销其权限的安全对象的类。需要范围限定符"::"。
- securable　指定将撤销其权限的安全对象。
- TO | FROM principal　主体的名称。
- CASCADE　指示当前正在撤销的权限也将从其他被该主体授权的主体中撤销。使用 CASCADE 参数时，还必须同时指定 GRANT OPTION FOR 参数。
- as principal　指定一个主体，执行该查询的主体从该主体获得撤销该权限的权利。

【例 15.14】 废除了 R1 的所有已授予权限。

```
REVOKE ALL FROM R1
```

【例 15.15】　如果需要废除 WITH GRANT OPTION 的作用，但又不希望废除原本授予的权限，那么可以使用 GRANT OPTION FOR 子句。

```
REVOKE  GRANT  OPTION  FOR  ON  Customer
FROM  Joe  AS  SalesManager
```

6. 否认权限

安全主体可以通过两种方式获得权限：

第一种方式是直接使用 GRANT 语句为其授予权限。

第二种方式是通过作为角色成员继承角色的权限。

使用 REVOKE 语句只能删除安全主体通过第一种方式得到的权限，要想彻底删除安全主体的特定权限，必须使用 DENY 语句。DENY 语句的语法形式与 REVOKE 语句非常类似。

否认权限的语句如下：

```
DENY { ALL [ PRIVILEGES ] }
| permission [ (column [ , … n ]) ] [ , … n ]
[ ON [ class :: ] securable ] TO principal [ , … n ]      [ CASCADE] [ AS principal ]
```

其中，各参数的内容说明如下：

- ALL　该选项不拒绝所有可能权限。拒绝 ALL 相当于拒绝下列权限。
  - ◆ 如果安全对象为数据库，则 ALL 表示 BACKUP DATABASE、BACKUP LOG、CREATE DATABASE、CREATE DEFAULT、CREATE FUNCTION、CREATE PROCEDURE、CREATE RULE、CREATE TABLE 和 CREATE VIEW。
  - ◆ 如果安全对象为标量函数，则 ALL 表示 EXECUTE 和 REFERENCES。
  - ◆ 如果安全对象为表值函数，则 ALL 表示 DELETE、INSERT、REFERENCES、SELECT 和 UPDATE。

- 如果安全对象为存储过程，则 ALL 表示 DELETE、EXECUTE、INSERT、SELECT 和 UPDATE。
- 如果安全对象为表，则 ALL 表示 DELETE、INSERT、REFERENCES、SELECT 和 UPDATE。
- 如果安全对象为视图，则 ALL 表示 DELETE、INSERT、REFERENCES、SELECT 和 UPDATE。

- PRIVILEGES 包含此参数以符合 SQL-92 标准。请不要更改 ALL 的行为。
- permission 权限的名称。下面列出的子主题介绍了不同权限与安全对象之间的有效映射。
- column 指定拒绝将其权限授予他人的表中的列名。需要使用括号"()"。
- class 指定拒绝将其权限授予他人的安全对象的类。需要范围限定符"::"。
- securable 指定拒绝将其权限授予他人的安全对象。
- TO principal 主体的名称。可以对其拒绝安全对象权限的主体随安全对象而异。有关有效的组合，请参阅下面列出的特定于安全对象的主题。
- CASCADE 指示拒绝授予指定主体该权限，同时对该主体授予了该权限的所有其他主体，也拒绝授予该权限。当主体具有带 GRANT OPTION 的权限时为必选项。
- as principal 指定一个主体，执行该语句的主体从该主体获得拒绝授予该权限的权利。

【例 15.16】 拒绝 R1 的 CREATE TABLE 权限。

```
DENY CREATE TABLE TO R1
```

本章小结

本章主要讲述了有关 SQL Server 2005 这个数据库管理系统的安全性管理的内容。学习本章内容，读者应该对 SQL Server 2005 的身份验证模式有深入的理解，可以区分登录名和用户的含义及创建方法，掌握不同情况下安装配置不同的身份验证模式。

对于数据库管理员（DBA），应该熟练掌握数据库和应用程序角色的含义及使用，并理解 SQL Server 2005 中架构的含义和权限的管理方法。

习题 15

1. SQL Server 2005 的登录名和用户帐户的区别是什么？

2. 用户想要安装 SQL Server 2005，同时该用户只有 Windows 用户的身份，也不熟悉 SQL Server 的操作，请说明使用何种身份验证模式？

3. 创建一个登录名 test1，默认数据库为实例数据库。使用语句创建一个数据库帐户 suser，该用户使用登录名 test1 登录。

4. 把实例数据库中表的创建权限授予用户 suser，然后再创建一个用户帐户 tuser，同时用 suser 的身份将创建表的权限赋给 tuser。一周后，管理员将赋给 suser 的权限收回。

ASP.NET/SQL Server的
开发与编程

ADO.NET 是微软下一代的数据访问标准，是为了广泛的数据控制而设计（而不仅仅为数据库应用）的，所以使用起来比以前的 ADO 灵活。它也提供了更多的功能，提供了更有效率的数据存取。它采用了面向对象结构，采用业界标准的 XML 作为数据交换格式，能够应用于多种操作系统环境。

16.1 ADO.NET 模型

ADO.NET 不是 Microsoft ActiveX Data Objects（ADO）的修订版本，而是一种基于无连接数据和 XML 的新型数据操作方式。虽然 ADO 是一种重要的数据访问工具，但它默认是连接的，需要依靠 OLE DB 提供程序来访问数据，而且它是完全基于组件对象模型（Component Object Model，COM）的。

ADO.NET 已经被设计成支持断开式数据集。断开式数据集可以减少网络流量。

ADO.NET 使用 XML 作为通用传输格式。只要接收组件在能提供 XML 解析器的平台上运行，就能够保证数据的互操作性。当以 XML 格式传输时，不再要求接收者必须是 COM 对象，对接收组件也没有任何结构上的限制。软件组件只要使用相同的 XML 架构进行数据传输，它就可以共享 ADO.NET 数据。

.NET 数据提供程序是数据库的访问接口，负责建立连接和数据操作。它作为 DataSet 对象与数据源之间的桥梁，负责将数据源中的数据取出后置入 DataSet 对象中，或将数据存回数据源。.NET 数据提供程序包含了 Connection（创建到数据源的连接）、Command（对数据源执行 SQL 命令并返回结果）、DataReader（读取数据源的数据）、DataAdapter（对数据源执行 SQL 命令并返回结果）和 DataSet 对象（可包含一个或多个数据表，表数据可来自数据库、文件或 XML 数据）。ADO.NET 对象模型如图 16.1 所示。

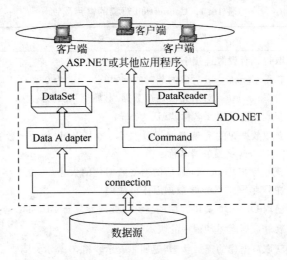

图 16.1 ADO.NET 对象模型

16.2 使用命名空间

命名空间是对象的逻辑组合,使用命名空间主要是为了防止程序集中名称的冲突,并且可以通过命名空间的分组更容易地定位到对象。和.NET Framework 一样,ADO.NET 也使用逻辑命名空间。ADO.NET 主要是在 System.Data 命名空间层次结构中实现,该层次结构在物理上存在于 System.Data.dll 程序集文件中。

- System.Data   ADO.NET 的核心,包括的类用于组成 ADO.NET 的结构的无连接部分。如 DataSet 类。
- System.Data.Common   由.NET 数据提供程序继承并实现的实用工具类和接口。
- System.Data.SqlClient   SQL SERVER.NET 数据提供程序。
- System.Data.OleDb   OLE DB.NET 数据提供程序。

当在程序中用到命名空间下面的类时,首先必须在程序中引入相关命名空间,这样该类才能够正常使用。

16.3 连接数据库

操作数据库的第一步是建立与数据库的连接。根据使用的数据库不同,分别使用 SqlConnection 和 OledbConnection 类对象建立与数据库的连接。SqlConnection 和 OledbConnection 对象仅在适用的数据源方面不同,前者为 SQL Server 数据库,后者为 OLE DB 数据源。属性和方法上基本都相同,因此把它们统称为 Connection 对象。

Connection 对象的常用属性和方法分别列于表 16.1 和表 16.2 中。

表 16.1　Connection 对象的常用属性

属　　性	说　　明
ConnectionString	取得或者设置连接字符串
ConnectionTimeout	获得 Connection 对象的超时时间,单位为 s,为 0 表示不限制。即若在这个时间内 Connection 对象无法连接数据源,则返回失败
Database	获取当前数据库名称,默认为 Nothing
DataSource	获取数据源的完整路径及文件名,若是 SQL Server 数据库,则获取所连接的 SQL Server 服务器名称
PacketSize	获取与 SQL Server 通信的网络数据包的大小,单位为字节,默认为 8192。此属性只有 SQL Server 数据库才可使用
Provider	获取 OLE DB 提供程序的名称。此属性只有 OLE DB 数据源才可使用
Server Version	获取数据库驱动程序的版本
State	获取数据库的连接状态,返回 1 表示联机,0 表示关闭
WorkstationID	获取数据库客户端标识。默认为客户端计算机名。此属性只适用于 SQL Server 数据库

表 16.2　Connection 对象的常用方法

方　　法	说　　明
Open()	打开与数据库的连接。注意 ConnectionString 属性只对连接属性进行了设置,并不打开与数据库的连接,必须使用 Open()方法打开连接
Close()	关闭数据库连接
ChangeDatabase()	在打开连接的状态下更改当前数据库
CreateCommand()	创建并返回与 Connection 对象有关的 Command 对象
Dispose()	调用 Close()方法关闭与数据库的连接,并释放所占用的系统资源

　　Connection 对象的 ConnectionString 属性用于获取或设置与数据库的连接字符串。对于 SQL Server 数据库,ConnectionString 属性包含的主要参数有如下几种。

- DataSource(Server)　设置需连接的数据库服务器名。
- Initial Catalog(Database)　设置连接的数据库名称。
- Integrated Security　服务器的安全性设置,是否使用信任连接。值有 True/False 和 SSPI 三种。True 和 SSPI 都表示使用信任连接。
- Workstation ID　数据库客户端标识。默认为客户端计算机名。
- Packet Size　获取与 SQL Server 通信的网络数据包的大小,单位为字节,有效值为 512～32 767,默认值为 8192。
- UserID(UID)　登录 SQL Server 的帐号。
- Password(Pwd)　登录 SQL Server 的密码。

16.3.1　使用 SqlConnection

　　当与 SQL Server 7.0 及以后版本的 SQL SERVER 数据库进行连接时,需要使用 SqlConnection 类建立到数据库的连接。

要访问本机 SQL Server 2005 中的数据库 student,采用 Windows 登录方式。

首先在程序中引用命名空间 using System.Data.SqlClient;。

```
SqlConnection conn = new SqlConnection();
conn.ConnectionString = "data source = (local);initial catalog = student; integrated security
= true;";
conn.Open();
Response.Write("打开连接!");
conn.Close();
Response.Write("关闭连接!");
```

其中 Open 和 Close 为连接类的方法,分别表示打开到数据库的连接及关闭到数据库的连接。若想采用混合模式登录,则只需更改连接字符串的属性为 conn.ConnectionString = "data source=(local);initial catalog=student;uid=sa;pwd=sa;"。

16.3.2　使用 OleDbConnection

在创建 OleDbConnection 类时,必须提供的一个连接字符串的关键字为 Provider。代表含义是用于提供连接驱动程序的名称,针对于不同的数据源,Provider 的取值不同。当与 SQL Server 6.5 及以前的版本连接时,Provider 的值为 SQLOLEDB;当与 Oracle 数据源连接时,值为 MSDAORA;与 Access 数据库连接时,值为 Microsoft.Jet.OLEDB.4.0。下面以与 Access 数据库连接为例,简单介绍 OleDbConnection 的使用,其中 Access 的文件存放在 D:\aaa.mdb 中。

首先在程序中引用命名空间 using System.Data.OleDb;。

```
OleDbConnection conn = new OleDbConnection();
conn.ConnectionString = " provider = Microsoft.Jet.OLEDB.4.0; " +
                        "data source = D:\\aaa.mdb; ";
conn.Open();
Response.Write("打开连接!");
conn.Close();
Response.Write("关闭连接!");
```

16.4　连接环境下对数据库的操作

连接环境是指在与数据库操作的整个过程中,一直保持与数据库的连接状态不断开。其特点在于处理数据速度快,没有延迟,无须考虑由于数据不一致而导致的冲突等方面的问题。连接环境下使用最多的是命令对象(Command)。

使用 Connection 对象与数据源创建连接之后,就可以使用 Command 对象对数据源进行插入、修改、删除及查询等操作,在执行命令时,可以是 SQL 语句,也可以是存储过程,可返回 DataReader 对象,或执行对数据表的更新操作。

表 16.3 和表 16.4 给出 Command 对象的常用属性和方法。

表 16.3　Command 对象的常用属性

属　性	说　明
CommandText	取得或设置要对数据源执行的 SQL 命令、存储过程或数据表名
CommandTimeout	获取或设置 Command 对象的超时时间,单位为 s,为 0 表示不限制。默认为 30s,即若在这个时间之内 Command 对象无法执行 SQL 命令,则返回失败
CommandType	获取或设置命令类别,可取的值为 StoredProcedure、TableDirect 和 Text。它们代表的含义分别为存储过程、数据表名和 SQL 语句,默认为 Text
Connection	获取或设置 Command 对象所使用的数据连接属性
Parameters	SQL 命令参数集合

表 16.4　Command 对象的常用方法

方　法	说　明
Cancel()	取消 Command 对象的执行
CreateParameter	创建 Parameter 对象
ExecuteNonQuery()	执行 CommandText 属性指定的内容,返回数据表被影响行数。只有 Update、Insert 和 Delete 命令会影响行数。该方法用于执行对数据库的更新操作
ExecuteReader()	执行 CommandText 属性指定的内容,返回 DataReader 对象
ExecuteScalar()	执行 CommandText 属性指定的内容,返回结果表第 1 行第 1 列的值。该方法只能执行 Select 命令
ExecuteXmlReader()	执行 CommandText 属性指定的内容,返回 XmlReader 对象。只有 SQL Server 才能用此方法

1. ExecuteScalar 方法：获取单值

【例 16.1】　从学生表中获取所有学生的平均入学成绩,并在文本框 TextBox1 中显示。

```
SqlConnection cn = new SqlConnection();
cn.ConnectionString = "data source = .;initial catalog = student;integrated security = true;";
SqlCommand cmd = new SqlCommand();
cmd.Connection = cn;
cmd.CommandType = CommandType.Text;
cmd.CommandText = "select avg(enexam) from student";
cn.Open();
double d = Convert.ToDouble(cmd.ExecuteScalar());
cn.Close();
TextBox1.Text = "平均成绩为" + d.ToString();
```

2. ExecuteNonQuery 方法：执行数据更新

ExecuteNonQuery 方法可用于执行 DDL、DCL 和 DML 语句,返回的是受影响的行数。其中 DDL 包括 CREATE、ALTER、DROP 语句;DCL 包括 GRANT、DENY、REVOKE 语句;DML 包括 INSERT、UPDATE、DELETE 语句。

删除学生表中学号为 5 的学生的信息。已知连接对象为 cn,并且已经设置好其连接字符串属性。

```
SqlCommand cmd = new SqlCommand("delete from student where stu_id = 5", cn);
cn.Open();
cmd.ExecuteNonQuery();
cn.Close();
```

其他执行对数据库的操作,如建表、插入、修改与此例类似,只需修改相应的 SQL 语句即可。

3. ExecuteReader 方法:获取一个或多个结果集

ExecuteReader 方法返回一个 DataReader 对象。DataReader 对象是一个快速、只读、只向前的游标,它可以在数据行的流中进行循环,当执行某个返回行集的 Command 时,可以使用 DataReader 循环访问行集。

DataReader 对象随着所选择的数据提供程序的不同而不同,在选择时,根据数据提供程序来选择此对象,如 SqlDataReader、OleDbDataReader,依此类推。

表 16.5 和表 16.6 给出了 DataReader 对象的主要属性和方法。

表 16.5 DataReader 对象的常用属性

属 性	说 明
FieldCount	获取 DataReader 对象包含的记录行数
IsClosed	获取 DataReader 对象的状态,为 TRUE 表示关闭
Item({name,col})	获取或设置表字段值,name 为字段名;col 为列序号,序号从 0 开始
ReacordsAffected	获取在执行 Insert、Update 或 Delete 命令后受影响的行数

表 16.6 DataReader 对象的常用方法

方 法	说 明
Close()	关闭 DataReader 对象
GetBoolean(Col)	获取序号为 Col 的列的值,所获取的列数据类型必须为 Boolean 类型。其他类似的方法还有 GetByte、GetChar 和 GetString 等
GetDataTypeName(Col)	获取序号为 Col 的列的来源数据类型名
GetName(Col)	获取序号为 Col 的字段名
GetValue(Col)	获取序号为 Col 的列的值
GetValues(values)	获取所有字段的值,并且字段值存放在 values 数组中
Read()	读取下一条记录,返回布尔值。返回 true 表示有下一条记录;返回 FALSE 表示没有下一条记录

使用 DataReader 对象读取数据的步骤如下:

(1) 使用 Connection 对象创建数据连接。

(2) 使用 Command 对象的 ExecuteReader() 方法执行 SQL 查询或存储过程,创建 DataReader 对象。

(3) 成功创建该对象后,可使用其属性和方法访问数据。

【例 16.2】 使用 DataReader 对象在 GridView 控件上显示学生表的所有信息。

```
SqlConnection cn = new SqlConnection();
cn.ConnectionString = "data source = .; initial catalog = student; integrated security =
```

```
true;";
        SqlCommand cmd = new SqlCommand("select * from student", cn);
        cn.Open();
        SqlDataReader dr = cmd.ExecuteReader();
        GridView1.DataSource = dr;
        GridView1.DataBind();
        dr.Close();
        cn.Close();
```

4. Parameters 执行存储过程

无论是命令对象的哪个方法,均可以执行存储过程,本例中介绍如何执行存储过程来进行数据的插入操作。

【例 16.3】 向 student 表中插入记录,各个字段的值分别从文本框中获得。界面如图 16.2 所示。

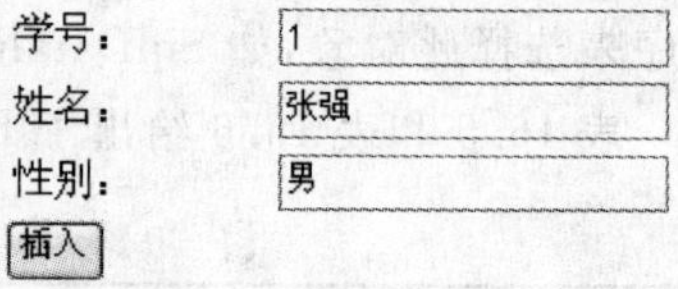

向 student 表中插入记录的存储过程如下:

```
CREATE PROCEDURE dbo.InsertStudent
        (  @stu_id char (10),
           @name char (20),
           @sex char (4)
        )
AS
INSERT INTO student(stu_id,name,sex) values (@stu_id,@name,@sex)
```

学号:	1
姓名:	张强
性别:	男

插入

图 16.2 插入界面

插入按钮的代码如下:

```
protected void Button1_Click(object sender, EventArgs e)
    {   SqlConnection cn = new SqlConnection();
        cn.ConnectionString = "data source = .;initial catalog = student;integrated security =
true;";
        SqlCommand cmd = new SqlCommand("InsertStudent", cn);
        cmd.CommandType = CommandType.StoredProcedure;
        SqlParameter p1 = new SqlParameter();
        p1.ParameterName = "@stu_id";
        p1.SqlDbType = SqlDbType.Char;
        p1.Size = 10;
        p1.Direction = ParameterDirection.Input ;
        p1.Value = txtID.Text;
        cmd.Parameters.Add(p1);
        SqlParameter p2 = new SqlParameter("@name", SqlDbType.Char, 20);
        p2.Value = txtName.Text;
        cmd.Parameters.Add(p2);
        SqlParameter p3 = new SqlParameter("@sex", SqlDbType.Char, 4);
        p3.Value = txtSex.Text;
        cmd.Parameters.Add(p3);
        cn.Open();
        cmd.ExecuteNonQuery();
        cn.Close();
    }
```

这里需要注意的有：

（1）如果命令执行的是一个存储过程，则必须设置 cmd. CommandType = CommandType. StoredProcedure。

（2）在执行存储过程时，如果存储过程中有参数，则必须在 Command 对象的 Parameters 集合中加入该参数对象，参数对象的主要属性如表 16.7 所示。

表 16.7 参数对象的常用属性

属 性	描 述
ParameterName	参数名称，如@stu_id
SqlDbType	参数的数据类型
Size	参数中数据的最大字节数
Direction	指定参数的方向，可以是下列值之一： • ParameterDirection. Input：指明为输入参数（默认）。 • ParameterDirection. Output：指明为输出参数。 • ParameterDirection. InputOutput：既可为输入参数，也可为输出参数。 • ParameterDirection. ReturnValue：指明为返回值类型参数。
Value	指明输入参数的值

16.5 非连接环境下对数据库的操作

非连接环境是指在执行对数据库的操作过程中与数据库保持连接，其他时间可以断开到数据库的连接，即需要时连接，不需要时断开，这样可以节省资源。非连接环境中最常用的对象为 DataSet（数据集）对象。DataSet 是用于断开式数据存储的所有数据结构的集合，它是数据在本地内存的一个缓存，数据集中包含数据表、数据行、数据列、关系和约束等。

在提到 DataSet 的同时，就不得不介绍一下 DataAdapter（数据适配器）。根据. NET 数据提供程序的不同，DataAdapter 也不同，本文仍以 SQL Server 数据提供程序为例，则数据适配器为 SqlDataAdapter。数据适配器的功能主要是为数据集和数据库提供一个桥梁，可以将数据库中的数据填充到数据集中，并且可以将对数据集所做的更改更新回数据库，也称为数据集和数据库之间的"数据搬运工"。

16.5.1 DataAdapter 对象

DataAdapter 对象用来传递各种 SQL 命令，并将命令执行结果填入 DataSet 对象。并且，DataAdapter 对象还可将数据集（DataSet）对象更改过的数据写回数据源。它是数据库与 DataSet 对象之间沟通的桥梁。通过数据集访问数据库是 ADO. NET 模型的主要方式。

DataAdapter 对象的常用属性和方法分别列于表 16.8 和表 16.9 中。

表 16.8　DataAdapter 对象的常用属性

属　　性	说　　明
ContinueUpdateOnError	获取或设置当执行 Update() 方法更新数据源发生错误时是否继续。默认为 False
DeleteCommand	获取或设置删除数据源中的数据行的 SQL 命令。该值为 Command 对象
InsertCommand	获取或设置插入数据源中的数据行的 SQL 命令。该值为 Command 对象
SelectCommand	获取或设置查询数据源的 SQL 命令。该值为 Command 对象
UpdateCommand	获取或设置更新数据源中的数据行的 SQL 命令。该值为 Command 对象

表 16.9　DataAdapter 对象的常用方法

方　　法	说　　明
Fill(dataset, srcTable)	将数据集的 SelectCommand 属性指定的 SQL 命令执行后所选取的数据行置入参数 dataset 指定的 DataSet 对象
Update(dataset, srcTable)	调用 InsertCommand、UpdateCommand 或 DeleteCommand 属性指定的 SQL 命令，将 DataSet 对象更新到相应的数据源。参数 dataset 指定要更新到数据源的 DataSet 对象。srcTable 参数为数据表对应的来源数据表名。该方法的返回值为影响的行数

使用 DataAdapter 可以执行多个 SQL 命令。但注意，在执行 DataAdapter 对象的 Update() 方法之前，所操作的都是数据集（即内存数据库）中的数据，只有执行了 Update() 方法后，才会对物理数据库进行更新。使用 DataAdapter 对象对数据进行更新操作分为三个步骤：

(1) 创建 DataAdapter 对象设置 UpdateCommnad 属性。

(2) 指定更新操作。

(3) 调用 Update() 方法执行更新。

DataAdapter 对象的 InsertCommand、UpdateCommand 和 DeleteCommand 属性是对数据进行相应更新操作的模板。当调用 Update() 方法时，DataAdapter 将根据需要的更新操作去查找相应属性（即操作模板），若找不到，则会产生错误。例如，若要对数据进行插入操作，但没有设置 InsertCommand 属性，就会产生错误。

16.5.2　DataSet 对象

DataSet 对象是 ADO.NET 的主角，它是一个内存数据库。DataSet 中可以包含多个数据表，可在程序中动态地产生数据表。数据表可来自数据库、文件或 XML 数据。DataSet 对象还包括主键、外键和约束等信息。DataSet 提供方法对数据集中的表数据进行浏览、编辑、排序、过滤和建立视图。

DataSet 对象包括三个集合：DataTableCollection（数据表的集合，包括多个 DataTable 对象）、DataRowCollection（行集合，包含多个 DataRow 对象）和 DataColumnCollection（列集合，包含多个 DataColumn 对象）。

DataSet 对象的常用属性和方法列于表 16.10 中。

表 16.10 DataSet 对象的常用属性和方法

属　　性	说　　明
CaseSensive	获取或设置在 DataTable 对象中字符串比较时是否区分字母的大小写。默认为 False
DataSetName	获取或设置 DataSet 对象的名称
EnforceConstraints	获取或设置执行数据更新操作时是否遵循约束。默认为 True
HasErrors	DataSet 对象内的数据表是否存在错误行
Tables	获取数据集的数据表集合（DataTableCollection）。DataSet 对象的所有 DataTable 对象都属于 DataTableCollection

DataSet 对象最常用的属性是 Tables，通过该属性可以获得或设置数据表行、列的值。例如，表达式 DS. Tables(“student”). Rows(i). Item(j)表示访问 student 表的第 i 行第 j 列。

1. 填充 DataSet

当执行填充 DataSet 的操作时，实际就是根据需要查询数据库中的信息，并将其结果存放到 DataSet 中。执行填充操作时，调用 SqlDataAdapter 的 Fill 方法，而 Fill 方法在执行时，其实质为调用数据适配器的 SelectCommand 属性。Fill 方法有多种重载形式，可以根据实际需要来选择，如 Fill（DataSet）、Fill（DataTable）和 Fill（DataSet，TableName）等。

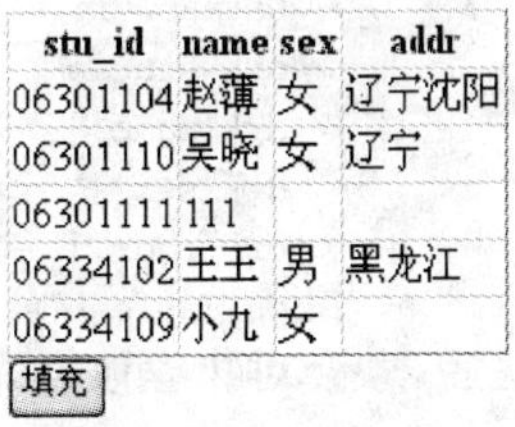

stu_id	name	sex	addr
06301104	赵薄	女	辽宁沈阳
06301110	吴晓	女	辽宁
06301111	111		
06334102	王王	男	黑龙江
06334109	小九	女	

图 16.3　填充界面

【例 16.4】　从数据库中获取 student 表中的基本信息，并将结果显示到 GridView 控件上。界面如图 16.3 所示。

```
protected void Button1_Click(object sender, EventArgs e)
{
    SqlConnection cn = new SqlConnection();
    cn.ConnectionString = "data source = .;initial catalog = student;uid = sa;pwd = sql2005;";
    SqlDataAdapter da = new SqlDataAdapter("select stu_id,name,sex,addr from student", cn);
    //SqlDataAdapter da = new SqlDataAdapter();
    //SqlCommand cmd = new SqlCommand ("select stu_id,name,sex,addr from student",cn);
    //da.SelectCommand = cmd;
    DataSet ds = new DataSet();
    da.Fill(ds);
    GridView1.DataSource = ds;
    GridView1.DataBind();
}
```

在代码中，注释掉的内容与 SqlDataAdapter da = new SqlDataAdapter("select stu_id, name,sex,addr from student", cn);是等价的，读者可以根据自己的爱好选择一种即可。在执行数据的填充及更新的过程中，均可以执行存储过程，执行方式只需将 command 对象中的 SQL 语句换成存储过程名，并且设置 CommandType 即可。当然，如果存在参数，还需将参数添加到 Command 对象的 Parameters 集合中。

2. 使用 DataSet 更新数据库

由于数据集不保留有关它所包含的数据来源的任何信息，因而对数据集中行所做的更改也不会自动传回数据源，必须用数据适配器的 Update 方法来完成将数据集所做更改更新回数据库的任务。在执行更新时，数据适配器会根据实际情况自动地调用 InsertCommand、DeleteCommand、UpdateCommand 中的一种或多种属性。Update 方法也有很多重载形式，如 Update(DataSet)、Update(DataRows) 和 Update(DataTable) 等。

学号： 06301110

姓名： 吴晓

性别： 女

地址： 辽宁

插入

图 16.4　插入界面

【例 16.5】　在非连接环境下向数据库中插入一条记录，使用 DataSet 对象。界面如图 16.4 所示。

```
protected void Button1_Click(object sender, EventArgs e)
    {
        SqlConnection cn = new SqlConnection();
        cn.ConnectionString = "data source = .;initial catalog = student;uid = sa;pwd = sql2005;";
        SqlDataAdapter da = new SqlDataAdapter("select stu_id,name,sex,addr from student", cn);
        DataSet ds = new DataSet();
        SqlCommandBuilder cb = new SqlCommandBuilder(da);
        da.Fill(ds,"student");
        DataRow dr = ds.Tables["student"].NewRow();//向数据集的表中添加一个新行
        dr["stu_id"] = txtID.Text;
        dr["name"] = txtName.Text;
        dr["sex"] = txtSex.Text;
        dr["addr"] = txtAddr.Text;
        ds.Tables["student"].Rows.Add(dr);
        da.Update(ds, "student");
    }
```

这里需要注意的是，并没有看到任何与 InsertCommand 相关的信息，那么数据适配器在执行 Update 方法时又是如何执行的呢？当执行 SqlCommandBuilder cb ＝ new SqlCommandBuilder(da);语句时，会根据数据适配器的 SelectCommand 自动生成相应的 InsertCommand、DeleteCommand 和 UpdateCommand，这样就不用手工写代码了。但是在自动生成时有一点需要注意，即数据库中相应的表中必须有主键，否则在执行修改和删除操作的时候会出现问题。

在执行修改和删除时一个道理。如想删除数据集表中的第 3 条记录，则首先需获取第 3 条记录，再调用 Delete 方法，即可从数据表中删除该行，再调用 Update 方法即可将删除更新到数据库。

```
DataRow dr = ds.Tables["student"].Rows[2];
dr.Delete();
```

3. 填充 DataSet 中的多个表

DataSet 中可以像关系数据库一样包含多个表，那么如何来填充数据集中的多个表呢？需要创建多个数据适配器，用每个数据适配器获取的内容来分别填充数据集中的表。

【例 16.6】　填充数据集中的两个表。

```
SqlConnection cn = new SqlConnection();
 cn.ConnectionString = "data source = .;initial catalog = student; uid = sa;pwd = sql2005;";
```

```
SqlDataAdapter daStudent = new SqlDataAdapter("select stu_id,name,sex,addr from student", cn);
SqlDataAdapter daScore = new SqlDataAdapter("select * from score", cn);
cn.Open();
DataSet ds = new DataSet();
daScore.Fill(ds, "score");
daStudent.Fill(ds, "student");
cn.Close();
GridView1.DataSource = ds.Tables["student"];
GridView1.DataBind();
GridView2.DataSource = ds.Tables["score"];
GridView2.DataBind();
```

在这个例子中还要注意一点,前面与 DataSet 有关的操作都没有对连接对象执行 Open 方法,这是因为数据适配器的 Fill 和 Update 方法可以根据情况执行到数据库的打开和关闭,当连接的状态为打开时,执行方法时状态不变;当连接的状态为关闭时,执行方法时会自动打开连接。当执行完填充或更新时,则连接状态被恢复为关闭状态。但是当执行多个数据表的填充时,应该显式调用 Open 方法来打开连接,以避免多次打开和关闭到数据库的连接所造成的性能下降问题。而且当调用 Close 方法后,仍然可以使用 DataSet 中的数据,这就是非连接的一个优势。

4. DataSet 和以 XML 定义的数据

ADO.NET 桥接了 XML 和数据访问之间的间隙。可以使用 XML 的数据来填充 DataSet,并且可以将 DataSet 中的数据或架构信息写入文件或流中。

Button1 事件中,调用 ReadXml()方法将 XML 数据填充到 DataSet 中。

```
protected void Button1_Click(object sender, EventArgs e)
{
    DataSet ds = new DataSet();
    ds.ReadXml("aaa.xml");
    GridView1.DataSource = ds;
    GridView1.DataBind();
}
```

Button2 事件中,调用 WriteXml()方法将 DataSet 中的数据写入到 XML 文件中。

```
protected void Button2_Click(object sender, EventArgs e)
{
    SqlConnection cn = new SqlConnection();
    cn.ConnectionString = " data source =.; initial catalog = student; uid = sa;
pwd = sql2005;";
    SqlDataAdapter da = new SqlDataAdapter("select stu_id,name,sex,addr from student", cn);
    DataSet ds = new DataSet();
    da.Fill(ds);
    ds.WriteXml("aaa.xml");
}
```

本章小结

ADO.NET 是.NET 框架中推出的一种基于 XML 的全新的数据访问技术。.NET 数据集(DataSet)和数据提供程序(Data Provider)是 ADO.NET 的两大核心组件,DataSet 对象可以独立地一次处理多个数据源的数据,使用 DataSet 对象可以大大减轻系统的负担。

习题 16

1. 简述 ADO.NET 的对象模型。
2. 在 ADO.NET 中访问数据库主要有哪两种方式?
3. 可以进行数据更新的是 ADO.NET 模型中的哪两个对象?
4. 设计一个小型数据库应用系统。

参 考 文 献

[1] 萨师煊,王珊. 数据库系统概论[M]. 第 4 版.北京：高等教育出版社,2006.

[2] 微软公司. SQL Server 2005 数据库开发与实现[M]. 北京：高等教育出版社,2007.

[3] 微软公司. SQL Server 2000 数据库开发与实现[M]. 北京：高等教育出版社,2003.

[4] 微软公司. 企业级数据库的安装、配置和管理[M]. 北京：高等教育出版社,2003.

[5] 微软公司. 基于 C♯ 的. NET Framework 程序设计[M]. 北京：高等教育出版社,2003.

[6] 微软公司. 数据库访问技术[M]. 北京：高等教育出版社,2007.

[7] 李春葆,曾平. 数据库原理与应用[M]. 北京：清华大学出版社,2006.

[8] 李小英. SQL Server 2005 数据库原理与应用基础[M]. 北京：清华大学出版社,北京交通大学出版社,2008.

[9] 郑阿奇. SQL Server 实用教程[M]. 第 2 版.北京：电子工业出版社,2007.

[10] 马晓梅. SQL Server 实验指导[M]. 第 3 版.北京：清华大学出版社,2009.

[11] 文东,赵俊岚. 数据库系统开发基础与项目实训[M]. 北京：北京科海电子出版社,2009.

[12] 李雁翎. 数据库技术及应用[M]. 北京：高等教育出版社,2007.

[13] 梁爽.专业课考试改革的研究与实践.中国电力教育[J]. 2009.12. p93-94.

[14] 任波,梁爽.关于独立学院人才培养模式的研究与实践.黑龙江教育[J]. 2009.1-2. p97-98.

[15] 梁爽.网上评教系统的设计与实现.中国教育技术装备[J]. 2008.10. p110,150.